岩波文庫

32-530-15

# 「人間喜劇」総序
# 金色の眼の娘

バルザック作
西川祐子訳

岩波書店

Balzac

L'AVANT-PROPOS DE LA COMÉDIE HUMAINE, 1842

LA FILLE AUX YEUX D'OR, 1835

# 目次

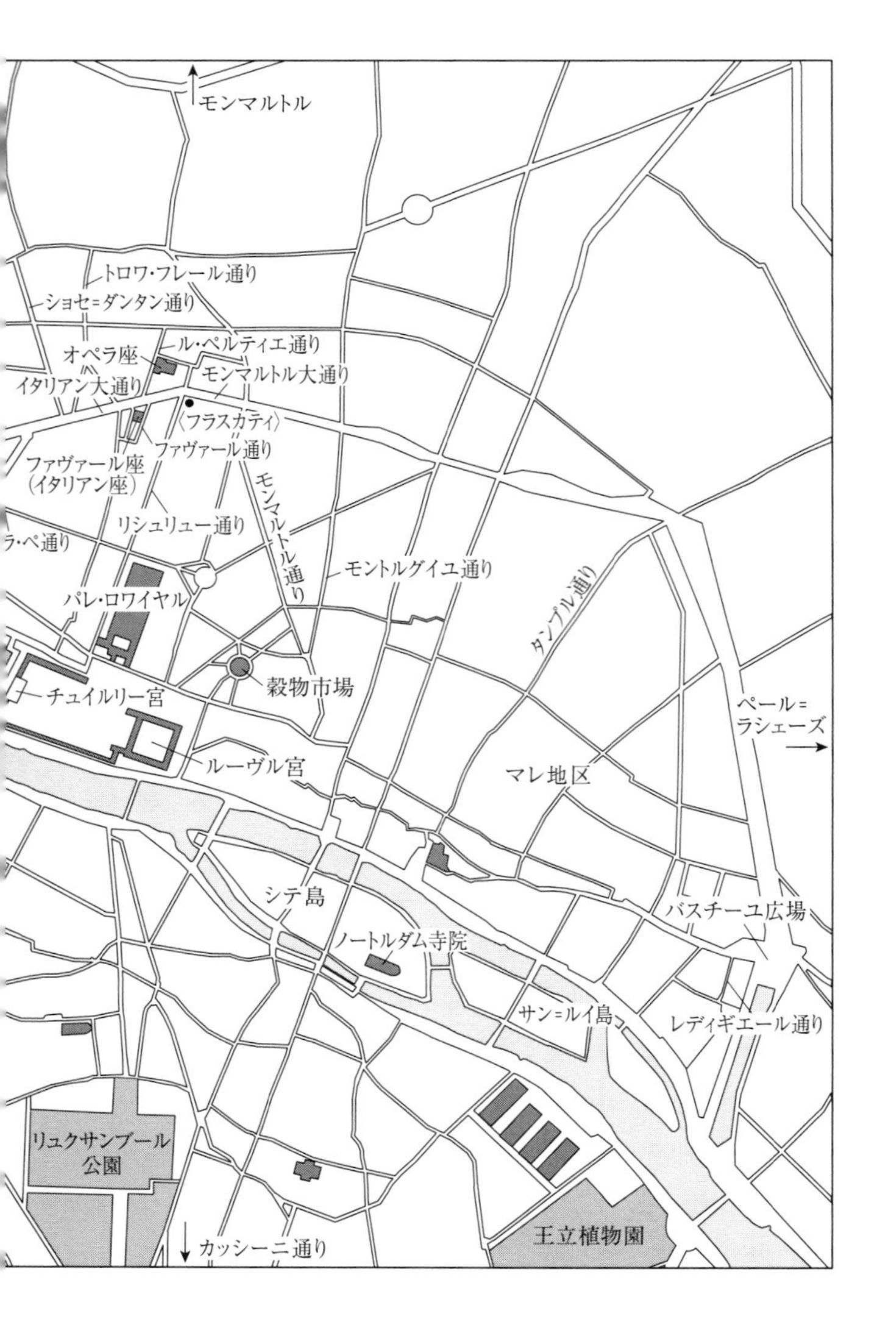

モンマルトル
トロワ・フレール通り
ショセ=ダンタン通り
ル・ペルティエ通り
オペラ座
モンマルトル大通り
イタリアン大通り
〈フラスカティ〉
ファヴァール通り
ファヴァール座
（イタリアン座）
モンマルトル通り
リシュリュー通り
ラ・ペ通り
モントルグイユ通り
タンプル通り
パレ・ロワイヤル
穀物市場
チュイルリー宮
ペール=
ラシェーズ
ルーヴル宮
マレ地区
シテ島
バスチーユ広場
ノートルダム寺院
サン=ルイ島
レディギエール通り
リュクサンブール
公園
王立植物園
カッシーニ通り

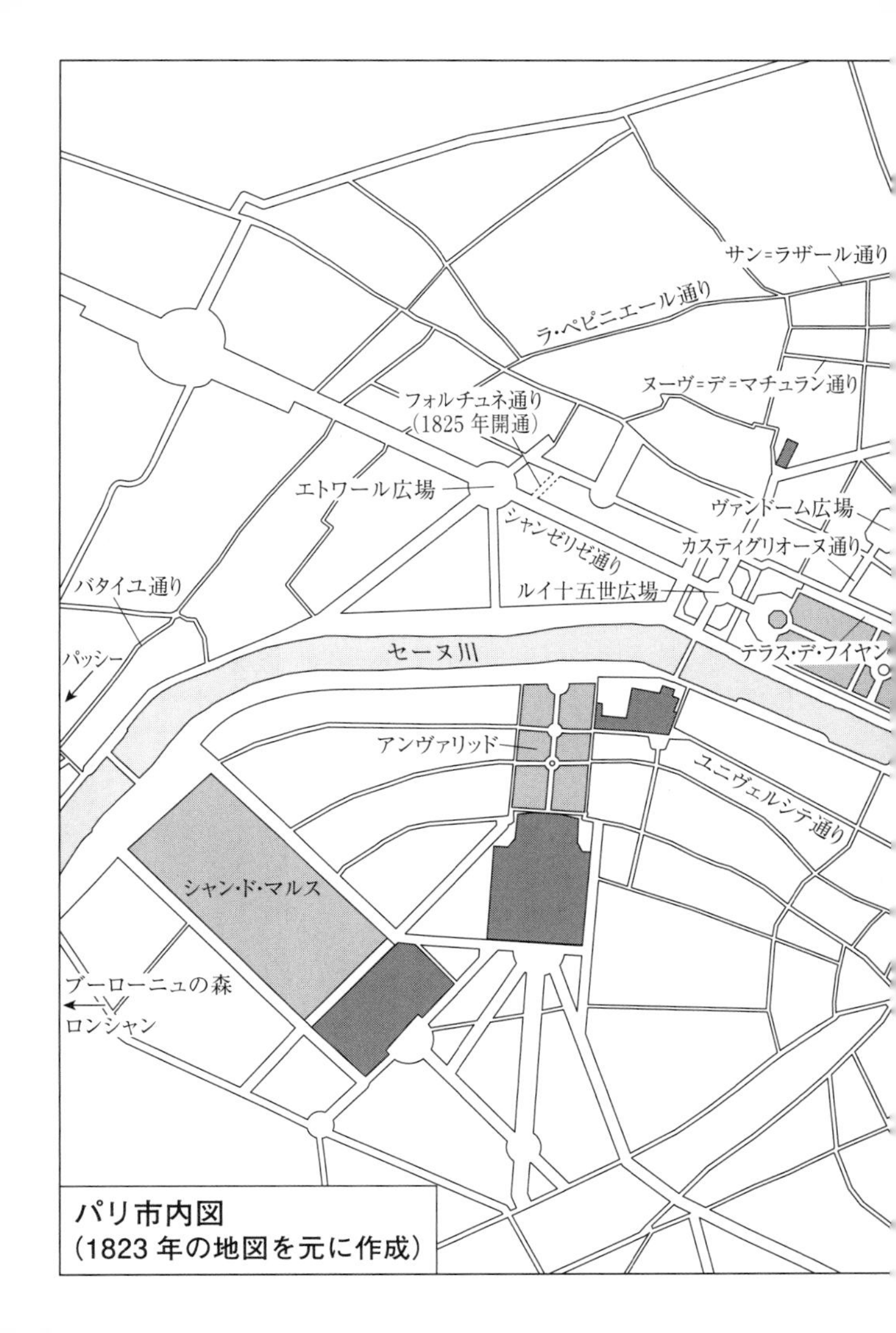


パリ市内図
(1823 年の地図を元に作成)

# 「人間喜劇」総序

企画してから十三年が経とうとしている作品に「人間喜劇」という題名をつけるにあたっては、あたかも当事者ではないかのごとく淡々と作品の着想について述べ、その起源について語り、プランを簡単に説明しなければならない。これはべつに読者がお考えになるほど難しいことではない。作品が少ないと作者は尊大になりがちであるが、作品が多ければ多いほど、作者は限りなく謙虚になる。コルネイユ、モリエールその他の巨匠たちが自分の仕事をくりかえし検討した様を観察すれば、このことがよくわかる。巨匠たちの偉大な構想に肩を並べることなどできはしないが、せめて巨匠たちが抱いた自覚の念には近づきたいものである。

ドゥヴェリア《青年バルザックの肖像》1825 年頃

「人間喜劇」という着想は、当初、温めつづけたあげくに実現できずに終わる多くの企画と同様の夢にすぎないと思われた。これもまた、微笑み、女の顔を見せるかと思うや、たちまち両の翼を広げて、幻想界へと飛び去ってしまう夢想（シメール）[1]の一つなのではないか。ところがこの夢想は現実となった。すると実現にいたる多くの夢想の例にもれず、この夢想は命令を発し強制力を発揮するので、従わざるをえない。

「人間喜劇」の着想はまず、人間界と動物界を比較するところから生まれた。

最近、キュヴィエとジョフロワ・サン＝ティレールのあいだで交わされた大論争[2]は、近年の科学改革が提起したものだと考えるべきではないであろう。すでに二世紀前から、用語はそれぞれ違うものの、組成の単一性はすぐれた精神の持ち主たちの関心事であった。科学を永遠と結びつけて考えるスウェーデンボルグ、サン＝マルタン[3]などの神秘思想家の卓越した著作、そしてライプニッツ、ビュフォン、シャルル・ボネ[4]など自然誌の天才たちの作品をあらためて読むならば、ライプニッツ言うところの単子（モナド）、ビュフォンの有機的分子、ニーダムの植物的力、さらには、すでに一七六〇年に大胆にも動物も植物と同様に静的生を生きるとする説をとなえたシャルル・ボネの相似的部分の嵌め込み論のなかに、組成の単一性の基盤となる相似性というすぐれた法則の

萌芽が見出される。動物は一つである。創造主は、有機的組織をもつものすべてを創るに際して、同じ一つの型紙を用いたのであった。動物の本源は一つなのだが、それが置かれて発達する環境において、外形、もっと正確に言うなら、外形の違いを獲得する。「動物種」は、この違いから生じる。われわれが神の力について抱くさまざまな見解とも一致する体系の成立を宣言し主張しつづけた栄光は、高等科学のこの論争においてキュヴィエを論破したあのジョフロワ・サン＝ティレールの上に輝きつづけるであろう。偉大なるゲーテは彼の最後の論説のなかで、サン＝ティレールの勝利に敬意を表している。(5)

バルザック《自画像》1835年頃

この体系の是非を問う論争が起こる以前から、これを深く信奉していた私は、だからこそ、「社会」は「自然」に似ていると考える。「社会」は人間から、人間がそこで行動をくりひろげる環境に応じて、動物学上の変種と同じほどの数の、違う種類の人びとをつくりだすのではないか？　兵士・労働者・官吏・弁護士・有閑人・学者・政治家・商人・船乗り・詩人・貧乏人・司祭の違いは、オオカミ・ライオン・ロバ・カラス・フカ・アザラシ・ヒツジの違いと同じくらい大きい。したがって「動物種」が存在するのと同じく、過去においても、未来においても、つねに「社会種」というべきものが存在するのである。ビュフォン[6]が動物界全体を一冊の本に表現しようとして、あのすばらしい『自然誌』を書いたのだとしたら、「社会」についても同様の作品が書かれるべきではなかったか？　ただし、「自然」が種々の動物のあいだに設けたような境界は、「社会」においては通用しない。またビュフォンはライオンを描写する際、雌ライオンについては、ほんの二つ三つの文章でかたづけている。ところが人間社会では、女性なるものが、雄にたいする雌のように付随的であるとはかぎらないのだ。一つ世帯の夫と妻が、似ても似つかぬことがある。商人の妻がときに王族の妃にふさわしく、王族の妃は芸術家の妻たる資格なしということもしばしばある。「社会的状態」とは「自然」に「社会」を加えるものなのだから、「社会的状態」では、「自然」においては許されないようなめぐりあわせが起きる。「社会種」の描写は、両性を描き分けるだけでも、「動物種」の描写の少なくとも倍の量となろう。動物間には要するに、劇的事件は少なく、混乱はほとんど起こらない。一方が他方に襲いかかると勝負がつくだけである。人間たちもまた互いに互いを襲うのだが、知性の多寡（たか）が闘争をことのほか複雑にする。生命の広大な流れのなかで「動物性」は「人間性」へと乗り移るのだということを認めない学者たちがいまだにいるが、[7]食料品屋が貴族院議員になるのはあたりまえだし、貴族が最下層へ転落するのもよくあることだ。そしてビュフォンは、動物の生活はいたって簡素だと考えている。動物は家財道具などもたず、芸術にも学問にも縁がない。ところが人間は、探求に値する法則にもとづき、必要に応じて身辺にそなえるあらゆる事物のなかに、自分の習性、思考そして生活を反映させる傾向がある。レーヴェンフック、スヴァンメルダム、スパッランツァーニ、レオミュール、シャルル・ボネ、ミュラー、ハラー[8]その他の動物誌の篤学の士たちは、動物たちの生活習慣がいかに興味深いものであるかを明らかにしたのであるが、動物各種の習性は、少なくとも私たちの目には、どの時代にあっても似たようなものと見える。ところが人間界の王族・銀行家・芸術家・ブルジョワ・司祭・貧乏人の生活習慣・服装・話し方そして住居はそれぞれまったく違うし、文明の度合によってこれまた変化するのである。

ドラクロワ《バルザックと彼の馬》1835 年頃

　したがってこれから書く作品は、男性・女性・事物という三様の形態を帯びねばならないだろう。つまり、人物たちと、彼らの思考を反映する物質の表象、要するに人と生活を書くことになる。[9]

　いわゆる歴史書と呼ばれる無味乾燥でうんざりさせられるような事実の列挙を読むにつけ、エジプトにおいても、ペルシャにおいても、ギリシャあるいはローマでも、どの時代にあっても記述者たちはわざと風俗の歴史を書き落としているとしか思えない。ペトロニウス[10]がローマ人たちの私生活を描いた断片を読むと、好奇心が満たされるどころか不満がつのる。風俗の歴史がないという大きな欠落に気づいたバルテルミ神父[11]は、その後は、『アナカルシス』のギリシャ風俗についての部分を書き直すことに生涯をささげたのであった。

　とはいうものの、ある社会が展示する三千ないし四千人の登場人物を擁する劇（ドラマ）を面白くするにはどうすればよいのだろう？　詩人にも、哲学者にも、さらには詩と哲学の両方が感動的なイメージで描かれることをもとめる大衆にも、愛されるためにはどうすればよいか？　人間の心情を描く歴史には詩が重要であることを理解してはいたが、私にはそれを実現する方法がなかなか見つからなかった。これまでの著名な物語作家たちは全才能を使いつくしても、一人か二人の典型的人物を創作し、人生のある一面を描くのがやっとであった。などと考えながら、私はウォルター・スコットの作品を読んだ。現代の発明家（トルヴール）つまりは吟遊詩人（トルヴェール）であるウォルター・スコット(12)は、不当にも二流のジャンルとされている小説において、巨人の足跡を残した。いずれの国においても似たり寄ったりの事実の整理、すでに空文化した法の精神の研究、あるいは人民を惑わすばかりの理論の記述、さらにはある種の形而上学者たちのように存在するものの定義に励む仕事とくらべて、ダフニスとクロエ、ローラン、アマディス、パニュルジュ、ドン・キホーテ、マノン・レスコー、クラリッサ、ラヴレース、ロビンソン・クルーソー、ジル・ブラース、オシアン、ジュリー・デタンジュ、トビー叔父さん、ウェルテル、ルネ、コリーヌ、アドルフ、ポールとヴィルジニー、ジニー・ディーンズ、クレヴァーハウス、アイヴァンホー、マンフレッド、ミニョン(13)といった登場人物たちを創造して現実の身分登録簿と競い合うほうが、よほど難しい事業ではないだろうか？　まず、これらの登場人物たちは、ほとんどいつも自分の同世代をこえる長寿と読者の共感を得るのであるが、そのためにこそ、これらの人物たちは自分の時代を体現していなければならない。彼らは時代のただなかで構想されるからこそ、登場人物が身にまとう時代衣装の下で人間の心臓が生きて鼓動し、ある哲学が丸ごと埋めこまれる。ウォルター・スコットはつまり、幾世紀にもわたって文学を育ててきた諸国において、詩という王冠に不滅のダイアモンドをちりばめる役割を果たしてきた小説（ロマン）の価値を、歴史の哲学的水準にまでひきあげたのであった。彼は小説に古代の精神をそそぎこみ、小説に劇（ドラマ）、対話、肖像画、風景画、描写を結びつけた。彼は小説に、叙事詩には不可欠であった超自然（メルヴェイユ）と真実（ヴレ）とを注入し、詩語と下層の人びとのざっくばらんな言葉を出合わせたのであった。ところがそのウォルター・スコットにしても、仕事に熱中し仕事の論理に導かれて自分の流儀をつくりだしたものの、それを一個の体系につくりあげることまでは想像しなかったし、自分が創作した数多くの作品を結びつけ、各小説が全体の一つの章になり、一つの時代に対応するように組み合わせて、完全な歴史書を編むことは思いつかなかった。作品と作品の結合を考えなかったからといって、スコットランドのこの偉大な小説家の価値が失われるわけではないが、こうした欠落を見つけたおかげで、私は自分はどう書くべきかを理解し、自分のやり方で書くことができるのではないかと気づくことができた。言うならば永遠に彼そのものであり、だからこそ永遠に根源的であるウォルター・スコットの驚異的な豊かさに目のくらむ思いをしながらも、私は絶望に陥ることはなかった。なぜなら彼の才能の根拠は、人間性の無限の多様性を描いたことにあるのだから。偶然こそがもっとも偉大な小説家なのではないか。多作をのぞむのであれば、偶然を研究するしかないのだ。フランス「社会」が歴史家になるのであれば、私はその書記の役割を引きうけさえすればよいであろう。悪徳と美徳の目録を作成し、情熱がひきおこす主な出来事の事例を集め、性格の数々を描写し、「社会」の主要事件を選び、等質的性格の持ち主の特徴を抽出して結合し、典型を組み立てることによって、歴史家が忘れている風俗の歴史を書くことができるのではないか。もしも私に十分な忍耐と勇気があるなら、フランス十九世紀について、ローマ、アテネ、テュロス、メンフィス、ペルシャ、インド(14)の諸文明が残念ながら書き残してはくれなかった書物、忍耐と勇気とをもちあわせたモンテイユ(15)がバルテルミ神父にならってフランス中世について試みたものの、魅力あ

ブーランジェ《バルザックの肖像》1836年

る形式を見つけられなかった書物を実現することができるかもしれない。

この仕事がもしそこまでで終わるのであれば、何もしないのと同じである。正確な再現をめざすことにより、作家は人間の典型をなんとか忠実に、なんとか本当らしく、根気よく辛抱づよく描く画家、私的生活の劇作家、家具調度類の考古学者、職業尽くし絵の作者、善と悪との記録者くらいにはなれるであろう。しかし芸術家たるもの誰しも得たいとのぞむ賞賛に値するには、社会的結果の諸々の原因ないし主たる原因を見つけ、膨大な量の人物、情熱、そして出来事に隠されている意味をとらえなければならないのではないか。結局、原因というこの社会を動かす力を見つけるとまでは言わずとも、少なくとも見つける努力をした後には、自然の諸々の原理に思いをこらし、「諸々の社会」が永遠の法則や真理や美からかけ離れたり、逆にそれに近づいたりするのはなぜかを理解しなければなるまい。たしかに広範にわたる前提について論じるだけでも一つの著作になるのだが、完全な作品というものは一つの結論をそなえていなければならないし、このようにして描かれる「社会」は、自らのうちに変動の動機をも持ち合わせているに違いない。

作家の掟、作家を作家であらしめるもの、あえて言うなら作家を政治家と同格に、いやむしろ政治家よりも上位に置く掟とは、作家が人間的事象について下す一つの決断、ある原理への絶対的な献身である。マキアヴェッリ、ホッブズ、ボシュエ、(16)ライプニッツ、カント、モンテスキューとは学識なのであって、政治家たちが学識を実践へと移すのである。(17)ボナルド(18)は「作家は道徳についても政治についても、はっきりとした意見をもたねばならない。人を教え導く立場にあることを自覚しなければならない。人が師を必要とするのは懐疑するためではない」と言った。私は早くからこの名言を自分の信条としてきたが、この名言こそ民主主義に拠って立つ作家にとっても、君主主義に拠る作家にとっても掟である。自己矛盾あるいは自家撞着に陥っていると責められるかもしれないが、それは私の皮肉をこめた表現を誤解したあげくの非難であり、これも中傷の定番であるのだが、作中登場人物の台詞を作家自身の意見であると解釈するから起きるのだ。私の著作の本質的な意味、精神の基礎をなす原理とは以下のようなものである。

人間は善でも悪でもない、人はいくつかの本能と適性をもって生まれる。「社会」は、ルソーの主張するように人間を堕落させるのではなく、完成し、より良きものにする。しかしその一方で金銭欲がしばしば人間の悪への傾向を大きくする。キリスト教、とりわけカトリシスムこそが、私が『田舎医者』[19]のなかで述べたように、人間の堕落への傾向を抑止する完全な体系であり、「社会秩序」をかたちづくる最も重要な要素である。

みなさんがもし、善も悪もありのままに鋳型から打ち出したかのように描く「社会」の絵画（タブロー）を注意深く読んでくださるなら、そこから思考あるいは思考と感情をあわせもつ情熱が、社会をかたちづくる基本要素であると同時に、社会を破壊する基本要素でもあるという教訓が導き出されるであろう。破壊という点で、社会の寿命は人間の寿命に似ている。諸国民に長寿を与えたいなら、生命活動を制限するしかないであろう。すべての「社会」において、国民が永らえ、悪の量を減らして善の量を増やすためには、「宗教的諸機関」による教化ないし教育を国民生活の最大の原理とする以外に方法はない。善悪の原理である思想を整備し、抑制し、導くことができるのは宗教だけ、それもキリスト教だけである(『ルイ・ランベール』[20]のなかで、若い神秘主義哲学者ルイ・ランベールがスウェーデンボルグの教理を説明して、この世のはじまりからただ一つの宗教のみが存在してきたのであると語る、パリからの手紙を参照されたい)。「キリスト教」が現代の諸国民を育成したのであり、今後も護りつづけるであろう。そこから君主制の必要性も生じる。「カトリシスム」と「王政（ロワイヨウテ）」は一対の原理である。この二原理が絶対的なものにまで増大しないように[21]、「諸制度」がこれに加えるべき制限について言及しようとすれば、簡潔を旨とすべき総序を長々しい政治論文にしてしまうことになり、ここでそれをするのは無理である。最近の宗教的対立や政治的対立に言及することも控えなければならない。私はひたすら「宗教」と「君主制（モナルシイ）」という二つの永遠の「真理」が放つ光の下（もと）でペンを運んでいるのである。「宗教」と「君主制」は、現代のさまざまな事件から導き出された必然の結果であり、良識あるすべての作家は、わが国をそこへ立ち戻らせる努力をしなければならない。私は立法のためのすぐれた原理である「選挙」に敵対する者ではないが、あたかも唯一の社会的手段であるかのようにみなされている「選挙」、とりわけ今のような混乱した「選挙」は拒否したい。なぜなら今の「選挙」は、君主制の政府であるなら当然その利害や思想を考慮するはずの、重要な少数意見を反映することがないからである。普通「選挙」が実現すれば大衆政治が生み出され、政府は一切の責任を取ろうとはせず、法と呼ばれるところの独裁に歯止めがかからなくなる。私は「個人」ではなく「家族」を社会の真の構成要素であると考える。この点で反動精神の持ち主とみなされる危険をかえりみずに言えば、私は近代の改革者とともに歩むことはせず、ボシュエとボナルドの側に立つ。しかし「選挙」がすでに唯一の社会的手段となっている以上、私がこの手段に訴えることがあるとしても、行動と思想のあいだに矛盾があるとみなすべきではない。土木技師が、この橋は崩壊寸前で渡る者はみな危険にさらされる、と予告したとする。しかしその橋が町に通ずる唯一の通路だったとしたら、当の技師も渡らざるをえない。かつてナポレオン[22]は「選挙」制度をわが国の精神に見事に順応させた。だからナポレオンの立法院においては、ほとんど目立たなかった議員ですら、王政復古下の貴族院・代議員の両院では雄弁家として有名になった。それぞれの議員をくらべてみると、王政復古下の両院はいずれもナポレオンの立法院に劣る[23]。帝政時代の選挙制度はよって、議論の余地なくこの世でもっともすぐれている。

私がこのように言明するや、やれ尊大だ、傲慢だ、と言われるかもしれない。小説家のくせに歴史家を気取って、と非難する人もあれば、この小説家の政治的信条の根拠はいったいどこにあるんだ、と問いただす人があらわれるかもしれない。私は自分の責務を果たしているだけだ、と応えるだけである。今とりかかっているこの著作は歴史書のように長くなるだろうから、私はまず、その著作のまだ隠されたままになっているその存在理由、原理そして道徳を書いておかねばならないのである。

その場かぎりの批判にたいしそのつど書かざるをえなかったまえがきの類は、この際すべて破棄しなければならなかったのであるが、以下の一点についてだけは反論しておきたい。

なんらかの目標をもって作品を執筆する作家は、永遠不滅で過去にも存在した諸原理に返ろうという当然の目標を抱く場合であっても、まずは自分に向けられる非難・攻撃をかたづけなくては書き始めることができない。思想の領域に礎(いしずえ)の一つを置こうとする人、権力の濫用にたいして異議申し立てをする人、とり除かねばならない悪をはっきりと指摘する人は、不道徳呼ばわりされるのが常である。不道徳という非難は勇気ある作家につきまとうものであるが、それでも不道徳だ、とは詩人に向かって他に言うべきことを知らずに苦しまぎれに投げつける最低の台詞である。絵画作品に真

バンジャマン・ルボー《部屋着のバルザック》1838年

実を描くや、あるいは昼も夜も働き通してようやくこのうえなく難解な言語表現にたどりつくや、不道徳という非難が真っ向から投げつけられる。ソクラテスは不道徳であった。キリストも不道徳であった。彼らが転覆あるいは改良をはかったそれぞれの「社会」の名において彼らは追及されたのであった。誰かを殺すには、背徳の刻印を押せば事足りる。これは党派争いにおいて用いられる術策であるが、こうした策を弄する者は自らを恥ずべきである。ルターとカルヴァンは自分たちが何をなしているかをよく自覚していたので、経済的「利害」の損失を前面に押し出した[24]。おかげで彼らは天寿を全うすることができたのである。

「社会」の全体を写し取り、「社会」をその巨大な動きのなかでとらえようとするとき、ある作品は、善よりも悪の様相を多く描くように見えるし、壁画のある部分は罪ある人びとの群れを描いているということが起きるし、むしろそうなる定めなのだ。すると批評は、描かれた悪と完全な対となるよう描かれている道徳的部分は指摘せず、もっぱら不道徳のみを糾弾する。批評家は全体のプランを知らないのであるし、私のほうでは他人が何かを見たり、言ったり、判断したりするのを阻むことはできないのと同じく、批判を阻止することはできないと考えて、極力、批判に耐えてきた。それに私は自分のことを、まだ公平な評価をうける時期にはいたっていないと考えている。もっとも、旅に出る者は永遠に晴天が続くと考えて出立すべきではないのと同じく、批判の砲火を浴びる覚悟のない作家は書き始めるべきではない。この点に関しては、もっとも良心的なモラリストたちでさえ、「社会」は悪行の数を上回る善行を提示することはできないだろうと考えている。にもかかわらず、私が描いた絵画（タブロー）には非難されるべき人物よりも有徳の人物のほうが多いという事実に注意をうながしたい。私の小説では、非難されるべき行い・過ち・犯罪は、軽微なものから罪の重いものまで一つ残らず、公然とあるいは人知れぬうちに、俗世の、ないし神の罰をうけている。私は歴史家よりも自由であるからこそ、歴史家よりもよい仕事をすることができた。クロムウェル(25)をこの世で批判するのは思索家だけであり、彼は現実にはいかなる罰もう

グランヴィル《権威(アカデミー)の鐘楼へ向かって大競争》(部分)1839年

けていない。その批判でさえ、学派間の論議の決着がいまだについていない。ボシュエまでもが、かの国王殺しには手心を加えている。オレンジ公ウィリアムは王位簒奪者である。ユーグ・カペーもまたしかり。しかし彼ら王位簒奪者たちは、アンリ四世[26]やチャールズ一世ほどの不信や恐怖の念をもって人びとから迎えられることなく、長寿を全うしたのであった。エカテリーナ二世やルイ十六世の生涯を一般人の道徳から検討するなら、両人はあらゆる道徳に反したと結論せざるをえないであろう。しかしナポレオンがそう言ったように[27]、君主たち政治家たちについては、小道徳だけでなく大道徳も存在するのである。「人間喜劇」の「政治生活情景」の基礎にあるのは、このような高度な考察に他ならない。歴史は小説のように美の理想を追求しなければならないという掟をもたない。歴史はあるがままである、というより、あるがままでなければならない。ところが、前世紀のすぐれた思想家のひとりネッケル夫人[28]が言ったように「小説はよりよき世界でなければならない」。しかしながら小説という壮麗なる嘘にあっては、細部に真実がなければすべてが無に帰するのである。スコットは、本質的に偽善的な国の考え方に順応した結果、女性描写においては、人間性を見誤っている。スコットがモデルとした女性たちは分離教会派信徒だからである。[29]プロテスタントの女性には理想がない。プロテスタント女性は、清く正しく、純潔であることはできる。しかし彼女たちの愛は決して溢れ出ることはなく、常に穏やかであり、果たされた義務のごとくにきちんとしている。聖マリアとその宝物である赦し(ミゼリコード)を天上から追放した詭弁家(ソフィスト)たちは、マリアによって心臓を凍らされたかのようだ。プロテスタンティスムにおいては、一度過ちを犯した女性は救われることがない。ところがカトリック教会では赦しという望みが、罪を犯した女性を崇高にする。プロテスタント作家の作品では、罪を犯した女性がいるというだけで終わるが、カトリックの作家の作品においては、罪という新たな状況に置かれるたびにもうひとりの新たな女性が誕生するのである。もしもウォルター・スコットがカトリック信者となり、スコットランドにその後出現したさまざまな「社会」を叙述することを自分の使命としていたなら、作中人物エフィーとアリス(スコットは晩年、この二人の人物の描き方を後悔している)を描いた画家として、情熱がひきおこす罪と罰とともに情熱そのものを、そして悔い改めゆえの徳行をうけいれたに違いない。情熱が人間性のすべてである。情熱なくしては、宗教、歴史、小説、美術は無益なものとなる。

情熱を要素として、多くの事実を集め、それをあるがままに描いたものだから、私は感覚論者であり唯物論者だと誤解されることがある。両論は汎神論の両側面に他ならないのであるのだが。このような想像は間違っているというより、間違いでしかありえない。私は「諸社会」は無限に進歩するという説に与するものではないが、人間は自身をこえてゆくものだと信じる。人間は完成した創造物だと私が考えているという解釈は大間違いである。こういった軽率な非難にたいしては、キリスト教的仏陀の生きて動く教理を描いたのが『セラフィタ』[30]である、と答えれば十分ではなかろうか。

私はこの長大な作品のいくつかの章において、おどろくべき事実をわかりやすく説こうとした。私は人間においては超能力の形をとってあらわれる電気の驚異について詳しく語ることができる。だからといって、未知の精神社会の存在を明らかに示している頭脳や神経に起こる現象について説くことが、この世と神の確実で必然的な関係を混乱させることになるのだろうか、カトリック教のドグマをおびやかすのだろうか？　いつの日か確かな事実によって、われわれの思考は、外にあらわれる結果によってしか明らかにはならず、たとえ機械的な手段で増幅しても五感ではとらえることができない流体だと位置づけられるなら、クリストファー・コロンブスによって実測された地球の球形や、ガリレイによって論証された地球自転説と同じ道をたどって世に認められるのではないだろうか？　そうなったからといってわれわれの未来がとくに大きく変わることはあるまい。私が一八二〇年から親しんできた動物磁気の奇跡、ラファーターの後継者たるガル(31)が行なってきた見事な研究、また最近五十年、光学の専門家たちが光と格闘してきたのと同様に思考を研究してきた人たちが行なった探求——光と思考の両者はほとんど類似している——はいずれも、使徒ヨハネの弟子である神秘主義者たちにとっても、またスピリチュアル世界を樹立したすべての偉大な思想家たちにとっても、神と人間

カサル《チュイルリー庭園のバルザック》1839 年

との関係が明らかになるような領域が存在するという共通した結論に達している。

さて制作意図を理解していただけたならば、私が日常生活の相も変わらぬ、そして人目に明かされていることもあれば隠されていることもあるさまざまな出来事、個々人の生活行動、その原因と原則とに、これまで歴史家たちが諸国民の公的生活における諸事件を重視したと同程度の重要性を与えていることが、おわかりいただけるであろう。アンドル川の谷間でモルソフ夫人[32]と情熱とのあいだにくりひろげられる人知れぬ闘いは、歴史上もっとも有名な戦いに劣らぬほど偉大である(『谷間の百合』)。後者で争われているのは征服者の勝利であり、前者では天国における勝利が問題なのである。ビロトー司祭と香水商ビロトーというビロトー兄弟の不幸は、私にとっては全人類の不幸である。ラ・フォスーズ(『田舎医者』)とグラン夫人(『村の司祭』)[33]の二人は女性のすべてを表す。私たちはみな日々このように苦しんでいるのだ。リチャードソン[34]が一回書けばよかったことを私は百回もくりかえさなければならなかった。ラヴレースには無数の型がある。なぜなら社会的腐敗は、腐敗が進行する環境ごとに独自の色合いを帯びるからである。他方、情熱的美徳の肖像のようなクラリッサは、とても太刀打ちできないような清純さそのものの輪郭を表現している。聖処女の絵を何枚も描くことができるのはラファエロだけである。この点では、文学は絵画に遠く及ばない。それでもなお、「人間喜劇」のすでに刊行済みの作品のなかには、(美徳という点において)非の打ちどころのない登場人物が多数みられる、と指摘することは許されるのではないか? ピエレット・ロラン、ユルシュール・ミルエ、コンスタンス・ビロトー、ラ・フォスーズ、ウジェニー・グランデ、マルグリット・クラース、ポーリーヌ・ド・ヴィルノワ、マダム・ジュール、マダム・ド・ラ・シャントリー、エヴ・シャルドン、マドモワゼル・デスグリニョン、マダム・フィルミアニ、アガート・ルージェ、ルネ・ド・モーコンブ[35]などが美徳の持ち主たちである。さらに加えるなら、上記の者たちほどに舞台の正面に押し出されることはなく、目立たないけれども、読者にたいして家庭内道徳の実践例を提供している登場人物たちがいる。ジョゼフ・

ガヴァルニ《仕事机の前に立つバルザック》1840年

ルバ、ジュネスタス、ベナシス、ボネ司祭、ミノレ医師、ピユロー、ダヴィド・セシャール、二人のピロトー、シャプロン司祭、ポピノ判事、ブールジャ、ソーヴィア夫妻、タシュロン一家[36]とその他数多くの者たちは、有徳の人たちを面白く描くという文学上の難題の解決となってはいないだろうか？

ある時代の突出した人物たちを二千人も三千人も描くのは簡単な仕事ではなかったが、各世代は最終的にこれだけの数の典型を輩出するのであり、「人間喜劇」も同じ数の登場人物を擁することになるであろう。これだけの数の容姿・性格そして無数の生活を描くには、いくつかの額縁、あえて言わせていただくならいくつかの展示室（ギャラリー）が、どうしても必要となる。そこから、みなさんもよくご存じの「人間喜劇」の「私生活情景」「地方生活情景」「パリ生活情景」「政治生活情景」「軍隊生活情景」そして「田園生活情景」という区分が自ずと生まれたのであった。以上六巻のなかに、われわれの祖先ならば事績と武勲の集積と呼んだかもしれないような、「社会」の全体史となる「風俗研究」の全作品が分類されて配置される。これら六つの巻にはそれぞれ呼応する全体的構想がある。六巻それぞれに意味と意義があり、人生の各時期をかたちづくっている。以下では、フランス文学界の全体が彼の夭折によって大きな損失をこうむったあの若き才能フェリックス・ダヴァン[37]が、私のプランをよく検討したうえで書いてくれたまえがきを要約してくりかえしておこう。「私生活情景」は、幼少期と青年期およびその過ちとを描いている。同じく「地方生活情景」は情熱と打算そして野心の年齢を描いている。ついで「パリ生活情景」は、極端な善と極端な悪とが隣り合う首都に特有の、風俗が駆り立てる常軌を逸した嗜好や悪徳、羽目を外した騒乱を描いた絵図（タブロー）を提示している。またこれら三つの情景はそれぞれいわば独自の地方色を帯びている。パリと地方という二つの社会の対比（アンチテーゼ）こそが豊かな地方色を生みだす。人だけでなく、人生の主要な出来事もまた典型的な形をとる。いかなる人の人生にも必ずあらわれる典型的状況がある。これは私ができるだけ正確に描こうと心がけた点の一つである。私は、われらが美し（うま）国フランスにさまざまな地方があることを読者に理解していただこうとした。「人間喜劇」にも、現

ドーミエ《オノレ・ド・バルザック》1845年

ナダール《バルザック》
1850年代前半

実と同じように独自の地理学、独自の家系と家門、そして独自の場所・事物・人物・出来事、さらに付け加えるなら独自の紋章学さえあって、貴族とブルジョワ、職人と農夫、政治家とダンディが存在し、軍隊がそなわっている。要するに「人間喜劇」は、一つの独自な世界を形成しているのである。

これら三つの巻で社会生活を描き出した後、少数あるいはすべての人間の利害を体現しながらも、なんらかの意味で共通の法則の外に位置する例外的な存在があることを明らかにする必要があった、それが「政治生活情景」である。こうして社会の壮大な絵図を描き終わり完成させた暁には、社会のもっとも激烈な状態、防衛のためであれ征服のためであれ、社会が自分の場所から外へ出てゆく姿を示すことが必要ではないだろうか？　というわけで「軍隊生活情景」が必要になる。私の著作のなかでまだ完成にもっとも遠い部分なのであるが、私が書き終え次第、「人間喜劇」にはめこむことができるように場所をあけておきたい。そして最後にやっとたどりつく「田園生活情景」は、もし社会の劇（ドラマ）を永い一日と呼ぶことが許されるなら、一日の夕暮れにあたる部分である。ここにはもっとも清純な性格の持ち主たちが生きており、秩序・政治・道徳の大原則の適用される様子が描かれる。

以上が、大勢の登場人物たちとさまざまな喜劇と悲劇が満ち満ちている基盤部分であり、その上に、この著作の第二部である「哲学的研究」が建造される。さまざまな結果を生むことになる社会的手段が明らかにされ、思考がひきおこす荒廃が生む感情の一つひとつが描かれる。そして最初に置かれる『あら皮』[38]は、ほとんど東洋的と言えるような幻想の環となって、「哲学的研究」を「風俗研究」に結びつける作品であって、「生命」そのものが、すべての「情熱」の原理である「欲望」と激しい闘いを交える様子が描かれている。

さらにその上に「分析的研究」が位置するのだが、この部についてはなにしろ出版されているのが『結婚の生理学』のみという有様なので、私はまだ何も言うことができない。もっとも、近い将来に二、三の作品を出版するつもりである。まずは『社会生活の病理学』、ついで『教育者団の解剖学』と『美徳のモノグラフィー』である。[39]

まだこれからしなければならない仕事の総量の見当がつくと、出版者たちがくりかえしてきたように、読者のみなさんも私にむかって「どうか長生きしてくださいね！」とおっしゃるであろう。私としては、この恐るべき苦役に着手してからというもの悩まされつづけてきた人事と事物百般から逃れたいとひたすら願うのみである。そして、現代のもっとも豊かな才能の持ち主たち、人柄の善い人たち、誠実な友人たち、私生活においても公的生活においても立派な方々が、私の手を握って「頑張ってください！」と励ましてくれたことを神に感謝したい。こうした人たちの友情と、そこかしこで見知らぬ人びとからいただいた好意の証しが、これまでの人生において私を、私自身から、不当な攻撃から、くりかえされる中傷から、失意から、それを口に出して言えば自尊心の過剰ととられかねない激しい期待から、護りつづけてきてくれた、とここで告白せずにはいられない。私は早くから攻撃や中傷にたいしてはじっと我慢し、無関心をよそおってきた。だが二度の卑劣な中傷にたいしては(40)、わが身を守ることを余儀なくされた。中傷など許してやれ、という意見の人たちは、私が文学フェンシングにおいて思わず技を披露してしまったのは遺憾だと言われるかもしれない。しかしキリスト教徒のなかにも、沈黙は寛容ゆえのことであり、決して許しているわけではないとわからせてやらねばならない時代なのだ、と言う人もいる。

ベルタル《大通りの群衆とバルザック》1845年

ところで私は、自分の名前が記されたもののしか自作と認めないことを、ここに明言しておきたい[41]。私の作品は「人間喜劇」以外には、『艶笑滑稽譚』と二つの戯曲、いくつかの署名入りの記事のみである。私はここで異議を差しはさむ余地のない己れの権利を行使している。この否認が私が協力した作品だと言われているものにまで及ぶとしても、それは自尊心からではなく、真実にもとづいてなされている。それでも、私が文学的見地から自作とは認めないものの著作権が私に帰属する作品が私の作とされる場合は、中傷を言わせておくのと同じ理由で、そのまま言わせておこう。

「社会」の歴史記録と「社会」批判、諸悪の分析、「社会」を動かす原理についての議論、それらすべてをあわせもつプランは巨大であるからこそ、「人間喜劇」という総題をつけてここに刊行することが許される、と私は信じる。あまりに野心的であろうか？　それとも正当であるか？　答えは、作品完成の暁に、読者に決めていただきたい。

パリ　一八四二年七月

# 金色の眼の娘

画家ウジェーヌ・ドラクロワ(1)に捧ぐ

# I　パリの容貌(フィジオノミー)さまざま

ぞっとするような恐怖に出会うスペクタクルをお望みなら、お薦めの一つは、パリ住民の概観である。パリの人びとは青白くやつれ、黄ばみ、褐色に焼け、見るからに恐ろしい。パリは利害の嵐が絶え間なく吹き荒れる広大な畑ではなかろうか？　その嵐の下では麦の穂ならぬ人間たちが風になびき、渦巻いている。パリでは死神が余所(よそ)よりも頻繁に死の大鎌をふるい、人間たちを刈りとるのであるが、人間たちはまたすぐに、びっしりと生えてくる。ねじれ、歪んだ顔、顔の毛穴という毛穴から頭蓋につめこまれている精神、欲望、毒素が立ちのぼっている。いや、顔というよりは仮面(マスク)である。弱さというマスク、力のマスク、悲惨のマスク、喜悦のマスク、偽善のマスク。すべては狂わんばかりの渇望の消しがたい痕跡を刻んでいる。彼らは何を欲望するのか？　黄金？　それとも快楽？

　パリの住民たちには、青春と老残の二つの年齢しかない。まるで死人のような彼らの容貌を観察すれば、その原因の説明も可能になる。青春は青白く色あせており、老残のほうは若づくりの厚化粧をしている。余所者たちは深く省察する立場にないので、掘り出された死体のごとき顔色のパリ住民たちを見たとたん、広大な歓楽の工場とでも言うべき首都を嫌悪するであろう。だがその彼らもまた首都からぬけだすことができなくなって、自分もまた変形してゆくのだ。地獄の色にも見まがうパリ住民たちの顔色を生理学的に説明するのに、多くの言葉は要らない。地獄というパリのあだ名は戯れにつけられたのではない。真実、パリは地獄である。パリではすべてが煙り、燃え、輝き、沸き立ち、焔をあげ、蒸発して、立ち消えるかと思えばまた燃えあがり、ひらめき、爆ぜ、そして消えてゆく。これほど激しく焼けるような生を味わうことになる場所は他にない。いつも混沌のさなかにあるこの社会的自然は、何か一つのことが仕上がると「お次は！」とくる。自然とはそういうものだ。自然と同じく、この社会的自然は、一夜かぎりの命の昆虫や花、粗末で儚い物品を育み、他方で永遠の噴火口からふきだす火と焔で焼きつくすのである。この知的であると同時に不安定な民族をかたちづくる部族(トリビュ)(2)それぞれに固有な病理学的特性を形成する原因の分析に入る前に、個々の人間の血の気を失わせ、青白くし、はたまた茶色に変色させる普遍的原因を指摘しておかなければならない。

　パリジャンは、すべてに興味をいだいたあげく、ついにはすべてにたいして無関心になる。すりきれた顔には感情の動きがなく、ありとあらゆる塵(ちり)と油煙をかぶった漆喰(しっくい)壁のように灰色だ。じっさいパリジャンは、前日にはまったく無関心だったことに翌日には夢中になるといった具合で、年齢と関係なく子どものように生きている。すべてが不平の種となり、また気休めにもなる。あらゆるものを嘲笑(あざわら)い、すべてを忘れる。なんでも欲しがり、なんでも味わい、手あたりしだいに熱をあげるかと思えば、次の瞬間には平然としてすべてを捨て去る。国王も征服も栄光も偶像も、それがブロンズ製であろうが、ガラス製であろうがおかまいなしに、まるで靴下や帽子や財産を捨て去るかのように、あっさり投げ捨てる。パリでは、いかなる感情もモノの洪水にさらわれてしまう。モノの奔流は情熱を弛緩させるような闘争を必然とする。パリでは恋愛は単なる欲情であり、憎悪もまた気まぐれである。本当の親族と言えるのは千フラン札だけ、友人としては質屋しかいない。こうした成りゆきまかせの結果として、サロンにおいても、街においても、何人(なんぴと)も余計者というわけではないが、だからといって絶対に有用ないし有害な存在でもないのだ。阿呆やペテン師も、才人や誠実の士と同様に受け入れられる。パリではすべてが許される。政府もギロチンも宗教もコレラ(3)も、である。あなたはみんなからいつでも受け入れられるが、あなたがいなくても惜しまれることはない。良俗も信仰もいかなる感情もない国を、いったい誰が支配するのか？　というより、こうしたあらゆる感情、あらゆる信仰、あらゆる風俗は何に起因し、どういう結果を生むのか？　黄金と快楽。この二つのキーワードを手がかりにして、漆喰でかためた巨大な鳥籠、黒い下水の流れるミツバチの巣箱を駆けめぐってみたまえ。そしてパリを扇動し、蜂起させ、また操る思考が蛇行する痕跡をたどってみるがよい。さあ。まず、何も所有しない人びとを調べてみよう。

労働者・プロレタリア、生きるために両の手足・舌・背中、ときには一本しかない腕、五本の指を動かすしかない男、おやおや誰よりも生命エネルギー(4)を節約しなければならないはずの彼が、体力の限界をこえるまで働き、女房も機械にしばりつけ、子どもさえこきつかって仕事の歯車に釘づけにする。製造業者や、得体の知れない二次産業のかけ声が人民大衆をけしかける。彼らは汚れた手でろくろをまわし、陶磁器に金彩をほどこし、男性服や女性服を縫い、鉄を切り、木を薄く削り、金網を編み、麻紐や糸に縒りをかけ、ブロンズを磨き、クリスタルグラスに花飾りを刻み、造花をつくり、毛織物に刺繡し、馬を調教し、ベルトや打ち紐をこしらえ、銅板を切り抜き、馬車に塗料をぬり、楡木材に丸みをもたせ、綿を蒸し器にかけ、チュールを硫黄漂白し、ダイアモンドを加工し、金属を研磨し、大理石を葉の形にし、さまざまな原石を磨き、パンジーの手入れをし、すべて染色し、漂白し、また黒く染める。そのうち副監督といった奴がやってきて、汗と意志と研究心と忍耐の階層にたいして、都市の気まぐれや「投機」という怪物の名において超過報酬を約束する。するとこの四足動物たちは、夜なべを始め、苦しみに耐え、労働に没頭し、わめきちらし、食う暇さえ惜しんで歩きまわる。彼らを魅惑してやまない金を稼ぐために、みながみな、へとへとになるまで働く。ついで、画家が自分のパレットをあてにするように、労働者は自分の腕をあてにして、将来のことは忘れ、ただもう歓楽目当てにがむしゃらに、ほんの一時の殿様を気取って月曜日(5)ごとに、稼いだ金をパリのまわりを汚泥の帯のようにとり巻く居酒屋に投棄する。ひっきりなしに解かれたり結ばれたりする、このうえなくみだらなヴィーナスの腰帯(6)は、働いているときはおとなしいのに、打って変わってどん欲に快楽を追求する人民大衆の週給を、バクチのようにあっさりと飲みこむのである。残りの五日間、パリの活動的な諸階級は休みなしに働くしかない！　彼らは自分をぶざまに歪め、肥らせ、痩せ衰えさせ、青白くさせ、創造的意志を霧散させてしまう運動に身をゆだねる。続いてのお楽しみや休息とは、げっそりするような放蕩であって、皮膚はどす黒くなり、喧嘩で青あざをつくり、二日酔いで血の気が失せ、消化不良で黄色くなる。放蕩はたった二日で終わるのだが、それがこの先のパンを、一週間のスープを、妻の衣類を、ぼろでしかない赤ん坊のおむつさえかすめとる。すべての創造物はそれなりの美しさをもっているのだから、こういう男たちもきっと生まれつきは美しかったにちがいないが、子どものときから強制労働に組みこまれ、槌(つち)をふりあげ、ハサミを使わされ、紡績に行かされたりするうちに、たちまちウルカヌスの神さながらの容貌になってしまった。醜く力強い、火と鍛冶の神ウルカヌスこそ、人民大衆のシンボルではなかろうか。彼らは巧妙に機械を操り、長い時間労働にも辛抱づよく耐え、一世紀に一日だけ恐怖の存在となり、火薬のように引火しやすく、火酒(オ・ド・ヴィ)の力を借りて革命の火をつける用意がある。要するに、彼らにはつねに黄金と快楽を暗示するまことしやかな言葉によって燃えあがるくらいの機転は持ち合わせているのだ！　施し、正規の給料、あるいはパリに存在するあらゆる種類の売春行為にたいして支払われる五フラン、要するにまともな金、不正な金に手を差し出すすべての人間をふくめれば、こうした人民大衆は三十万人と数えられる。もしも居酒屋がなかったら、政府は火曜日ごとに転覆するのではなかろうか？　幸い火曜日には、人民大衆たちはふらふら、欲望の発散を終え、一文なしのすっからかんになって、もう習い性となった物質生産欲求にむかって駆り立てられ、仕事と干からびたパンへと戻るのである。しかしながら人民大衆には彼ら独自の美徳のあらわれ、人民の持てる力の最高度の表現といえるような、彼らなりの完全な人間、知られざるナポレオンたちがいる。人民大衆は、生活に喜びをもたらすために思考と行動を結びつけるのではなくて、苦痛の作用をなだめるだけの生き方しかできない。傑出した人物たちとは、人民がもともと持っている社会的能力の結集なのである。

偶然、倹約家の労働者が生まれ、偶然、思考力に恵まれて将来に目を向けることができ、ひとりの女性と出会い、父親となったとする。彼は何年もつらい節約をしたあげく、ささやかな小間物屋を開こうと、店を借りる。もしも病に罹るか、悪徳に染まって挫折することがなければ、もしも商いが繁盛すれば、まともな人生とは以下のごとき素描画となる。

まずは、時間と空間のへだたりさえ克服する、パリ的活動のチャンピオンにご挨拶を。そうなのだ、火薬とガスでつくりあげられた労働者に敬意をはらうべし。彼は、疲労困憊（こんぱい）した夜のあいだにもフランスに子孫を供給し、日中は日中で、ひとりで何人分もの働きをして同胞に便宜をはかり、同胞の栄光と快楽のためにつくしているのである。彼は同時に、愛する妻を、家庭を、『コンスティテュシヨネル』紙(7)を、勤め先を、国民軍を、オペラ座(8)を、そして神を満足させるという離れ業をやってのける。そして、『コンスティテュシヨネル』紙も、役所も、オペラ座も国民軍も女房も神様もお金に変えてしまう。非の打ちどころのない兼業家に敬意をはらうべし。彼は毎朝五時に起き、まるで鳥のように、自分の住居とモンマルトル通り(9)をへだてる空間を飛んでゆく。嵐も、雷も、雨も、雪をものともせずにコンスティテュシヨネル新聞社へ行って、新聞の発行を待つ。配達を請け負っているのである。彼はこの政治的パンをむさぼるように受け取り、運ぶ。九時には家に戻り、女房と軽口をたたき、大げさにキスし、そしてコーヒーを一杯飲むか、子どもたちを叱りとばすかする。九時四十五分には、区役所に姿をあらわす。横木にとまったオウムさながら自分の椅子に腰かけ、パリ市の費用でぬくぬくと暖まり、午後四時まで、受け持ち区内の死亡届と出生届一切の登記を、死亡に涙こぼさず出生に微笑むこともなく、粛々と行う。つい先ほど『コンスティテュシヨネル』紙の精神が彼の肩の上にのって運ばれたように、区内の幸福と不幸が彼のペン先を通過してゆく。彼に重くのしかかるものなどない。彼はつねにまっすぐ前に進む。新聞の出来合いの愛国心を採用し、誰にも反対せず、みんなと声をあわせて非難したり喝采したり、ツバメのように身軽に生きてゆく。役所は彼の小教区教会に近いので、重要な儀式がある日には公務は臨時雇いにまかせて、教会の聖歌隊に加わってレクイエムをうたう。日曜や祭日には、豊かな声量の持ち主である彼は教会のもっとも美しい装飾品となって、大きな口を勢いよく歪めて陽気なアーメンをとどろかせる。彼は聖歌隊の首席歌手なのである。四時に公務から解放されると、シテ島[10]でももっとも評判の小売店（ブティック）に姿をあらわして、喜びあふれんばかりの陽気な声をまきちらす。彼の女房は幸せ者というべきだ。なにしろ旦那は嫉妬する暇もないほど忙しいのだから。彼はといえば、感情家というより行動の人である。だから店に入るやいなや、カウンターで大勢の客を生き生きとした瞳で惹きつける女性店員たちにちょっかいを出して嫌われ、アクセサリーやネッカチーフや熟練の女工たちが仕立てたモスリンの服に囲まれて性懲りもなく悦に入る。夕食前に訴訟手続きを手伝ったり、新聞を一ページ筆写したり、不渡りになった手形を執達吏のところへ届けに行ったりすることも多い。一日おきに夕方六時になると、国民衛兵[11]としての職務を忠実に果たす。夜にはオペラ座に駆けつけ、コーラスの終身バリトン歌手として兵士・アラビア人・囚人・未開人・農民・亡霊・ラクダの脚・ライオン・悪魔・精霊・奴隷・黒人なのか白人なのかは知らないが宦官、とにかくどんな役でもおまかせあれと待機する。そして、どんな役についても喜悦・苦痛・憐憫(れんびん)・驚愕を表現できるベテラン、いつも変わらぬ叫び声をあげ、ときには無言の行(ぎょう)、狩りもやれば戦闘も行い、お望みとあらばローマ、エジプトを目の前に出現させることだってできる。とはいうものの、彼が心ひそかに期するは、小間物商の店をもつことなのだ。そして彼はいまだオペラ座のニンフたちの、目をくらくらさせる肢体に惹きつけられたまま、良き夫、男、やさしい父になって、夫婦のベッドへもぐりこむ。見てきたばかりの退廃せる社交界とか、バレリーナのタリオーニの肉感的なロン・ド・ジャンブ[12]を、夫婦愛のために活用する。眠るとなると、彼はすぐ眠る。生活があわただしいように、彼の睡眠もまたあわただしい。これこそ人間の姿を借りた運動そのもの、空間の化身、文明の名を借りた変幻自在の神プロテウスではないか？　この男は歴史・文学・政治・政府・宗教・戦術、つまりあらゆるものを一身に要約している。これぞ生ける百科全書、パリそのもののように絶え間なく歩きつづけて休息を知らないグロテスクな巨人アトランティスである。彼にあっては両足がすべてである。このように激しい数々の労働をこなしながらまともな人相でいられるはずはない。たっぷりの金利収入で暮らす哲学者たちならば、火酒（オ・ド・ヴィ）でみるみるうちに胃を真っ黒にして三十歳にして老いて死にゆく労働者のほうが、小間物商よりも幸せなんじゃないかとおっしゃるかもしれない。前者はあっという間に死んでしまうし、後者はじりじりと死ぬのだから。この男は八つの職業をもち、両肩と喉と両の手と女房と商売から、まるで畑から収穫をあげるようにして、子どもたちと数千フランの金、刻苦勉励のあげくの至福という収益を引きだすのである。彼の財産と子どもたち、彼にとってはすべてともいうべき子どもたちは、いずれさらに上層の世界へと呑みこまれてゆくであろう。彼は、財産と娘、あるいは学校に入れて育てた息子を上層の世界へと捧げる。父親以上の教育を受けた息子は、野心に輝く視線をさらに上方へと向ける。小売商の子弟は、国家のお偉いさんになろうとするものだ。

この野心に導かれてパリ第二領域の考察へと赴くとしよう。一階分上がって中二階へ進むか、あるいは屋根裏部屋から五階まで下りてみたまえ。[13]つまり何かを所有する世界への潜入だ。しかし結果は同じことである。卸問屋とその店員・会社員・小銀行の偉大なる堅物行員・詐欺師・悪人に、手代・番頭、執達吏や代訴人や公証人の事務員たち、要するにプチブルジョワ階級のうちでもとくに動きまわり、知恵を働かせ、投機する分子たちである。彼らはパリ中の利権を操り、不測の事態に目を光らせ、食料品を買い占め、労働者が生産した製品を倉庫にしまいこみ、南仏の果物、大洋の魚、陽光ふりそそぐ斜面にあるブドウ園のワインを買いこみ、東洋(オリエント)に手をのばして、トルコ人やロシア人が見向きもしないショールを買いあさり、収穫のためにはインドへも行き、売り値が上がるまで辛抱づよく待ち、利益を飽くことなく追いもとめ、手形を割り引き、有価証券はくるくる巻いて金庫にしまいこみ、パリ全体をこまかく分けて包装し、車にのせて運び、子ども客の好みをうかがい、中年客からは気まぐれや悪徳をさぐって病気からだって搾り取る。しかも労働者のように火酒(オ・ド・ヴィ)を飲むこともせず、市門の悪所で身をほろぼすこともしないが、同じように力を使い果たし、肉体と精神を極度に緊張させ、しかも肉体が精神を、精神が肉体を疲れさせ、欲望に身を焼き、あわただしく駆けめぐってわが身を消耗している。プロレタリアの場合は貴族たちの余これを望むという至上命令がひっきりなしに要求する物質製造の、いわば苛酷なる造幣プレスに打ち出されるかのようにして、身体を変形させるのであるが、プチブルジョワは利益という鞭に追い立てられ、この怪物的都市の上層を責めつける野心の拷問により変形するのである。この階層においても、普遍的な支配者である快楽と黄金とに従うためには、時間をむさぼり、時間を急き立て、一昼夜に二十四時間以上の時間を見つけ出し、神経をいらだたせ、体をこわし、あげくは二年間の病気療養のために老後の三十年を売り渡さなければならない。労働者は施療院で衰弱死するが、プチブルジョワは生に執着して生き、痴呆となる。みなさんも彼らが疲れきった無表情な老いぼれた顔つきをして、眼には光なく、よれよれになって、愛する街、ヴィーナスの腰帯ともいうべきパリ周縁の大通りを、呆けた様子で歩いていくところに出くわしたことがおありだろう。では、このようなブルジョワになりたがる者たちの望みとは何か？　国民軍の短剣と、珍しくもない家庭料理ポトフと、ペール＝ラシェーズ[14]にしかるべき墓をもつこと、そして老後のために合法的に稼ぎ貯めた金である。労働者たちの月曜日にあたるのが、彼らの日曜日である。彼らの休息とは、貸馬車に乗ってピクニックに行くことであり、女房と子どもたちは、はしゃいで思いきり埃を吸いこみ、陽に焼ける。同じく盛り場の息抜きにあたるものは、不味いことで有名な料理屋であり、真夜中までの息のつまりそうな思いをさせられる家庭ダンス・パーティである。顕微鏡でのぞく水滴にうごめく微生物を眺めて舞踏病に感染するとおびえるバカがいるが、ラブレーの物語に登場する世人の理解をこえた豪胆さを誇る巨人、あのガルガンチュアが、もしも天から地上に降りてきて、次に描くようなパリ第二階層の生活を眺めるとしたらなんと言うであろうか？　読者のみなさんは、穀物市場[15]の銅製の丸天井の下に、夏でも寒く、冬には暖房といえば足温器ひとつしかない粗末なバラックが並ぶのをご覧になったことがおありだろうか？　マダムは朝からそこに座って仲買人として働き、その仕事で年に一万二千フランも稼ぐそうである。ムッシューは、マダムが起きるころにはもう薄暗い事務所へ行って、界隈の商人たちにその場しのぎの金を一週間の期限で貸す。九時には、所長代理をしているパスポート事務所にいる。夕方には、イタリアン座[16]かどこかの劇場で、切符売り場に座っている。子どもたちは里子に出され、中学校に通うか寄宿舎に入るころにならなければ戻ってこない。ムッシューとマダムとは今や四階にお住まいで、料理女中が一人いるだけなのに、薄暗い照明に照らされた縦横十二ピエ(17)と八ピエのせまいサロンで舞踏会を催す。それでも娘には十五万フランの持参金をもたせてやり、五十歳になってやれやれひと息いれようかと、オペラ座の四階ボックスに姿を見せ、四輪辻馬車(フィアークル)に乗ってロンシャン(18)へ出かけ、晴れの日には欠かすことなく、塀際にみすぼらしく植えられた果樹さながらの色あせた盛装で、ブールヴァールを散歩する。界隈では尊敬され、政府のおぼえめでたく、上層ブルジョワにコネもある。ムッシューは六十五歳にしてレジョン・ドヌール勲章を授与され、区長である娘婿の父親が開く夜会に招待される。プチブルジョワの生涯にわたる刻苦勉励は何がなんでも彼らの子どもたちを上流階級に押しあげることに費やされる。各階層はその一段上流に自分たちの卵を放流する。金を貯めた食料品店の息子は公証人となり、材木商の息子は司法官となる。歯車の歯は溝を嚙んでまわり、黄金の上昇運動は勢いづく。

やっと地獄の第三領域にたどりついた。いつの日か、この地獄を描く**ダンテ**(19)があらわれることであろう。パリの胃袋ともいうべきこの第三の社会階層では、パリ中の権益が消化され、世に言うところの経済活動に濃縮され、わんさと群がる代訴人・医者・公証人・弁護士・企業家・銀行家・卸商人・投機家そして司法官たちが、鼻をつく悪臭を放つ腸管の蠕動運動にしたがって、うごめき、沸き立っている。ここにはどこよりも多く肉体と精神を破壊する原因が集まっている。こういった人たちは、ほとんど全員、汚い事務所、悪臭のただよう会見室、鉄格子のはまった小部屋で、仕事の重みに背中も曲がらんばかりのありさまで一日を過ごす。早朝に起きて段取りをつけ、損をしないようにできるだけ収益をあげる、あるいは持てるものを失わないようにする、ある男の身柄ないしその金を差し押さえる、事業を始めるか、けりをつけるかする、一瞬の好機をつかまえて利益をあげ、男をひとり絞首刑にすることもあれば釈放することもある。彼らは馬を走らせ、乗りつぶし、疲弊させ、老いぼれさせるが、そんな年齢でもないのに彼ら自身の脚も老いこんでしまう。時間が彼らを支配する暴君である。彼らに足りないのは時間、彼らから逃げ去ってゆくのも時間である。時間を引き延ばすことも、時間を短縮することも、彼らにはできない。公衆の不幸を一身に背負い、不幸を分析し、秤にかけ、重さを量り、平等に切り分けるといった職業によって蝕まれてゆくのであるから、偉大で、純粋で、道義的で、高潔でありつづけられる人がいるだろうか？　生まれながらの美貌を維持することができるものだろうか？　こういった人たちは、感じる心をどこかに預けているのだ。どこにですかって？　この私にもわかりません。しかし彼らがまだ感じる心を持ち合わせているのなら、毎朝たくさんの家庭の苦悩の底に下りてゆく前に、自分自身の感じる心はどこかに預けざるをえない。彼らにとって不可解なものは存在してはならず、懺悔聴聞僧（ざんげちょうもんそう）の役をわが身に引きうけ、社会の裏面を見つくしているので、社会を軽蔑しきっている。その職業の種類はさまざまであるが、そろって腐敗と対決をした結果、その腐敗に対して強い嫌悪をおぼえ憂鬱になる。あるいは疲労の末に、裏取引をして、当の腐敗に与（くみ）するようになる。つまるところ、法律と人間たちと制度とに強制されて、まだあたたかい死体の上を飛びまわる黒丸鴉（コクマルガラス）さながら、必然的にあらゆる感情に無感動になってしまう。いかなる時にも、金を扱う職業は生きた人間を秤にかけるし、契約を扱う職業は死者を秤にかけるし、法律を扱う職業は良心を秤にかける。その職業では休みなくしゃべりつづけなければならないので、思想を言葉に、感情を文章に、魂を喉仏（のどぼとけ）に置きかえてしまう。彼らは疲労し、意気消沈する。大商人も裁判官も弁護士もまともな感覚をもちつづけられるわけがない。何も感じなくなり、現金により歪められる規則を適用するのだ。職業生活の奔流にさらわれて、夫でもなければ父でもなく恋人でもなくなる。人生のもろもろは表面だけすべってすませ、ただただ大都会の経済活動に押しまくられて生きていく。家に帰れば帰るで、舞踏会・オペラ座・祝宴に動員され、そこで顧客や新しい知己・後援者を獲得する。みながみな食べ過ぎ、賭事をやり、徹夜をするので、顔が腫れるか、痩せ細るか、赤らむかである。知力の恐るべき浪費、くりかえされる道徳的矛盾に見合う代償は、青ざめた快楽では間にあわない、これに釣り合うのは放蕩、それも隠れて行うすさまじい遊蕩である。なにしろ彼らはあらゆるものを自由にし、社会道徳だってつくるのだから。ほんとうは実に愚劣な奴らであるのに、専門知識がこれを隠す。専門知識はあるが、それ以外のことについてはまったく無知である。そこで自尊心を救うために、なんでもかんでも疑問だと称し、でたらめ放題に批判する。懐疑派をよそおうが、実は物事を鵜呑みにするほうであり、果てしない議論のなかに溺れてしまう。確固たる信念をもたないですますために、社会的、文学的、政治的偏見を適当に採用する。良心は法律や商事裁判所の目の届かないところに隠しておく。すぐれた人物になるよう早熟な門出をしたのであるが、早々に凡人となり果て、這いつくばって社交界の頂点へとよじのぼる。陰鬱な青白い顔に化粧を塗りたくり、にごった眼には隈取りができており、口はよくまわり肉感的、しかしよく見ればそこには思考の退化の徴候が読みとれ、思考はといえば専門業という頭脳のサーカスでさんざん働かされたあげく、物事を大局に立って理解し、一般化して考え、結論を引きだすという総合力が圧殺されていることがわかる。彼らのほとんどが取引の業火に焼かれてぼろぼろになる。巨大な機械に砕かれ、歯車に巻きこまれた者が偉大になることがありえようか。医者になったら、医業のほうはほとんど手抜きにするか、それとも例外的に、あの偉大なるビシャ[20]となって、それゆえ早死にするか、である。大商人にして何かが残るとすれば、ほとんどジャック・クール[21]の末路をたどる。ロベスピエールが何かをしたと言えるだろうか？　ダントンはただ待っていた怠け者であったにすぎない[22]。それにダントンやロベスピエールがたとえどんなにすばらしくとも、ああいう顔つきになりたいと思った人がいるだろうか？　忙しい人たちは金を集め、蓄財のおかげで貴族階級の家族と縁組をする。労働者の野心とプチブルジョワの野心は同じであったが、この階層にもまた、同じ情熱がある。パリではあらゆる情熱が虚栄心に要約される。この階層の典型的人物とは、苦しみぬき、策略に明け暮れた人生を送ったのちに、蟻が壁の割れ目を見つけるようにして国務院にもぐりこんだブルジョワ、あるいは国王が貴族への面当て（つらあて）として貴族院議員に任命した権謀術策の元新聞社主幹、またはパリの自分の住む区の区長となった公証人であって、いずれにしろ経済活動の圧力に打ちひしがれて目的を遂げたときには、もう死人同然。それでもフランスはカツラをかぶった老人に地位を与える慣わしをつづけている。自己の計画遂行のために若手を起用しようとしたのは、ナポレオン、ルイ十四世その他の、特別に偉大な君主たちだけであった。

この階層のさらに上に、芸術家が生きる世界がある。だがここにおいてもまた、独創的という刻印を押された彼らの顔は高貴でありながら破壊されている。壊され、疲弊し、歪んでいる。創作意欲の過剰に疲労困憊し、要求の多い空想にさいなまれ、精力をむさぼりつくす才能ゆえに倦み疲れ、しかも快楽に飢え、パリの芸術家たちはみな、怠けるとたちまち生じる差を埋めようとして過度に働き、社交界と栄光とを、金と芸術とを両立させるための空しい努力を重ねる。芸術家はデビューするやもう借金取りに追いかけられてあえぐのである。彼の欲求が負債を生み、負債は徹夜につぐ徹夜を要求する。仕事の後には快楽である。俳優は真夜中まで舞台に立ち、午前中に演技の研究をし、正午には総稽古だ。彫刻家は彫像の下で身をかがめ、新聞記者は戦場の兵士同様に行軍する思考となり、流行画家は仕事に押しつぶされ、売れない画家は天才を自負しながら、自らの臓腑をも食らうような空腹に耐える。競争、対抗意識、中傷が才能を殺してゆく。絶望して悪徳の淵に転落する者もあれば、無知ゆえに自分の将来をあまりに早く浪費し、若くして無名の死を遂げる者もいる。もとは輝くばかりであった美貌がその美しさをとどめることはほとんどない。それに彼らの顔の燃えるような美しさは理解されないたぐいのものである。芸術家の容貌はいつでも世の愚か者どもが理想的美と呼ぶ水準からほど遠く、並はずれている。どんな力が芸術家の顔を破壊するのか？　情熱である。そしてパリでは、情熱はつねに二つのキーワードに還元される。すなわち、黄金と快楽。

　さてここで読者のみなさんも深呼吸をしてみませんか？　すがすがしい空気と空間を感じるでしょう？　ここには労働も苦役も存在しない。螺旋を描いて上昇する黄金の流れは頂上に到着する。黄金は地下室の採光窓からこぼれて流れはじめ、小売商の店の奥、防波堤のごときところに多少とどまり、勘定台や大店(おおだな)で金の延べ棒に姿を変え、若い娘の手や老人の骨ばった手で持参金や遺産として運ばれ、貴族という種族へとほとばしり、そこで光り輝き、広がり、あふれんばかりなのである。しかしながらわれわれは、パリという巨大な資産蓄積のよりどころとなっている四つの地層を離れるまえに、上述の精神的原因だけではなく物質的原因からも結論を引きだして、ここで門番や小売商や労働者の容貌に絶えず作用をおよぼす潜在的病疫に目を向けるべきではなかろうか？　それを放置しているパリ市当局の腐敗と同じく、腐敗しきった有害な力を告発すべきではないか？　大多数のブルジョワが住む家の空気は汚染され、街は有害な瘴気を排出して、店の裏の部屋まで空気が希薄になっているというのに、こういった空気汚染の他にこの大都市の四万もの建物が、ゴミの山のなかに足場を置いている。市当局は、悪臭を放つ汚泥が地面にしみこんで井戸を汚染するのを防ぎ、古くから沼地リュテースの異名で知られているパリ(23)が本物の泥沼となるのをくい止めるために、こうしたゴミをコンクリートの壁で囲う対策を真剣に練ったこともない。パリの半分は、中庭と通りと便所が発散する腐敗臭に浸されている。とまれ先ずは、風通しのよい金ピカの大サロンや、広大な庭付きの館、裕福で、幸福な、有閑の、たっぷりの金利収入のある人びとの世界にとりかかるとしよう。彼らの容姿は虚栄心に蝕まれ、衰弱している。そこには現実というものがない。快楽の追求は、倦怠にゆきつくのではないか？　社交界の人びとは早々に性的本能をすりへらしてしまう。快楽を生みだすことにばかり熱を入れたあげく、労働者が火酒（オ・ド・ヴィ）を痛飲するような勢いで、感覚を使い果たす。快楽とはある種の薬に似ている。つねに同じ効果を得るためには、その用量を増やしてゆかねばならず、あげくの果てには死か痴呆をもたらす分量を服用することになる。下層の諸階級は金持ちたちの前では身を屈してみせているが、その間も、ひそかに金持ちたちの嗜好をさぐり、彼らを悪徳に誘い、金儲けをしようと狙っている。この国に張りめぐらされた巧妙な誘惑の網の目に抵抗するなど、至難の業ではあるまいか？(24) パリにはパリ風のアヘン吸飲者がいるのであって、賭事、美食崇拝あるいは高級娼婦との遊びが彼らにとってのアヘンである。彼らが若くして情熱ではなくて趣味に凝り、ロマネスクな空想や、寒々とした情事に走ることに読者のみなさんもお気づきであろう。この社会層には性的不能が広がっている。思想は存在せず、エネルギーが消えゆくのと同じく、思想もまた閨房のたわ言や女らしいサル真似とかになって消え去る。四十歳になっても幼い男がいるかと思えば、十六歳ですでに老成した博士きどりもいる。金持ちたちはパリで出来合いの才知や、お膳立てのできた学識や、既製の意見を見つけることができるものだから、才知も、学識も、意見ももつ必要がない。この社会では良識の欠如は、ちょっとした弱点か放蕩と同等に扱われる。時間を浪費するがゆえに、時間を惜しむ。この社会に思想を探すべきではないし、まして愛情を求めてはならない。抱擁とキスがまったくの無関心を、慇懃さがあいかわらずの軽蔑を覆いかくしている。ここでは自分以外を愛することなどありえない。軽薄な才気、山ほどの軽口、おしゃべり、何よりも紋切り型の台詞。以上が彼らの言語の基本である。なのに、一見したところ幸せ、じつは不幸な輩たちは、ラ・ロシュフーコー風の箴言を口にし実行するために集まっているのではないと言い張る。過度の充満とまったくの空虚の中間、つまり十八世紀が発見した中庸は存在しないかのようだ。だから健全な人びとが繊細で軽妙な戯れ言を口にしても、誰ひとり理解しない。そのうち、まともな人たちは与えるばかりで受け取るものがないことにうんざりして、自分のうちに引きこもり、愚か者たちがわがもの顔にはびこるがままにする。こうした空虚な生活、どこまでも達成感のない快楽を待ち期待しつづける永遠の倦怠、機知と思いやりと知能の空しさ、パリ風の大宴会の疲労などが彼らの顔にあらわれて、作り物じみた顔、早すぎる皺、不能の歪みが生じ、黄金の反射光は射すが知性は逃げ去るあの金持ち面をつくりだす。

精神的なパリを見れば、身体的なパリも同じことでしかないのがわかる。王冠をいただくこの都会は、いつも身ごもっていて、抑えきれない怒りのような欲望をいだいている女王である。パリは地球の頭である。才能がぎっしりとつまった、人類の文明を導く頭脳であり、偉人であり、創造をつづける芸術家であり、物事を見抜く政治家である。こういった傑出した政治家の脳には無数の皺があり、彼は偉人の悪徳と、芸術家の気まぐれと、政治家の無感動とをあわせもっているはずである。その容貌には善と悪がきざし、闘争と勝利がうかがえる。いまだ世界のすみずみまでラッパの音をひびかせている一七八九年の思想的な戦いや、一八一四年[25]の衰退があらわれている。パリ市が、みなさんが驚嘆しながらご覧になっている波を切って進むボイラーつき蒸気船よりも、精神的、温かみがあって、清潔であるなどということはまずありえない！[26]　パリとは、知性を満載した崇高なる軍艦なのではないか？　その武器は、ときに宿命とみなされるほど権威ある言葉である。「パリ市」号は、勝利を刻んだ青銅のメイン・マストを立て、ナポレオンを見張りに据える。この船は、縦にも横にも揺れる。だが、波を切って世界の海を進み、いざとなれば論壇という百の大砲が火を吹き、帆にいっぱいの風をうけて科学の海を突き進むこの船の中檣帆（トップスル）からは、学者や芸術家が声高らかに「前へ、進め！　つづけ！」と叫んでいる。この船には多数の乗組員がおり、彼らは新しい旗で船を飾り立てることを好む。ロープのあいだで笑っているのは少年船員たちであり、子どもたちである。底荷（バラスト）は重たいブルジョワたちで、労働者や水夫たちはタールを塗っている。船室にいるのは幸せな船客たちである。優雅な海軍士官候補生たちは甲板の手すりにもたれて葉巻をふかしている。上甲板では兵士・革新家・野心家たちが、どの岸でもいいから上陸しようと目を光らせ、快楽という栄光、金のかかる情事はないかと狙っている。

こうして、プロレタリアたちの常軌を逸するほどの動き方、ブルジョワとプチブルジョワを打ちひしぐ利害関係の退廃、芸術家をさいなむ思考、上流階級が絶え間なく追求する過度の快楽が、パリで見かけるさまざまな容貌がなべて醜悪である理由を説明するのである。人類のすばらしい身体を目にすることができるのは、東洋(オリエント)においてのみ。理想の体型は、長いキセルを口にくわえ、短い脚と角張った胴体をもち、運動をさげすみ恐れる深遠な哲人たちが何よりも好む、不断の平静の結果として生まれる。これに反してパリでは、小人物、中人物、大人物つまりあらゆる人物が、「必要」という情け容赦のない女神、金の必要、名誉の必要、享楽の必要の鞭に追いまくられて、駆けまわり跳ねまわっている。だから、生気にあふれ、ゆったりとして、優雅で真に若々しい顔があれば、それは例外中の例外、めったにお目にかかれない代物(しろもの)である。もしあるとすれば、それは必ずや信仰に燃えた若い聖職者か、あごが三重にくびれた四十がらみの福々しい司祭か、良家に育った品行方正な若者か、初めての子どもに乳を飲ませているいまだ夢みがちな二十歳の若い母親か、あるいはまた信心深い未亡人に預けられて自由に使える金は一文もない地方出身の初心(うぶ)な若者か、一日じゅうキャラコをたたんでは広げて真夜中になって疲れはてて眠り、朝は七時にとびおきて陳列台に品物を並べる小売店の小僧か、修道僧のように美しい思想をいだいて、つつましく辛抱づよく清らかに暮らす学者や詩人か、または、すっかり自分に満足してその日その日をバカげたことに没頭し、はちきれんばかりに健康で、いつもひとりで笑っているバカ者か、あるいはまた、これはパリにおける唯一の真に幸せな人間だが、パリのめまぐるしい詩情を絶えず嚙みしめている幸福で遊惰な散歩者か、のいずれかである。もっともパリには、生産や利害や取引や芸術や金の激しい動きから利益を得ている特権的な一群がいる。女性たちである。彼女たちもまた他のどんな都会よりも容貌を傷つける無数のひそかな脅威にさらされているのであるが、それでも、女の世界には、東洋風に日を送り、美貌を保つ幸福な少数部族がいるものである。こうした女性たちは町を歩くことも稀であり、ある時間にしか花弁を開かない異国の珍しい植物のように、ひっそりと隠れ住んでいる。とはいうもののパリはまた、本質的にコントラストの世界でもある。真実の感情はごく稀だとしても、それでもなお他と同じく高貴な友情や限りない献身に出会うことがある。利害と利害とが、情念と情念とが闘う戦場における諸階層は、それぞれのエゴイズムにもとづいて自分の身を護る必要があるのだが、ひとたび真の感情が完全な姿をとってあらわれるや、一変してまるで行進する軍隊のごとく崇高偉大になる。容姿についても同様である。パリの上層貴族階級のなかにはときどき、完全に例外的な教育と風習、環境の結実ともいうべき、ほれぼれするほどの美しい顔つきの青年たちがいる。彼らは英国の血を引く若々しい美しさと、南国的なくっきりした顔立ちと、フランス的精神と、そして完璧な体型とをあわせもつ。燃えるように輝く両の眼、すばらしく魅力的な赤い唇、細くつややかな黒髪、白い肌、秀麗な顔立ちが彼らを人類の美しい花となす。とりわけ、くすんで、古び、歪んだしかめ面をしている他の無数の容貌とくらべると、こういった稀なる花は見とれるほど美しい。だから女たちはこうした青年に出会うと、品がよく優美で、純潔の美点という美点を一身に集めたような娘に男たちが目をとめて、これを美化して想像するときと同じように、快楽を期待してむさぼるように美青年を見つめるのである。先にパリの住民一般について手短に行なった省察から、ラファエロの絵のような美しい容貌がいかに稀であることか。そのような美貌を見れば熱狂が沸きおこるのも無理からぬ、とご理解いただけるなら、この物語の要点はすでに証明済みとなろう。風俗研究にスコラ哲学の定式を援用することが許されるなら、「以上ニテ証明終了」である。

さて木々は芽吹きはじめているものの、若葉となるのはまだ遠い早春、ある晴れた朝のことであった。太陽は家々の屋根をあたため、空は青かった。パリの住民はミツバチが巣から出て羽音を立てはじめるように、大通りにやってきてラ・ペ通りからチュイルリー宮(27)へと、極彩色の蛇のように列をつくって蛇行し、田園的な陽気が戻ってきたことを喜ぶのであった。そんなある日、その日の太陽のように美しく、優雅に装い、いかにもくつろいだ物腰の愛の申し子(これは内緒で読者のみなさんにお教えするのであるが)、つまりダッドレー卿と、ご存じヴォルダック侯爵夫人とのあいだの私生児である青年が、チュイルリーの遊歩道を歩いていた。アドニスのような美青年の名前はアンリ・ド・マルセー、フランス生まれである。彼の実の父でイギリス人のダッドレー卿は、アンリを身ごもっていた若い女性をフランスへ伴い、ド・マルセーという老貴族と結婚させた。すでに羽の色あせた蝶というか、むしろほとんど死んだも同然であった老貴族はその子を認知した。自分の息子となる子どもに分与される十万フランの年金の用益権と引きかえであった。ダッドレー卿にとっては、恋の代償が高くついたわけではなかった。なにしろフランス国債は当時、十七フラン五十サンチームだったからである。[28] 老貴族は妻となじみになることもなく亡くなった。ド・マルセー夫人はその後、ヴォルダック侯爵と結婚した。侯爵夫人となる前からすでに、子どものこともダッドレー卿のことも気にかけている様子はなかった。だいいち、フランスとイギリスのあいだの戦争布告が恋人たちを引き裂いてしまっていた。いずれにしろパリではそれでも貞節を守る、が流行であったためしは、過去にも現在にもない。やがて社交界において優雅で美しく、誰からも愛される女として成功すると、このパリジェンヌは母性を忘れた。ダッドレー卿もまた母親と同じく、息子のことなど気にかけなかった。自分が愛した若い娘が早々に心変わりしたので、彼女にかかわりのあることすべてに反感をいだいたのであろう。それに父親というものは、子どもをよく知ったうえでなければ愛することができないものだ。これは家族の平穏にとってもっとも重要な社会的信条であり、独身者もみな知っておくべきことであるのだが、父性愛とは、女性や習俗や法律によって温室の中で育成される感情であることは証明済みである。

かわいそうなアンリ・ド・マルセーは二人の父親のうち、父親になる義務を有しないほうの父親には対面したことがある。当然のことながら、ド・マルセー氏の父性愛はきわめて不完全であった。自然の法則からして、子どもが父親を必要とするのはごく短い期間であり、この貴族も自然をまねることにした。この爺さんに悪癖がなかったら、自分の名前を売る仕儀にもならなかったのだが、老貴族は国庫が国債所有者に半期ごとに支払うわずかな金を賭博場や飲酒に費やしてはばかることがなかった。やがて彼は、この子を未婚の妹ド・マルセー嬢に託した。彼女は子どもの面倒をよくみて、兄から送られるわずかばかりの仕送りを工面して家庭教師を雇った。家庭教師は貧乏な神父であったが、少年の将来を見抜き、少年を慈しんだ。報酬は十万フラン[29]の金利収入から受け取ることにして教育を引きうけ、少年を慈しんだ。この教師はたまたま真の司祭、つまりはフランス枢機卿、あるいは教皇となったボルジア[31]になるべき聖職者たちのひとりであった。彼はこの子に、学校だと十年がかりで教えることを三年で教えてしまった。マロニ神父という名の傑物は、子どもにあらゆる角度から文明というものを学ばせて、教育の仕上げをしたのである。自らの経験を教えこみ、当時は閉鎖されがちだった教会へはめったに連れてゆかず、劇場の楽屋裏へは頻繁に連れてゆき、もっとしばしば高級娼婦のところへと伴った。彼は人間のさまざまな感情を一つひとつ解き明かし、当時は盛んに政治が画策されていたサロンのまっただ中で実地に政治を教え、統治装置を一つひとつ説明した。師は、両親に見捨てられているが先の見こみのあるこの子どもに愛情をいだき、雄々しくもではあるが、母親代わりをつとめようとした。もともと教会は、孤児の母たるべき存在ではなかったか？　弟子のほうも師の期待によく応えた。師である立派な人物は一八一二年に亡くなったときには司教であったが、この世に、勇気も才知も完璧にそなえ、十六歳にして四十歳の大人の上に立つような子どもを遺すことができて満足していた。その昔の素朴な画家たちが、地上の楽園に住む蛇に模して描いたあの魅力的な外見をもつ子が、冷たい青銅の心臓とアルコール漬けの脳髄とを隠しもつとは、誰が知ろう？　それだけではまだ大したことではない。紫の法衣をまとった善良なる悪魔というべき神父はまだそのうえに、庇護する子どもにパリ上流社会のあの人この人を紹介しておいた。この青年にあらためて、金利収入十万フランを与えたようなものである。結局、この聖職者は、品行はよくないが駆け引き上手であり、疑い深いが知識はあり、油断ならないが愛想はよく、弱そうに見えるがどうしてどうして肉体も頭脳も強靱であった。彼は生徒にとってはじつに有益な教師であって、悪行にたいしては寛大、あらゆる権力関係を計算することができ、人間を測るとなるとこのうえなく深遠、そして〈フラスカティ〉(32)などで遊ぶときの若さときたら……。とにかくこの僧職者のことを話せばきりがないから、このくらいにしておこう。だから、さすがのアンリ・ド・マルセーも師には感謝しており、一八一四年になっても、愛する師から唯一相続した肖像画を眺めるときだけはほろりとするのだった。驚嘆すべきこの司教の才能があれば、当時の若僧たちの非力と上級僧侶たちの老衰のゆえに危機にあったローマ・カトリック教会を救うことだってできたであろう。もっともカトリック教会がそれを望めば、の話ではあるが。戦争がつづいたので、ド・マルセー二世は本当の父親のことは知らなかった。実の父の名前を知っていたかどうかさえ疑わしい。自分を捨てた母親のド・マルセー夫人についても、実の父についていて以上のことを知らされていたわけではなかった。この子は法律上の父親の死を嘆くことがなかったが、それも無理はない。唯一母親代わりをしてくれたド・マルセー嬢が死んだときには、ペール＝ラシェーズの墓地に、たいへんきれいな小さな墓をたてた。マロニ師はリボンのついた縁なし帽をかぶったこの老嬢に天国における特等席を約束していたから、彼女は心安らかに死んでいった。アンリは彼女の死にエゴイストらしい涙を流した。つまりひとりぼっちになる自分自身のことを思って泣いたのである。この悲嘆を見た師は、ド・マルセー嬢ときたら、煙草を吸っていやな臭いを放つし、耳は遠く、醜い困り者になっていたのだから、むしろ死んでよかったのだと教えて、弟子の涙を乾かしてやった。司教はすでに一八一一年に、アンリの後見を退いていた。つづいてド・マルセー夫人の再婚に際しては、親族会議の席で、告解室の格子越しに選んでおいた、頭を働かせることはできないが実直な男をアンリの財産管理者とした。師は財産からの利子は教団の必要にあてるべく運用したが、元金は減らさないようにしていたのである。

こうして、一八一四年の末ごろになると、アンリ・ド・マルセーはこの地上の誰にたいしても義務を負うことなく、群れから離れた鳥のように自由であった。彼は二十二歳を過ぎていたのだが(33)、十七歳になるかならずに見えた。彼のライバルたちでさえ彼がパリ随一の美青年であることを認めざるをえなかった。実の父ダッドレー卿からは人の心をとらえて放さない嘘つきの青い眼を、母親からは豊かな黒い髪をゆずりうけていた。両の親から由緒正しき血筋、少女のような肌と、優しくつつましげな立ち居ふるまい、繊細で貴族的な容姿、そして非常に美しい手をうけついでいた。女性はみな、彼をひと目見ると恋におちる。もっともその恋心は、おわかりだろうか？　心をさいなみはするが、欲望が満たされることはないとわかるや、はやばやと忘れ去るような恋心であった。一般に、パリの女性たちには執着心がない。オランジュ家の銘である「ワレ固持スベシ」を男のように口にする女性は少ない。アンリは初々しく、澄んだ水のような眼をしているにもかかわらず、獅子の勇気と猿の狡猾さをあわせもっていた。彼は十歩はなれたところから短剣を投げて弾丸を真っ二つにし、ケンタウロスを思わせるほど巧みに馬に乗り、いとも優雅な手綱さばきながら猛スピードで馬車を走らせた。天使ケルビムのように敏捷、それでいて羊のように物静か。だが、場末の労働者にキックボクシングの足蹴りをくらわせ、棒術で打ち倒すこともできる。万が一、落ちぶれたときにはミュージシャンになれるほど巧みにピアノをひき、プロデューサーのバルバイア(34)と一シーズン五万フランで契約が結べるほどの美声の持ち主でもあった。ただ嘆かわしいことに、これら数々の美点と愛すべき欠点も、ただ一つの悪徳ゆえに台なしであった。要するに彼は男も女も、神も悪魔も信じなかった。気まぐれな自然がまず手はじめにこういった資質を与え、例の神父が仕上げをしたのであった。

これからお話しする冒険譚をご理解いただくためには、ダッドレー卿にむかって、あなたの美しい肖像の似姿をつくってさしあげます、と提案した女性が少なからずいたことも、付け加えておかねばなるまい。卿のこの種の作品中、第二の傑作と呼ぶべきはウーフェミーという少女であった。あるスペインの貴婦人から生まれ、ハバナで育てられて植民地の堕落した嗜好を身につけ、アンティーユ諸島生まれの若いクレオール娘をひとり同伴してマドリッドに帰ってきた。彼女は運よく、フランス軍のスペイン占領以来(35)パリのサン＝ラザール通り(36)に住居をかまえるサン＝レアル侯爵ドン・イホスというスペインの老富豪と結婚した。ダッドレー卿は持ち前の無頓着さと、何も知らない若い世代をそっとしておこうという心遣いの両方から、子どもたちには自分があちこちでつくっておいた血縁関係を教えることはしなかった。こういうところが文明の不都合なところであるが、文明それ自体には多くの利点があるのだから、利益を考慮して不利益には目をつぶるべきであろう。これから先、私がダッドレー卿に言及することはないと思うが、ここで一つだけ付け加えておこう。卿は一八一六年当時、東方からの商品の保護以外については何かと厳しかった英国の司法警察の追及をさけて[37]、パリに逃避行をしていた。旅先でたまたまアンリを見かけた卿は、あの美しい青年は何者かとたずね、その名前をきくと、「じゃあぼくの息子というわけだ、気の毒に！」と言った。

以上が、一八一五年の四月の中ごろ、チュイルリーの広い遊歩道を、已れが力を知り平和に威厳をもって進む獣のように、ゆうゆうと無頓着な様子で歩いていた青年の生い立ちである[38]。ブルジョワの女たちは無邪気にも、通りすがりの彼をもう一度見ようとふり返った。貴族の女たちはふり返ったりはせず彼が戻ってくるのを待ちうけ、自分たちのなかのもっとも美しい女にも見劣りしない肢体をそなえた、この甘美な顔をいつでも思い出せるようにと、記憶に刻みこんだ。

「日曜日にこんなところで何をしているのだい？」と、通りかかったロンクロール侯爵[39]がアンリにたずねた。

「仕掛けたヤナに魚がかかったのさ」と問われた青年が答えた。

ロンクロールもド・マルセーもお互いを知らないふうをよそおいつつ、意味ありげな目くばせを交わすやり方でこの意見交換を行なった。アンリ青年は一見何も見ず何も聞かないようで、実はあらゆることを見聞きしているパリジャン特有のすばやい視線と特別な耳を駆使して、通行人ひとりひとりを観察しているところであった。そのとき、ひとりの若者が近づいて親しげに彼の腕をとり、「ご機嫌いかが、ド・マルセー君」と話しかけた。「元気だよ」と、ド・マルセーは一見愛想よく答えた。パリの若者たちのあいだでは、これは現在も未来も保証しない、ただの挨拶なのだが。

じっさいパリの青年たちは他のどこの都市の青年とも似ていない。パリの青年は二つのカテゴリーに分けられる。すなわち幾ばくか資産を所有している青年と、持たざる青年、あるいは物事について考える青年と、金を使う青年との別である。おわかりだろうか、パリには、優雅な生活に特有の結構な暮らしをしているいわばパリ先住民たちがいるのである。この二種に分類されない、その他の若者たちは単に子どもなのであって、もっと歳をとってからようやくパリの生活を理解し、同時にパリからだまされるばかりとなる。彼らは物事をよく考えることなく、ただ学ぼうとひたすら励むだけだと悪口をたたかれる。さらにまた、裕福と貧乏にかかわりなくひたすら職業に励む、その道一筋の青年たちがいる。彼らは模範的市民、いささかルソーのエミールであり、社交界には姿をあらわさない。駆け引き上手な人たちは無遠慮にも、あの愚か者たちがと言うのだが、愚かであろうとなかろうと、凡庸な人間の数はますます増えてゆき、フランスはその重みに押しつぶされている。彼らはつねに存在する。彼らは凡庸という鏝（こて）ですべてを一律に平らにのばし、無力を良俗あるいは清廉と呼んで誇りとし、公事も私事も台なしにする。この種のいわば社会的な優等生たちが行政・軍隊・司法・議会・宮廷に病害をおよぼす。彼らがこの国を衰弱させ、平板なものにし、政体にリンパ液をためて水肥りさせるのだ。こういった正直者たちは才能ある人たちを破廉恥とかサギ師呼ばわりする。このサギ師たちはたしかに自分の仕事にたいして高い報酬を支払わせるが、少なくとも社会の役に立っている。それに引きかえ、正直者たちは社会に害をおよぼすのに、大衆の尊敬をうける。フランスにとって幸いなことに、優雅な青年たちはこういった連中にきまって能なしの烙印を押す。

　というわけで、一見したところアンリ・ド・マルセーと同じ優雅な生活の同業組合に属する青年たちも、二種類にはっきり分かれる。皮相な観察にとどまらず物事をよく見ていくと、差異は純粋に精神的なものであって、この美しい外見ほど信用ならないものはないとわかる。彼らはみんな同じように偉そうにし、物について、人について、あるいは文学や美術について口から出まかせにしゃべりまくり、毎年きまって誰彼を「ピットとコブール」[40]だ、と反動呼ばわりし、会話は冗談でまぜかえし、学問と学者をバカにし、自分の知らないことや恐れていることにたいしては軽蔑をよそおい、何事についても自分が最高裁の裁判官であるかのごとくふるまう。どいつもこいつも父親をだまし、母親の胸に顔をうずめて空涙(そらなみだ)を流すことであろう。彼らは何も信じないのがふつうで、女たちの悪口を言い、謙遜のふりをしてみせるのだが、なんのことはない、性悪な娼婦とか年上の女の言いなりになるのが落ちである。打算、退廃、貪婪(どんらん)な出世欲で骨の髄まで腐っている。結石ができるとすれば、彼らの石は心臓にあり、と診断されることであろう。普段は外見がじつによく、何につけても友情を誓い、魅力的である。使う隠語はめまぐるしく変化するが、茶化し方は毎度変わらない。身なりは奇をてらい、あれやこれやの人気俳優のつまらぬ台詞をまねて得意がり、相手かまわず出会い頭(がしら)に侮辱を加え、横柄な態度をとって、初戦をものにしておこうとする。だが片目をえぐらせて相手の両目をえぐるような度胸はない連中である。祖国の不幸や災害にはそろいもそろって無関心。彼らは嵐に立ちさわぐ波頭を飾る白いきれいな泡のようなものだ。ワーテルローの戦いの当日であろうが、コレラが蔓延していようが、革命のさなかであろうが、めかしこみ、食事に興じ、ダンスを楽しむ。要するに、青年たちは同じ浪費をしているのだが、ここから二本の平行線が始まる。財産は流動的で、陽気に使い果たされるのだが、ここで資本金を所有している者と、資本金を狙う者に分かれる。洋服屋は同じなのだが、前者の服の仕立てには請求書がついてくる。前者は笊で水を掬うがごとく、あらゆるアイディアを汲みあげても頭には何ひとつとどめておかないが、後者は吟味して良いアイディアはわが物としておく。前者は何かを知っているつもりで何も知らず、ただわかったつもりでいる。何も必要としない者に一切合財を貸し与え、ほんとうに必要としている者には何も与えない。後者は、ひそかに他人のもつアイディアを調べあげ、自分の金と自分がやる気違い沙汰を、同じことなら高利率のほうに賭ける。前者の魂は使い古して曇った鏡のように何も映さなくなり、いかなる印象をいだくこともない。後者は前者と同じく自分の命を浪費しているように見せかけながら、ひそかに自分の感覚や命を節約している。前者は漠とした希望にもとづいて確信もなく、風向きよく潮流にのっている船に身をまかすが、最初の船がうまく進まずに流されはじめるや、別の船に飛び移る。しかし後者は将来をじっくりと推し量り、イギリス人が商業道徳に誠実であることが成功の秘訣であると考えるように、政治的節操に成功の秘訣を見出す。資産を持っている青年が冗談を言ったり、王位の交代について気の利いたひと言を探したりしているとき、持たざる青年は公然と計算し、あるいは陰でこっそりと策略をめぐらし、友だちと手を握って成り上がる。前者は、他人の才能を信じようとせず、まるで全世界が前日にできたばかりであるかのように、自分の考えは新しいと思いこみ無限の自信をいだくので、彼の最大の敵とは彼自身の人となりである。しかし後者は、つねに他人を警戒して己れの尺度で計り、己れが利用している友人よりも先を歩かなければならないから思慮深い。守銭奴が夜、頭を枕につけたまま金貨の重さを推し量っているように、人間を一人ひとり秤にかけるべく思いをめぐらす。前者はちょっとした侮辱に腹をたて、駆け引きに長けた連中に自尊心という繰り糸で思うがままに引きまわされる。ところが後者は尊敬を集めることを知っており、自分が餌食にすべき者と、自分を保護してくれる者とを選り分ける。そこで気がつくと、持たざる者であったはずの人物が持てる者となり、持てる者であったはずの人物が持たざる者になっている。後者は地位をのぼりつめた友人を腹黒い奴とか悪党だとか思いはするが、同時にその実力を認めざるをえなくなる。「実力派だ!」という言葉は、政治であれ、色恋であれ、蓄財であれ、「手段ヲトワズ」成功した者にたいして与えられる絶大なる賛辞である。借金までしてこうした役割を演ずる者たちがいるが、むろん彼らは一文なしで始める連中以上に危険である。

アンリ・ド・マルセーの友だちと自称するこの若者は、田舎からやってきた間抜けな男であって、当世の流行児たちがその遺産を食いつぶす法を教えている最中であったが、まだ田舎に、とりおきの最後の菓子ともいうべき家屋敷を残していた。一か月わずか百フランのあてがい扶持の身分から、一足飛びに父親の全財産の相続人となったというだけの男である。人からバカにされていることにも気がつかぬほど愚鈍ではあるが、全財産の三分の二を食いつぶしたところで踏みとどまるくらいの才知はもちあわせていた。彼はパリで千フラン札を何枚も使って馬具の値段を正確に知り、やがら手袋を投げて決闘することを覚え、召使いたちにやる給料について深く考察し、雇用契約はどうすれば有利であるかわかるようになったばかりであった。自分の馬やピレネー産の猟犬についていっぱしの口がきけるようになることに懸命であった。服装、歩き方、編み上げ靴を見てどの種の女性であるかを見抜く目利きになりたがっていた。そしてトランプ遊びのエカルテに強くなり、流行り言葉を覚え、パリの社交界に出入りしているあいだに、将来、故郷にお茶の趣味や英国風の銀器をもちこむのに必要な権威を身につけ、田舎に帰ってからは周囲を見下しながら余生を送りたいと思っていた。ド・マルセーは、大胆な相場師が信頼する手代を使うように、社交界で自分の役に立たせるべく、彼を友人として遇していた。ド・マルセーの友情が偽りであるにしろ真実であるにしろ、ポール・ド・マネルヴィルにとってはド・マルセーの友情こそ社会的地位そのものであって、彼のほうでも彼なりに友だちを利用しているという意識をもっていた。じっさい、彼はド・マルセーの威光のおかげで生きていたし、いつも彼の傘下に身を置き、彼と同じブーツをはき、その後塵を拝していた。アンリの脇に陣取るか、すぐ横を歩くかし、「バカにするなよ、ぼくらは本物の虎だぞ」といった顔をしていたし、ときどきはうぬぼれもあって「ぼくが頼めば、アンリはなんでもしてくれますよ、友だちですからね」と言っていた。しかし、彼はアンリに何も頼まないように気をつけていた。彼はアンリを恐れていた。怖がる気持ちは表面には出さなかったが、他の人にも影響して、アンリの役には立っていた。「ド・マルセーは誇り高き男ですからね。ほうら、いまに見てごらんなさい。あの男はなりたいものになりますよ。いつか彼が外務大臣になったとしてもぼくは驚かないね。彼の行く手を阻むものなどなしさ」とポールはよく言ったものである。それに彼はスターンの小説の登場人物トリム伍長がやたら自分の軍帽を引きあいに出したように[41]、何かといえばド・マルセーをくりかえした。「ド・マルセーにきいてみたら。そうすればわかりますよ」とか、「このあいだぼくら狩りに行ったんですよ、ド・マルセーとぼくとでね。彼は信じなかったのですがね、ぼくは馬の上で微動だにせず、そのまま藪をとびこしたものですよ」とか、「ぼくとド・マルセーは女たちのところにいましてね、誓って申し上げるがぼくは……」といった様であった。

このようにポール・ド・マネルヴィルは疑いもなく、かの偉大にして高名なる、そして強力でもある愚か者族のひとりであり、いずれ出世もすることであろう。いつの日か代議士になるにちがいない。しかしこの時代には一人前の男の扱いさえ受けていなかった。友だちのド・マルセーは彼をこう定義した。「ポールがどんな男かですって？　ポールは……結局のところポール・ド・マネルヴィルですよ」。

――日曜日にきみがこんなところにいるなんて驚いたよ[42]。

と、ポール・ド・マネルヴィルはド・マルセーにむかって言った。

――ぼくもきみに同じことを言おうと思ったところだ。

――女をひっかけようってわけ？

――たぶん。

――へええ。

――ぼくの情熱の邪魔をされるわけでもないから、きみには教えてもいいけどね。それに、日曜日にチュイルリーに来るような女は、貴族階級という観点からすると大したことないしな。

――ほう、ほう。

――まあ、だまって聞け。でなきゃあ、何も教えてやらないぞ。だいたいきみは大きな声で笑いすぎる。人が聞いたら、ぼくらは昼飯を食いすぎたと思われるぞ。先週の木曜日、ぼくはテラス・デ・フイヤンを何も考えずに散歩していたのさ。カスティグリオーヌ通りに通じる柵から外へ出ようとしたところで(43)、ひとりの女と鼻つきあわせてしまった。女というよりは若い娘かな。彼女はぼくの首にとびつきこそしなかったが、いきなり立ちどまってしまったんだ。遠慮してという立ちどまり方ではなくて、茫然自失して、背筋が凍るような驚き方なのさ。驚愕のあまり足に根が生えたというあれだよ。ぼくはよくこの種の効果を人におよぼすことがある。一種の動物磁気というものかな、互いの関係がかみあうといっそう強まるのさ。だけれどびっくり仰天というわけでもないし、卑しい女のようにも見えなかった。直感でいうならば、その娘の顔つきはこんなことを語っているかのようだった。「あなたどうして、ここにいらっしゃるの。わたしの理想のかた、わたしが考えていたとおりのかた。朝に晩にわたしが夢にみていたかた。どうしてここにいらっしゃるの？　なぜ昨日ではなく今朝なの？　わたしを取ってください。わたしはあなたのものよ。とかね……」ぼくは「おやおや、またか」と思いながらその娘を眺めたのさ。体はといえば、その女はぼくがかつて会った誰よりもすばらしい女だった。ローマ人がフルヴァまたはフラヴァ、つまり火の女と呼んでいた種族の亜種に属しているのだろう。いちばん驚き、忘れられないのは、虎の眼のように黄色い二つの眼だった。きらきらと光る黄金の色なんだ。生き生きとしていて、考えているような、愛しているような、どうしても懐（ふところ）に飛びこんでこようとするような金色なんだ。

——あの女のことだ、まちがいない。

と、ポールは叫んだ。

——彼女ならときどきここへやってくるよ。金色の眼の娘さ。ぼくらはそう呼んでいるんだ。二十二歳ぐらいかな。ブルボン家の人たちがここに住んでいたころに、ぼくも見かけたことがある。彼女よりも十万倍もきれいな女がいっしょだった。

――だまれよ、ポール。脚にまとわりつく猫に似たあの娘よりもすばらしい娘がいるものか。柔らかくくすんだブロンドの髪で色白の、見かけはきゃしゃだが、指の第三関節まで木綿糸が通っていそうなしなやかな娘だ。晴れた日には頬にそって白いうぶ毛がきらきらと光る線となって耳たぶから首へとつづいて消えるんだ。

――もう一方の女のほうは、ド・マルセー君、泣いたことなど一度もなさそうな燃えるような黒い眼を相手に向けるのさ。両方からつながって見える黒い眉がちょっと、きつい感じだけれど、唇のこまかいひだがなめらかそうでさ、キスだって滑りおちそうなんだ。肌は、男なら見ただけで陽に焼かれた気分で熱くなっちゃいそうな、うっすら日焼け色なんだ。嘘じゃないぜ、その女はきみに似ていたよ……。

――その女をほめすぎだな！

――弓なりに反(そ)った、すらりとした体は、競争用の快速船のようだったよ。フランス風に猛然と商船を襲って、穴をあけ、あっという間に海の底深く沈めてしまいそうだった。

――もういいよ。見たことのない女のことは、ぼくに関係ないだろ？

と、ド・マルセーは自分の話のほうをつづけた。

――女性を研究しはじめてこのかた、このぼくが夢みていたような女性に出会ったのははじめてだな。処女の胸と、熱く燃え立つ官能的な肢体、あの見知らぬ女がはじめてさ。彼女なら地獄のようなもっとも強い霊感をもつ古代の天才が描いたあの蠱惑的な絵《己が夢想(シメール)を愛撫する女》(44)のモデルになれるな。フレスコ画やモザイク画を描くためにあの絵を模写した者たちによってずいぶん汚されてしまったが、あの絵は聖なるポエジーだ。多くの俗物ブルジョワたちはあれをただのカメオとしか見ないで時計の鍵に彫ったりしているけれど、あれは女そのものなんだ。果てしなく転げまわっていたいような快楽の深淵だというのにさ。フランスではほとんど絶対に見られないが、今なおスペインやイタリアでたまに見かける理想の女なんだ。ぼくは金色の眼の娘、あのキマイラと愛し合う女に、もう一度会った。ここで、金曜日に。ぼくは次の日にもまた同じ時間に彼女がきっとやってくるって予感がしてた。ぼくは間違っていなかった。気がつかれないように跡をつけて、有閑女性らしいゆったりとした歩き方をじっくりと観察したのさ。身のこなしにも官能の快楽が眠っているのが透けて見えたね。

すると、女がふりむいてぼくを見た。またうっとりとぼくを見つめ、体をふるわせた。彼女に付き添っている正真正銘スペインのお付き婆（ばばあ）にも気づかれた。あれは嫉妬深い男が女の着物を着せかけたハイエナだね。甘美なる女性の護衛のために雇われている女の悪魔というところだ。あの婆さんのおかげでぼくは恋する男以上のもの、好奇心のかたまりになってしまった。土曜日には誰も来なかった。それで、今日はこうして、ぼくが彼女のキマイラとなって待っているというわけさ。フレスコ画のなかの怪物になりおおせることができるなら最高。

——女がやってきたぜ。

と、ポールが声をあげた。

——みんながみんな、あの女を見ようとしてふり返っているぞ。

見知らぬ女性はアンリを見つけると、顔を赤らめ眼をきらめかせたが、すぐに目を伏せて通り過ぎた。

——あの女、きみを見たぜ！

と、ポール・ド・マネルヴィルがはしゃいで声をあげた。

老女はじろじろと二人の青年を見た。見知らぬ女はアンリとまたしてもすれちがったとき、彼にそっとさわり、手を握った。それからふり返って、情熱をこめて微笑んだ。しかし、老女はあわててその腕をとり、カスティグリオーヌ通りの柵へと連れ去った。二人の友人は彼女の後を追いながら、力強い線で頭につづく首の見事な曲線に見とれていた。そこには巻き毛が落ちかかっていた。金色の眼の娘は好き者の想像をかきたてるような、きっちりとしめつけた、きゃしゃで、しなやかな脚をしていた。優雅な靴をはき、短めのドレスを着ている。連れ去られてゆくあいだ、彼女はたびたびアンリのほうをふり返り、いやいやながら老女の後についていった。彼女はお付きの主人でありながら奴隷のように見えた。きっと女中を罰することはできても、解雇はできないのだ。すべてがありありと見てとれるようであった。二人の友人が柵にたどりつくと、お仕着せを着た二人の従僕が紋章をつけた優雅なクーペ(45)の踏み段を下ろしているところであった。金色の眼の娘がまず乗りこみ、馬車が向きを変えても青年たちから見える側に腰をおろして、手を扉に置き、人様になんと言われるやら、などは気にもかけず、お付きの女中には知れないように「ついていらっしゃい」とばかり公然と、ハンカチをふってアンリに合図した。

――きみ、ハンカチをあれほどうまく落とすところを見たことがあるかい？

と、アンリはポール・ド・マネルヴィルにむかって言った。そして、ちょうど客を下ろして立ち去ろうとしていた一台の四輪辻馬車(フィアークル)を見つけると、御者に止まるようにと合図をした。

——あのクーペの跡をつけてくれ。どこの町のどの家に入るか見とどけたら十フランやるよ。じゃあ、さようなら、ポール。

フィアークルはクーペの跡をつけた。クーペはサン＝ラザール通りに入ると、その界隈でももっとも美しい館の中へと消えた。

## II　奇怪な情事

　ド・マルセーは軽はずみな男ではなかった。これが他の青年なら、東洋（オリエント）の詩歌が女性について歌ったうるわしい諸観念を体現している娘の身元について、なんでもよいからすぐに知りたいと、ただちに行動に走ったかもしれない。だが抜け目のないド・マルセーのことである。せっかく運が向いてきた情事を台なしにするようなことはしない。フィアークルにはそのままサン＝ラザール通りをまっすぐに進ませ、自分の館へと向かわせた。翌日、ローランという名の、まるで昔のコメディに出てくるフロンタン(46)のように抜け目のない従僕が、手紙の配達される頃合を見はからって、名の知れぬ女の館近くを張っていた。彼は屋敷のまわりをうろつき、探索しても疑われないですむよう、巧みに変装する刑事のやり方にならって、近くにいたオーヴェルニュ人(47)から古着を買い取り、ついでに顔つきもそれらしくした。その朝サン＝ラザール通り担当の郵便配達人が通ると、ローランは小包を届けなければならない人の名前を忘れて困っている使い走りの男という態で、配達人にたずねた。パリという文明のただなかにあってもパッと目に飛びこんでくる制服姿の郵便配達人は、最初のうちローランの外見にだまされて、金色の眼の娘の住んでいる館はスペインの大貴族サン＝レアル侯ドン・イホスの持ち家であると教えた。オーヴェルニュ人が侯爵に用があるわけはないから、彼は言った。

――預かった小包は侯爵夫人宛てなんで。

――侯爵夫人は留守だよ。夫人宛ての手紙はロンドンに回送されることになってるんだ。

と、配達人が言った。

――じゃあ、侯爵夫人はあの若い女の人じゃないのか……。

――あ、そうか。

と、配達人は従僕の言葉をさえぎり、彼を上から下までじろじろ眺めながら言った。

――おれのダンスは素人芸だけどさ、あんたは走り使いの素人らしいな。

ローランが数枚の金貨をちらつかせると、おしゃべりな公務員は相好をくずした。

――ほらきた、これがあんたの狙う獲物の名前さ。

そう言うと革の鞄のなかからロンドンの消印のある一通の手紙を取りだした。それには、女文字らしい細長い書体で次のように書かれていた。

　　パリ市サン＝ラザール通り　サン＝レアル邸気付
　　パキータ・ヴァルデス様

ローランはこの郵便配達人をしっかりと抱きこんでやろうと、さっそく持ちかけた。

――シャブリを一本飲むっていうのにご異存がおありかな？　ひれ肉のソテーにキノコ添え、その前に生牡蠣（カキ）を何ダースでもいいぜ。

――九時半ごろ、仕事が終わってからなら行けるよ。場所は？

――ショセ＝ダンタン通りとヌーヴ＝デ＝マチュラン通りの交差点近く、〈酒なし井戸〉[48]でな。

と、ローランが答えた。

従僕と落ち合ってから一時間もすると、郵便配達人の口がほぐれてきた。

――いいですかい、あんた。

と、配達人は言った。

――もしあんたの旦那がその娘に惚れなさったのなら、ひと苦労ですぜ。さあ、あの娘に会えるかねえ。おれはパリで郵便配達人になってからもう十年だから、パリの家の門にはいろいろ仕掛けがあることくらい知っていますがね。あのサン＝レアル屋敷の門ぐらい不思議な門はないよ。仲間の誰にでもきいてごらんよ、おれが嘘ついてるとは言うまいよ。よくわからない合言葉を言わないと中へは入れないしさ、両隣と離すために館は前庭と中庭のあいだに建てるという念の入れようでね。守衛は歳をとったスペイン人でフランス語をひと言もしゃべらないくせに、ほら、ワルからパリ保安警察長官になったあのヴィドックみたいにさ[49]、来る奴、来る奴を泥棒じゃないかと吟味するんだ。第一関所の守衛を色男なり、泥棒なり、こう言ってはなんだがあんたなりが、うまくだましおおせたとしてもだ、次にガラス張りの戸がはまっているサロンに、家令が従僕に囲まれて待ちうけているのさ。この悪者ときたら門番よりも粗暴で荒っぽいときている。正面玄関から一歩入ると、その家令がとびだしてきて、柱廊の下でまるで罪人みたいに尋問するんだ。ただの郵便配達人のおれにまでそれをやるんだぜ。さてはおれのことをうまいこと変装した密使とでも思ったのかな。

と、配達人は横道にそれて笑うと、またつづけた。

――使用人たちからは何も引きだせまいよ。奴らの口がきけないのは生まれつきかいなと思うほどなんだ、近所の連中もあの家の者の声を聞いたことがないんだから。しゃべってもいけねえ、酒を飲むのもダメってえ代わりにどいだけの金を貰ってるのか知らないけどよ。とにかくあいつらは難攻不落だな。うっかりしゃべっちゃうと撃ち殺されるのが怖いのか、それとも口止め料がすげえのか、どっちか知らないけどよ。あんたの旦那がパキータ・ヴァルデスに夢中で、こういう邪魔者たちを全部やっつけたとしても、あの娘にくっついているお付きの老女中ドンナ・コンチャ・マリアヴァをごまかすのは無理だぜ。なにしろ娘が逃げないように自分のスカートの下に押しこんじまうくらいはする女だからね。あの二人は縫いつけられているみたいに離れられないんだ。

――あんたが教えてくれたことは、

と、ローランはワインを飲み干してから言う。

——わたしが聞いたとおりだね。ほんとのところ、その話を聞かされたときにはてっきりからかわれているんだと思っちまった。向かいの果物屋が言うには、夜のあいだ庭には犬が放してあって、餌は奴らにとどかないように、柱からぶらさげてあるんだって。犬どもは、侵入者は自分たちの食べ物を横取りに来たんだと思って、とびかかってずたずたにしてしまうそうだ。肉だんごでも投げてやればおとなしくなるわけでもないらしい。門番の手からでないとものを食わないように仕込まれてるんだ。

——サン＝レアル屋敷の庭と上手(かみて)でつながっているニュシンゲン男爵家(50)の門番がたしか、そんなこと言ってたな。

と、郵便配達人は言う。

ローランは、「よし、よし、いいぞ、ニュシンゲン男爵なら、うちのご主人がよくご存じだ」と思った。彼は郵便配達人の様子をちらちらとうかがいながら話をつづけた。

——ところで親方、わたしはね。えらく気位の高い旦那に使われているんだが、うちの主人が王女さまの足の裏に接吻しようと心に決めたら、王女さまだってそうさせなけりゃならないくらいでね。主人はまた気前がいい人でねえ。もしあんたの手を借りたいときには、あてにしてもいいかな？

――もちろんでさ、ローランさん。おれの名はモワノーっていうの。雀って字と同じに書くんだ。M、o、i、n、o、t、モワノーさ。[51]

――なーるほど。

と、ローランが言った。

――おれ、トロワ・フレール通り十一番地の六階[52]に住んでます。

と、モワノーが言葉をつづけた。

――女房と子供が四人おりますんで。良心にそむいたり職務違反にならないことなら、おれ、あんたがたのお役に立ちます。

――おまえさんはほんとに正直者だ。

と、ローランは相手の手を握って言うのだった。

アンリは従僕が探索の報告を終えると、「パキータ・ヴァルデスという娘は、フェルナンド七世[53]の友人サン＝レアル侯爵の愛人に間違いないな。八十歳にもなるスペイン人の死にぞこない野郎でなければ、それだけの用心をするはずがない」と、ひそかにつぶやいた。

——旦那さま。

と、ローランが言うには、

——気球にでも乗っていかなきゃ、あの屋敷には入れませんよ。

——バカだな。パキータが屋敷から出たときにつかまえるのに、屋敷に入る必要はないだろ。

——でも、お付きの女中がおりますよ。

——何日間か部屋に閉じこめておけばいいさ。

——なあるほど、そうすればパキータはこっちのものだ。

と、ローランはうれしそうに手をこすりあわせながら言う。

——こいつめ。

と、アンリは返す。

——今からあの女のことをそんなふうに言うのなら、おまえにはお付きのコンチャの相手をさせるぞ。さあ着替えの用意をしてくれ。出かけるから。

アンリはほんの一時、楽しい物思いにふけった。女性へ敬意を捧げつつあえて申し上げるが、彼は気持ちをそそられる女性のすべてから称賛を勝ちとるのが常だった。

肉体のエスプリである美貌と、精神の優美であるエスプリとを兼ねそなえ、精神力と財産の力という現実的な武器ももつ若い男に抵抗できる女性などいるだろうか。まして他に恋人もいないとすれば考えをめぐらせる必要もなさそうだ。だが、やすやすと勝ちつづけたせいでド・マルセーは勝利にも飽いていた。とりわけ最近二年ほど、彼はすっかり退屈していた。快楽の海の底にダイビングを試みても、つかむのは真珠ではなく石ころのほうが多かった。だから、彼は王侯たちのように乗りこえるべき障害、活動休止中の精神と肉体の力を全開させなければならないような冒険を探しもとめていた。パキータ・ヴァルデスが、彼がまだその一部しか味わったことのない完璧な美をみごと一身に集めているとしても、実のところ彼は情熱的に惹かれているわけでもなんでもなかった。いつも満腹という状態なので彼の恋愛感情はすっかり弱まっていた。老人や、放蕩をつくした者たちのように、彼にあるのは途方もない気まぐれか退廃趣味か酔狂か、いずれにしろ、ひとたび満たされてしまうと思い出ひとつ残らないようなものばかりであった。若者たちにとって恋はもっとも美しい感情であり、魂に命の花を咲かせ、太陽のような力を発揮して霊感と偉大な思想を開花させるものである。とりわけ初恋は甘美な味わいをもつ。次に壮年となると恋は情熱となり、力がありあまるがゆえに過激になる。さらに老年になると、恋愛は悪徳に変わり、不能は極端にいたる。アンリは同時に老人であり、壮年であり、青年であった。彼に本当の恋の感動を取りもどさせるには、ラヴレースに必要であったクラリッサ・ハーロウ(54)のような女性がいなければならない。だがこうした真珠の放つ不可思議な光はなかなか見つかるものではない。だから彼にはパリ的な虚栄心がかきたてる情熱か、ああいう女性をあそこまで堕落させてやろう、と自らに課す決心か、さもなければ好奇心を満足させるためのアヴァンチュールしかなかったのである。だから部屋付き従僕ローランの報告は、金色の眼の娘の価値をがぜん高めたのであった。危険で巧妙であるらしい見えざる敵に戦いを挑むところが肝心なのだ。勝つためには、アンリが持てるいかなる力も無駄にはならないであろう。さあ、老人と若い娘と恋人が登場人物である不滅の喜劇、古くてしかもつねに新しい、永遠のコメディを演じるのだ。登場人物もそろっているではないか。ドン・イホスとパキータとド・マルセーである。ローランがいわばフィガロ役(55)なのだが、彼には例のお付きの女中を抱きこむことは無理らしい。ご覧のごとく、偶然はいかなる座付き作家よりも巧みに筋書きをつくるものである。偶然もまた、一個の天才なのではあるまいか。

——ゲームはまじめにやるぞ。

と、アンリは心に誓った。

——やあ。

と、ポール・ド・マネルヴィルが部屋へ入りながら言った。

——あれからどうなった？　きみとご飯でも食べようと思ってやってきたんだけど。

——いいよ。

と、アンリは答えた。

——御前で化粧などいたしては、ご不快かな？

——ご冗談を！

——近ごろはイギリスが流行るんでね。イギリス人のように上品ぶった偽善者にならなくっちゃ、というわけさ。

と、アンリは答える。

ローランが主人の前に数々の化粧道具、それをのせる台、そして色とりどりの化粧品を山ほど運んできたので、ポールは思わず口走った。

——二時間ぐらいはかかりそうだな？

——いや、二時間半だ。

と、アンリは答えた。

——じゃあさ、ちょうど二人っきりだし、お互いなんでも言う仲なんだから、教えてよ。きみのような優秀な人間が、ほんときみは最高だよ、そんなきみが、なんで化粧なんて元来のきみらしくない愚劣なことを念入りにやるふりをするのか、そのわけを説明してくれないか。風呂に入るには十五分もあればじゅうぶんだし、髪をとかして、服を着るのだってやろうと思えばあっという間にできる。それなのに、なぜ二時間半もかけなきゃいけないんだい？　さあ、きみの流儀を教えてくれよ。

——これほど高尚な信条告白をするんだから、ぼくはきみをよっぽど気に入っているということになるな。

と、答える青年は英国製の石鹸をつけた柔らかいブラシで足をこすっていた。

——むろんぼくだって心からの愛情をきみに捧げるよ。

と、ポール・ド・マネルヴィルが答えた。

——ぼくは、きみがぼくの上をいってるから、きみが好きなんだ……。

ド・マルセーは、ポールの友情告白にたいしてはチラと視線を返しただけで、言葉をつづけた。

――風俗習慣を注意深く観察すれば、女性は気障男に好意をいだくとわかる。きみはなぜ女たちは気障男を好むか知ってるかい？　気障な男は自分の手入れを怠らない。自分の手入れをする男は、他人の幸せを気にかけてる男じゃないか。女たちは、相手を気遣う男が大好きなのさ。恋は人の心を盗む泥棒さ。言うまでもないことだけど、女性は極端な清潔さに夢中になる。どんな立派な男でも、身だしなみのよくない男が女を夢中にさせたことがあるかね。もしあるとすれば、そりゃあ妊娠した女の起こす気まぐれな欲望、あるいは誰の頭にも浮かぶ気ちがいじみた想念さ。その反対にぼくは、たいへん立派な男なのに身だしなみが悪かったばっかりに女に捨てられた男たちを何人も見てきたよ。自分の手入れに身をやつす気障男はね、つまらない細々としたことに気をくばる。じゃあ女性ってなんだい。つまらないもの、細々としたことそのものじゃあないか。何かちょっと言ってやれば、女を四時間くらい右往左往させることができる。女は、気障男なら自分に夢中になってくれるって確信をもつのさ。気障男は、重大問題なんかに関心をもたないからね。ということは、名誉・野心・政治・芸術と引きかえに女がないがしろにされることは決してない。こういった大問題はいわばつねに女のライバルである公娼みたいなものさ。そして気障男には女をよろこばせるためにどんなバカげたことでもやる勇気があるし、女は女で、恋ゆえに滑稽になる男にお返しがしたくて胸いっぱいとなる。つまり、気障男は存在理由があるから、存在するんだ。われわれに気障という位を授けてくれるのは女たちだ。気障男は色事においては、大佐の位にあり、艶福に恵まれ、一連隊ほどの女性たちを意のままにするのだ。きみ、わかるかな。パリでは、何をやってもすぐに知られてしまう。だからただで気障男になろうなんて、できない相談だぜ。きみには女は一人しかいないが、それには理由があるはず。そんなきみが気障ぶってみろよ。滑稽を通りこして破滅さ。きみはレッテルを貼られてしまう。一つの決まったことだけをする人間のひとりになってしまうのさ。ラ・ファイエットがアメリカを意味するように、タレーランが外交を、デゾージエがシャンソンを、セギュールが恋歌(ロマンス)を意味するように[56]、きみは、愚行を意味する男となるわけだ。こうした面々がそれぞれの領域から外へ出ると、誰も彼らの価値を認めない。現代フランスはかくも不当なんだ。タレーランはたぶん大銀行家にもなれただろう、ラ・ファイエットは専制君主に、デゾージエは行政官にだってなれたさ。きみだって来年あたり四十人もの女をもつようになるかもしれないが、世間はきみがたった一人の女だって自分のものにしているとは認めないのさ。だからさ、ポール、気障男の自惚れは、女性にたいして影響力をもっていることの徴（しるし）なんだ。複数の女から愛される男はすぐれた資質の持ち主ということになるんだ。彼は追いまわされる。どうだい、サロンには出入り自由、何重にも巻いたクラヴァットの上から、[57]片眼鏡（ロルニヨン）で人びとを観察し、流行おくれのチョッキを着ているという理由で偉いお方を軽蔑する権利をもつことがくだらないと思うかい。おい、おい、ローラン、痛いぞ、食事がすんだら、ポール、あの驚嘆すべき金色の眼の娘にお目にかかりにチュイルリーへ行くとしよう。

　二人の青年は、美味い昼食を食べた後、テラス・デ・フイヤンとチュイルリーの並木道を大股で歩いてみたが、あのすばらしい女パキータ・ヴァルデスの姿はどこにもなかった。そのかわり彼女をお目当てとする、パリでもっとも優雅な男を気取る五十人もの青年たちが、香水をにおわせ、喉元高くクラヴァットを着け、ブーツをはき、拍車を鳴らし、鞭を手にして、歩きまわり、しゃべり、笑い興じ、ふざけていた。

　ド・マルセーはつぶやいた。「あいつらいったい、なに詣でのつもりだい。そうだ、うまいことを思いついたぞ。あの娘はロンドンから手紙を受けとっているのだから、郵便配達人を買収するか、また一杯飲ませるかして、手紙を開封して読んでから、恋文をひそませてもういちど封をしてやろう。あの歳をとった暴君はロンドンからの手紙を書いている人物を知っているにちがいないから、疑わないはずだ」。

翌日、ド・マルセーはもういちどテラス・デ・フイヤンにやってきて、陽光をあびながら散歩し、パキータ・ヴァルデスに出会った。すでに彼の情熱はかきたてられていたから、彼女がいっそう美しく見えた。彼は本気でその眼に夢中になった。瞳にあらわれる輝きは太陽の光のようであり、視線の熱さは、官能の逸楽に満ちた完璧な肉体の熱気を思わせた。ド・マルセーは散歩の途中ですれちがったとき、この魅惑的な娘の衣装にかすかにでもさわってみたいという欲望で全身が燃える思いがした。だが、彼の企ては今度も失敗に終わった。もういちど彼が金色の眼の娘と肩を並べられるようにと、パキータとお付き女中を追いこして彼女のほうをかえりみた瞬間、彼と同じくらい待ちきれぬ思いをつのらせていたパキータは勢いよく前へと進み、ド・マルセーは自分の手が、パキータの手にすばやく、思いをこめて握られるのを感じた。感電したような衝撃であった。一瞬のうちに、あらゆる青春の感動が彼の心に湧きおこった。愛し合う二人が互いに見つめあったとき、パキータは恥ずかしそうに目を伏せてアンリの眼を見まいとしたが、視線は下がって、革命前の時代に女たちが愛の征服者と呼んだたぐいの男の腰と脚を見つめた。

「絶対にこの娘をものにしてみせるぞ」と、アンリは思った。

彼女の跡をつけてテラスの端まで行くと、ルイ十五世広場(58)の側に、老サン＝レアル侯爵の姿が見受けられた。老人は召使いの腕に支えられ、痛風病みや病弱な老人に特有の用心深い足取りでよちよちと歩いていた。アンリに気づいたドンナ・コンチャはパキータを自分と老人のあいだにはさむようにした。

「おい、おまえ」と、ド・マルセーはお付きの女中を見下すふうに見やりながら心のなかでつぶやいた。「おまえを金で抱きこむことができないのなら、眠らせるまでだ。ほんの少しのアヘンで足りるさ。ギリシャ神話の百の眼をもつアルゴスだって眠らせちゃえばいいんだ」。

馬車に乗りこむまえに金色の眼の娘は愛する男と何度も視線を交わした。眼差しが意味するところは明らかであって、アンリはすっかりいい気分になった。だが、お付き女中はとうとう気がついたらしく、パキータに二言三言、強い調子で言った。パキータはしおれた様子で急いでクーペに乗りこんだ。数日間パキータはもうチュイルリーには来なかった。主人の命をうけて例の館の近くをさぐったローランが近所の人たちから聞いた話によると、二人の女も老侯爵さえも、女中の監視下にある若い娘とアンリがこっそりと目くばせしたのを見られた日以来、一歩も外へは出ていないということであった。二人の恋人を結びつけた細い糸は早くも切れてしまった。

数日後、ド・マルセーはどのような手段を講じたのか、お目当てどおりにロンドンからマドモワゼル・ヴァルデスに送られる手紙に用いられていたのとそっくり同じ封印と封蠟、便箋、それからイギリスとフランスの郵便局の消印を押すために必要な道具を手に入れていた。そして、次のような手紙を書き、ロンドンからの手紙に見せかける工夫をこらした。

「パキータ様、あなたがぼくの胸のうちに火をつけた情熱をここに言葉で表すことはいたしません。あなたも同じ情熱をぼくに対して持っていてくださるのならうれしいのですが、ぼくは手紙の交換方法を見つけました。ぼくの名はアドルフ・ド・グージュ、ユニヴェルシテ通り(59)五十四番地に住んでいます。もしも監視がきびしくて手紙が書けず、紙もペンもお持ちでないなら、ぼくはご返事のないことがその事実を告げていると考えることにいたします。明朝八時から夜の十時までのあいだに、お屋敷の塀越しにお隣のニュシンゲン男爵邸の庭へお手紙を投げこんでください。庭には一日中、人を待機させておきます。お待ちしても手紙が届かない場合には、ぼくの腹心の男が明後日朝の十時に、綱の先に小さな瓶を二本つけて同じ塀越しにお渡しします。その時刻にあたりを散歩なさるようにしてください。一つの瓶にはあなたを見張る怪物アルゴスを眠らせるためのアヘンが入っております。六滴を投与すれば十分です。もう一つの瓶にはインクが入っています。インクの瓶には刻みがほどこされていますが、もう一方にはありません。二つとも平たい瓶ですからコルセットのあいだに隠しておけます。あなたとお手紙を取りかわすためぼくがここまでにとった行動から、ぼくがどんなにあなたをお慕いしているかおわかりいただけると存じます。信じていただけないのでしたら、一時間あなたとお目にかかることができるのであれば、ぼくは自分の一生を賭ける覚悟であることをここに書き添えます」。

ド・マルセーは「女たちはこんな手紙を信じるのだからな、かわいそうというもんだ。だが、信じていいはずだよ。かくもむずかしい状況にあることを証明しているこんな恋文に誘惑されない女なんて考えられないからな」と、つぶやいた。

この手紙は翌日の八時ごろ、郵便配達人のモワノーによってサン＝レアル侯爵家の門番に渡された。

少しでも戦場の近くにいるために、ド・マルセーはラ・ペピニエール通り(60)に住んでいるポールの家で昼食をとることにした。二時ごろ二人の友人が、確かな財産もないくせに優雅な生活を送ろうとして破産したある若者のことを笑い話の種にし、さて二人でどういう決着をつけてやろうなどと言っている最中に、アンリの御者がわざわざポールの家まで主人を捜しに来た。どうしても直接アンリに会って話がしたいという謎めいた人物を連れていた。男は白人の父と黒人の母から生まれた混血(ムラート)らしく、もし名優タルマがこの男を目にする機会があったなら、オセロを演じるにあたってこの男をモデルにしたにちがいないのに(61)、と思わせるような人物であった。大いなる復讐心、鋭敏な猜疑心、考えをすばやく実行する行動力、ムーア人的精悍さ、幼児のような思慮のなさを、この人物以上にはっきり表しているアフリカ人は他にいない。彼の黒い眼は猛禽類の眼のように一点にすわっていて、禿鷹の眼のように睫毛のない青みがかったまぶたのなかにはめこまれていた。小さくて狭い額には何か人をおびやかすものがあった。この男が、ただ一つの変わらぬ想念にしばりつけられていることは間違いなかった。神経質にふるえる腕は彼のものではないかのように見えた。男は後ろにもうひとりの別の男をしたがえていたが、こちらの男は、グリーンランドで寒さにふるえる想像力からニュー・イングランド[62]で汗を流す想像力にいたるまで、あらゆる土地の想像力が、不幸な男がいたという一文を読むや、自然に思い描くような人間であった。不幸という言葉から、みなその意味するところを理解し、それぞれの国に固有な観念に応じてこの男の姿が思い浮かぶであろう。だが、どんな国のどんな人間が、この男のように青ざめて、手足の先を真っ赤にし、あごひげが長い顔を想像するであろう？　よれよれになり黄ばんだネクタイ、垢のついたシャツの襟、すり切れた帽子、くすんだ緑色のフロックコート、なさけないありさまのズボン、縮んだチョッキ、まがいものの金のピン留め、飾り紐さえ泥にまみれた靴をありありと思い描くことができる者などいるだろうか？　この男が過去から現在にわたる終わりのない貧苦のなかにいることを理解するのは誰か？　それができるのは真のパリジャンだけである。パリの不幸な男は完全に不幸である。彼は自分がどんなに不幸であるかを知ることに喜びすら感じるのだ。ムラートは、絞首刑にする罪人を連れているルイ十一世時代の死刑執行人であるかのように見えた。

アンリは、

——へんな二人だなあ、いったい誰がよこしたんだろう？

と、つぶやいた。

——まぬけた野郎だ！　しかし、もう一方は見るからに恐ろしそうだな。

と、ポールは答えた。

アンリはいかにも不幸そうな男のほうをじろじろと眺めながら、言った。

——おまえは誰だ！　おまえのほうがまだしもキリスト教徒に見えるな。

混血の男のほうは、言葉を解さないらしく、身ぶりと唇の動きから何かを見て取ろうとして、二人の青年から目をそらさずにいた。

——わたくしめは、代書屋で通訳もやっとります。裁判所に住んでおりやすポワンセという者です。

——そう。ではこちらは？

と、アンリはムラートを指さしてポワンセにきいた。

――存じません。この方はスペインの方言のようなものを話すだけでして、こちらとお話し合いをするために拙者が通訳に雇われた次第です。

　ムラートはポケットからアンリがパキータに書いた手紙を取りだして彼に渡した。アンリは手紙を即、暖炉の火に投げこんだ。「ははあ、すこしわかってきたぞ」と、アンリはつぶやき、「ポール、ちょっとのあいだ、席をはずしてくれ」と合図した。

――わたくしめが、こちらさんにたのまれて手紙を訳したんでさあ。

　三人だけになると通訳の男は話をつづけた。

――手紙を訳すと、こちらはどこかへ行って、しばらくして戻ると、報酬は二ルイ[63]ということで拙者をここまで連れてきた、というわけでして。

――きみはぼくにどんな用があるのかね？　中国人（シノワ）さん[64]。

と、アンリがたずねた
――中国人てとこだけは訳さないでおきました。

と、通訳の男はムラートの返事を待っているあいだにアンリにささやいた。それから混血の男が何か言うのを聞くと、つづけた。

——こちらは、あなた様に明晩十時半にモンマルトル大通り(65)のカフェのあたりにいらしていただきたいそうです。馬車を待たせてありますから、扉をあけようと待ちうけている者にコルテホ、と合言葉を言ってお乗りください。合言葉はスペイン語で愛人という意味でして。

と、ポワンセはアンリにむかっておめでとうございます、とでも言いたそうな視線を送りながら言った。

——よろしい！

ムラートは二ルイ渡そうとした。ド・マルセーはそれを押しとどめて、通訳には彼から報酬を渡した。彼が支払いをしているあいだに、ムラートは何か言った。

——この男はなんて言っているんだ？

——あたしが秘密をもらしたら、絞め殺すからな、と言っています。おとなしそうですが、やりそうに見えますね。

と、不幸な男は答えた。

——やるとも。こいつは言ったことはやるさ。

と、アンリが答えた。

――それから、こう付け加えております。

と、通訳の男は言葉をつづけた。

――この方をおよこしになった方は、あなた様のためにも自分のためにも、あなたにくれぐれも慎重にふるまっていただきたいとおっしゃっているそうで……さもないとあなた様の頭上にふりあげられた短刀があなたの心臓をつらぬくやもしれず、そうなったら、人間業では止められないとか。

――そう言ったのかい！　けっこうなことだ。いよいよおもしろくなってきたぞ。ポール、もう入ってきていいよ。

と、彼は友人にむかって声をあげた。

ムラートはパキータ・ヴァルデスが愛している男にむかって磁力のような視線を向けていたが、通訳の男をしたがえて立ち去った。

「とうとうロマネスクなアヴァンチュールに出会えたぞ！」と、アンリがつぶやいているところに、ポールが戻ってきた。アンリは考えていた。「あれこれアヴァンチュールをやってきたおかげで、やっと、このパリで、深刻な事情と危険がぎっしりつまった事件らしい事件に出くわすことになったらしいぞ。危険があると女はなんて大胆になるんだろう！　女をしばりつけたり、強制するなんて、その女が何年もかかってとびこせなかった柵を一気にとびこえる権利と勇気を与えるようなものじゃあないか。すてきな女よ、走れ、跳べ。死だって？　おやおや。短刀だって？　まったく女らしい空想だなあ。女はちょっとした冗談にもったいをつけたがる。気をつけましょう、パキータ！　気をつけることにいたしましょう。かわいい娘だ！　だがなあ、あの自然の傑作というべき美しい娘がぼくのものになること間違いなし、とわかると、せっかくのアヴァンチュールも薬味抜きという感じだな」。

　だが、軽薄な感想にもかかわらず、アンリのなかに本物の青年がよみがえった。次の日まで面倒なことを考えずに待ったため、彼は放蕩の助けを借りた。友だちと賭事をやり、晩餐をとり、夜食をとった。飲むのも大いに飲み、食べるのも大いに食べたうえに、賭博で一万から一万二千フランほど勝った。〈ロシェ・ド・カンカル〉[66]を午前二時ごろ出て、幼児のようにぐっすり眠り、翌日は生き生きとしたバラのような顔色になって目をさました。それから、チュイルリーへ行くために身仕度をととのえながら、まずパキータの姿を見て、それから後は、時間つぶしに乗馬に行って十分腹をすかせ、晩飯をおいしく食べておこうなどと考えた。

アンリが言われた時刻にモンマルトル大通りに着くと、馬車が停まっていたので、どうやらあのムラート本人らしい男に合言葉を告げた。すると、男は馬車の扉を開き、すばやく踏板を下ろした。馬車は猛烈なスピードでパリを突っきり、アンリはアンリで考え事に気をとられて、どの道を通ったのかよく見なかったので、馬車がどこに止まったのかわからなかった。ムラートが彼を一軒の家に案内した。正面の門の近くに階段があった。階段は暗く、同じく暗い踊り場で立ち止まると、ムラートが湿っぽく、臭いのこもった、照明もないアパルトマンの戸をあけるのに手間どっているあいだ、待たなければならなかった。案内人が控えの部屋から見つけてきたロウソクによってようやく照らしだされたいくつかの部屋は、がらんとして家具も少なく、住む人が旅行中で留守の家のようであった。アンリはアン・ラドクリフ(67)の怪奇小説を読んだときの印象を思いだした。彼女の小説では主人公は荒涼とした人里はなれたところにある館の、寒々とした、暗い、人気のない部屋をいくつも通ってゆく。やっとムラートはあるサロンの扉をあけた。その部屋を飾る古い家具や色あせたカーテンの状態などは、売春宿のサロンにそっくりであった。優雅をまねようとする様が同じなら、悪趣味と埃と手垢がこびりついているところも同じだった。火が灰のなかに埋められてくすぶっている暖炉のそば、赤いユトレヒト・ビロードを張った長椅子の上に、みすぼらしい身なりの老女がひとり座っていた。老女は、イギリスで年輩の女性がよくするように、頭髪にターバン風の布を巻いていた。芸術家の理想が怪物性に置かれているような中国[68]だったら、さぞ成功を博するであろう代物である。このサロン、老女、冷えた暖炉などは、燃えあがる恋を凍らせてしまうところであった。だが、二人掛けの長椅子に、なまめかしい部屋着姿で腰をおろし、金色の炎のような瞳を輝かせ、曲線を描く脚もあらわに、光を放つような身のこなしのパキータがそこにいたのである。この最初のあいびきは、互いによく知らないのに激しく求めあい、間をへだてる距離を一挙にのりこえようとする情熱的な恋人たちにはうってつけであった。お互いの魂が同調にいたるまでの気づまりな状況にあっては、多少の行き違いがあるのもやむをえないことであろう。欲望が男性を大胆にし、男性は女々しくならないために容赦なく事を運ぶ傾向があるが、恋する女のほうはどんなに激しく燃えても、あまりに早くことが進み、身をまかせるかどうかの崖っぷちに立つことを恐れる。多くの女性にとっては深淵にとびこむに等しい決心が必要だし、身を投じた先で水底に何を見ることになるのか、わかってはいないからである。こうした女性が心ならずもとる冷淡な態度と、彼女が口にする情熱は矛盾するものだから、恋のとりこになっている男性に水をかけるような作用をもたらす。恋人たちの魂のまわりに蒸気のように立ちこめるこうした想念が、いわば一過性の病を引きおこすのである。二人の恋人が恋愛の国をめぐる甘美な行程のなかでは、こうした瞬間はどうしても通りぬけなければならない荒野のようなものだ(69)。焼けつくような砂地のあちこちに沼が散在し、湿気と暑気がかわるがわる襲いかかる、ヒースも生えていない荒野である。だが、そこを通りぬければ、バラの咲き乱れる心地よい木陰が出現し、愛と愛にともなう快楽の数々が、緑のやわらかい敷物の上でくりひろげられるのだ。才知ある男だのに、肝心なときにかぎって、どんな言葉をかけてもバカのように微笑みかえすだけ、ということがよく起こる。彼の才気は自分の欲望の圧力の下で麻痺してしまっているのである。そろって美しく、才知をそなえ情熱的な恋人同士であるのに、つまらない紋切り型の会話にはまってしまうという事態も起こる。ところが何かの偶然、たったひと言、ふるえながら交わした視線、一瞬の火花が散ってふっと転機がおとずれ、二人は花咲く小道に歩み入り、歩くどころか、転げまわっても墜落することがない、という展開になることだって大いにありうる。このような精神状態は感情が激して起こるのだから、ほんとうに愛しあってはいない者同士だとこうはならない。恋愛のこうした危機は澄みきった、青いうえにも青い空が生みだす効果に似ている。一見したところ、自然は靄におおわれ、紺碧の空は黒ずんで見える。極端な明るさは暗黒に似るものである。アンリの心にも、スペイン娘の心にも、同じような激しい力が働いた。二つの等しい力が衝突すると、力の相殺が起こるという力学の法則は、精神の領域においても有効であるにちがいない。この瞬間の困惑は、ミイラのごとき老女の同席でいっそう高まった。恋人たちは些細なことがきっかけになって、おびえたり幸せになったりする。恋愛にあっては、すべてが意味を帯び、あらゆるものが吉兆か、そうでなければ凶兆となる。老女はまるで、この恋の末路を暗示するかのようであった。天才的というべきギリシャの表象は、キマイラには龍の尻尾を、セイレンには人魚の尻尾をつけた。上半身は魅惑的なこれらの怪物がじつは恐ろしい尻尾をもっているように、どんな情熱もはじめは人の心を魅了し、やがて絶望させるということを、この老いさらばえた女は教えているのかのようであった。アンリは、よく冗談まじりにあれは神を信じない男だからなどといわれる代物どころでなく、ほんもののすぐれた能力の持ち主、神を信じない男たちのなかでも最たる強者であったのだが、さすがの彼も、こういった光景に深い感銘をうけた。もっとも強い男たちこそ、もっとも感じる人間なのであり、もっとも迷信深い人間でもある。他の人たちは気がつかないのに、原因から来るべき結果を洞察し、まっ先に感じる特権を迷信と呼ぶのなら、彼らこそ迷信の人であろう。

この虚脱の瞬間、スペイン女性のほうは心から愛し激しく求めてきた偶像を目にして恍惚にひたっていた。彼女の眼は喜びと幸福そのもののように輝いた。彼女は、長いあいだむなしくも夢みてきた至福の瞬間に、怖気づくことなくうっとりと酔いしれていた。彼女のえもいわれぬ美しさに打たれたアンリのほうは、ぼろと老残、すり切れた赤い掛布、肘掛椅子の前の緑色のマットがかもす夢幻的光景や、汚れたままの赤い碁盤目の床タイル、貧にあえぐ豪奢の名残などは消え失せる思いがした。サロンは急に明るくなり、赤い長椅子に身じろぎ一つせず押しだまって腰かけているハルピュイア(70)のごとき老女は姿もかすんでしまった。老女の黄色い眼からは不幸と悪徳に起因する奴隷の感情が洩れ出ていた。暴君が専制の鞭をふるって人間を愚鈍にしてしまうように、悪徳もまた人間を隷属させるものである。老女の眼はまた、己れの無力な境遇を知っているがゆえに破壊欲を抑えている檻のなかの虎の眼のように、冷たい光を放っていた。

――この女はいったい誰ですか？

と、アンリはパキータにたずねた。

しかし、パキータは問いに答えなかった。彼女はフランス語がわからないという身ぶりをして、アンリに英語が話せるかとたずねた。ド・マルセーは、英語で同じ質問をくりかえした。

――これは、わたしがこの世で信用できるたった一人の人間です。わたしを売ったのもこの人ですけれど。

と、パキータは落ち着いた口調で話した。

――アドルフさん、これはわたしの母です。グルジアで買われた女奴隷で、今は面影もありませんが、昔は世にも美しかったのです。生まれ故郷の言葉しかわかりません。

老女の不可解な態度、アンリと娘の身ぶりから二人のあいだで起こっていることを知ろうとする理由がわかると、アンリの緊張がとけた。

――パキータさん、それじゃあ、あなたとわたしは自由にはなれないのですか？

と、彼は言った。

――ええ、絶対に自由にはなれないの。

と、彼女は悲しそうに答えた。

――それに、わたしたちに残されている日数もわずかです。

彼女は目を伏せて自分の手を見やり、右手で左の手の指を数えた。アンリがこれまで見たこともないような美しい手であった。

――一、二、三……。

彼女は十二まで数えた。

――わたしたちに残されているのは十二日です。

――その後は？

――その後は、
と、言うと彼女は黙りこんだ。

その様子は死刑執行人の斧を前にして、恐怖のあまりすでに死んでしまっているか弱い女のようであった。自然が官能を拡大し、野卑な快楽を終わりのない詩に変えるために与えたすばらしい気力も、恐怖に奪い取られているかのようであった。

――その後は、
と、彼女はくりかえした。彼女の眼はすわっていた。彼女をおびやかす遠くの何かを見つめているかのようであった。

——わたしにもわかりません。

「この娘は気が狂っている」と、アンリはつぶやいたが、彼もまた奇妙な物思いに沈んでいた。

パキータは、悔恨と情熱の二つに心を引き裂かれた女のようであり、彼ではない何かに気をとられている様子でもあった。おそらく彼女の心にはアンリにたいする恋とは別の愛があって、忘れてはまた思いだしているのであろう。この瞬間、アンリは矛盾したさまざまな思いに襲われた。彼には、この娘が謎であった。東洋(オリエント)の君主が偉大な人物に特有の満たされることのない渇きにかられて新たな快楽を探せ、と命じてやまないように、物事に飽いて新たな逸楽を探す男は、恋愛を知りつくしている者の眼でパキータを注意深く観察し、彼女が自然が愛のために丹精こめてつくりあげた豊かな身体の持ち主であることを見逃さなかった。魂のことはともかく、彼女の身体の妙なる仕組みを推し量って、たじろぐことのないのはド・マルセーくらいのものだろう。そのド・マルセーにして、約束されている快楽の果実の収穫、すべての男が夢み、恋する女たちもまた渇望する変化きわまりない幸福に心を奪われた。手でさわることができるものとなった無限、被創造物のもつ極限の逸楽のなかに移しかえられた無限に熱狂した。彼はこの娘のなかにも同じく、相手もまたそうであることをこのうえなくはっきりと見て取った。彼女は見つめられるがままになり、賞賛をうける幸せにひたっているではないか。ド・マルセーの賛嘆は、ひそかな激昂に変じ、視線は彼女の衣装をことごとくはぎとるようであったが、このスペイン娘は、そんな視線に慣れているらしく、瞬時に受けとめるのであった。

——きみがぼくだけのものにならないなら、ぼくはきみを殺す！

と、彼は叫んだ。

それを聞くと、パキータは両手で顔をおおい、心から嘆くのであった。

——ああ、聖母マリアさま、どうしたらいいのでしょう？

彼女は立ちあがると赤い長椅子に倒れこみ、母親の胸をおおうぼろに顔をうずめて泣いた。老女は身じろぎもせず、なんの表情もなく、娘を抱いた。この母親は未開種族の威厳と、彫像の無表情とを兼ねそなえており、彼女の顔つきから何かを読みとることはできなかった。娘を愛しているのか、いないのか？　返事はない。無表情のマスクは、善であれ悪であれ、いっさいの人間的感情を覆いかくし、何が出てくるかわからない。老女の視線はスペインのかぶりもの(マンティーラ)のように娘の顔をつつむ美しい髪からアンリの顔へとゆっくりと移ってゆき、一種言いがたい好奇心をこめて彼の顔を見つめた。彼女は、どんな魔術のせいで彼がそこにいるのか、いったいどんな自然の気まぐれがかくも魅力的な青年をつくったのかと、考えているかのようであった。

「この女たちはおれをバカにしている!」とアンリは思った。

その瞬間、パキータが顔をあげ、魂にまでとどき焼きつくすような眼差しを彼に投げかけた。あまりの美しさにアンリは、この宝を必ず手に入れると誓った。

——ぼくのパキータ、ぼくのものになって!

——あなた、わたしを殺したいの?

と、彼女は言った。おびえ、ふるえ、不安にかられながらも、説明しがたい力で彼のほうに引き寄せられる様子であった。

——ぼくがきみを殺すだなんて。

と、アンリは笑いながら言った。

パキータはおびえた声をあげ、老女に何か言うと、老女は威厳をもってアンリの手と娘の手をとり、引き寄せ、長いあいだ見つめたが、意味ありげに頭をふって手を戻した。

——今夜、ぼくのものになってほしい。いや、今すぐにぼくといっしょにおいで、もう離さない。パキータ、きみもぼくを愛しているのだろう？　さあ、来て！

一瞬のうちに、彼は数々の常軌を逸した言葉をパキータにむかって吐いた。奔流が岩から岩へをとびこえ、形を変えながらも同じ響きをくりかえす、あの勢いで彼は話しかけた。

「同じ声だわ！」と、パキータはド・マルセーに聞こえないように、そっと憂い声でつぶやいた。「そして……同じような気性の激しさ」と彼女は付け加えた。

——ええ、いいわ。

と、彼女はどんな言葉でもつくせないような情熱をあらわに見せて言った。

——でも、今夜はダメ。今夜はあのコンチャにほんの少ししかアヘンを飲ませなかったの。目をさますかもしれないわ。そうなれば、わたしはもうおしまいなの、アドルフ。今、家の者はみんな、わたしは自分の部屋で眠っていると思っています。あさって、今日と同じ場所で、同じ男に同じ合言葉をおっしゃってください。あの男はわたしの育ての父で、クリステミオという名前です。わたしをとても愛していて、たとえ拷問にかかって殺されることになっても、わたしのためにならないことはひと言も言いませんわ。それでは、さようなら。

こう言うと、彼女はアンリの体にすがり、蛇のようにからみついた。

そして、アンリの全身を抱きしめながら、彼の顔の下に頭をもってゆき、唇を差し出してキスした。キスは二人の恋人に激しいめまいを引きおこし、ド・マルセーは大地が二つに裂けるかと思った。パキータのほうは「帰って！」と叫んだが、その声は自分を抑えきれない様を告げていた。彼女は「帰って！」と言いながらも彼にとりすがり、そのままゆっくり階段まで彼を伴った。

そこには例のムラートが待っていて、パキータの姿を見ると白い眼を輝かせた。偶像とあがめるパキータの手から灯火を受けとって、アンリを通りまで案内した。そして、灯火を入り口の丸天井の下に置き、馬車の扉を開き、アンリを乗せると、ものすごいスピードで馬をとばし、イタリアン大通り(71)で彼をおろした。馬車馬が体内に地獄の釜をそなえているかのような勢いであった。

ド・マルセーにとっては一場の夢のごとき場面であった。すべてが消え失せた後も、魂にこの世のものならぬ快感を残し、それは人が終生かけて追いかけるような夢の一つであった。たった一度のキスで十分であった。これ以上につつましく、これ以上に純潔に、これ以上に冷たい、そしてこれ以上に恐ろしい場所で、これ以上に醜悪な神の前で行われたあいびきなど他にありはしない。あの母親の姿は、これまでどんな画家や詩人たちの空想力も描き出したことのない、何か地獄的なもの、たじろがせるもの、屍のようなもの、邪悪なもの、荒々しく粗野なものとして、いつまでもアンリの空想のなかにとどまった。じっさい、これまでどんなあいびきもこれほどまでに彼の感覚を刺激したことはなかったし、これほど奔放な逸楽が啓示されたこともなかった。また、これほどまでに彼の中から愛がほとばしり出て、身のまわりに蒸気のようにただよったこともなかった。ド・マルセーを酔わせたのは、何か暗く神秘的で甘美、内向的でありながら外向的、忌むべきものと聖なるものの結合、天国と地獄との結婚であった。彼はわれを忘れんばかりであった。だが彼には快楽の陶酔に逆らうだけの力が残っていた。

この物語の最後でアンリ・ド・マルセーがとる行動をよく理解していただくには、同じ年ごろの若者たちがいまだ女性と同席しようものなら初心(うぶ)なまま小さくなるか、そうでなければなんとかして女たちに近づこうとうろうろするのが関の山というのに、アンリの精神ときたら、いかにがっしりとしたものになっていたかを説明しておく必要があるだろう。知られざるさまざまな事情が重なって彼の成長をうながし、ひそかに絶大なる力を与えたのだった。この青年は、法律により自分の些細な意志を発揮することさえ禁じられている近代の君主たちよりも、はるかに強力な支配権を手にしていた。ド・マルセーは東洋の専制君主がふるう独裁的権力を行使できたのである。しかもアジアでは愚鈍な人間の手により愚劣な用い方をされている権力が、ヨーロッパの知性によって、それもあらゆる知的器械のなかでもっとも潑剌とした鋭利なフランス精神によって強化されたのである。アンリは自分の快楽や虚栄心のおもむくまま、好き放題をしてきた。社交界におよぼした目に見えない影響力のおかげで、ド・マルセーには、誰も知らない、しかし現実的な、大げさではなく内に秘めた威厳がそなわっていた。彼ははっきりとした自己評価を維持していたが、それもルイ十四世が己れについていだいていた評価というよりむしろ、回教のカリフたち、古代エジプトのファラオたち、および古代ペルシャのクセルクセス王たちのなかでももっとも傲慢な王がもつ自己評価に通じるものがあった。彼らは自らを神の種族とみなし、己れが視線は臣下に死をもたらすというわけで、神をまねて、顔をおおって謁見したものであった。こんなわけでド・マルセーは、自分が当事者でありながら同時に裁判官であることをやましいとも思わず、自分の機嫌をそこねた男や女を冷然と死刑に処した。判決はしばしば軽はずみに宣告されたが、いったん宣告されたが最後、取り消されることはなかった。間違いは、いわば若いパリジェンヌがフィアークルに乗ってあいびきに行く途中、雷が歳をとった御者の上に落ちるのでなく、幸せな彼女の上に落ちるといった不運に似ていた。そのうえ、この青年が会話のなかで放つ、きわめて辛辣で深い洞察をふくむ冗談は、たいていの場合、ひやりとする恐怖を感じさせたので、誰もあえて彼の気をそこねようとは思わなかった。女性たちは不思議と、トルコの高官(パシャ)を気取ってライオンや死刑執行人を供(とも)に連れているかのような恐ろしげな男が好きなのである。こういう男たちは断固としてふるまい、権力をもつ者の自信に満ち、誇り高く見下ろし、ライオンのような王者の意識をもつようになり、それがすべての女性が熱望する力の具現化に見えるのである。ド・マルセーはまさにそのような男であった。

ド・マルセーはこの瞬間には未来を確信して幸せであり、若々しく、のびやかになり、寝るときも恋のことばかりを考えていた。彼は激しく恋している青年が誰しもあこがれるやり方で、金色の眼の娘を夢みていた。怪物的なイメージの数々が浮かび、とらえがたく奇怪であり、不可視の世界に光をあてるのだが、あいだにかかったヴェールが光線の具合を変えて、不完全にしか見えないのだった。彼は次の日もその次の日も、誰にも居所を教えずに姿を隠していた。彼のもつ力は、一定の条件がなければ発揮できなかった。幸いその二日のあいだ、彼は彼の魔力的な存在を支えてくれる悪魔にひたすら奉仕しておくことができた。そして、二日目の夜、彼は指定されたとおりの時刻に大通りで馬車を待った。馬車はすぐにやってきた。ムラートはアンリに近づくと、前もって覚えてきたらしい台詞をフランス語で言った。

――もしおいでになりたければ、目隠しをすることに同意してください、とあの方が申されました。

こう言うと、クリステミオは白絹のスカーフを見せた。

――お断りだ！

と、アンリはとっさに至上権をもつ者に特有の怒りにかられて叫んだ。

彼はそのまま馬車に乗ろうとした。だが、ムラートが合図をすると、馬車は走り去った。

――わかった！

と、ド・マルセーは期待していた幸福を失うのが腹立たしくて、声高に叫んだ。それに死刑執行人と同じくらい盲目的な服従心をもつ奴隷を相手に交渉しても始まらないということは彼にもわかっていた。怒りをこんな受け身の機械に向けてみても無駄である。

ムラートが口笛をふくと、馬車が戻ってきた。アンリは急いで乗りこんだ。すでに五、六人の弥次馬が阿呆面を並べて集まっていた。アンリは頑強な男であったから、ムラートを思いどおりにするつもりであった。馬車が全速力で走りはじめると、男の両手をしっかり押さえて身動きのとれぬようにし、監視者を押さえつけて自分がどこへ運ばれてゆくのかをたしかめるための能力をできるだけ確保しておこうとした。やってみたが無駄であった。混血の男の眼が闇に光った。喉の奥から憤怒の声を発すると、体をふりほどいて、鉄のような片腕でド・マルセーを押しやり、馬車の奥に押しつけて身動きをとれなくさせた。口笛をふくと、もう一方の手で三角短剣を抜いた。御者は口笛を聞きつけると車を止めた。アンリは武器をもっていなかったので、屈するしかなかった。彼はスカーフのほうに頭をしゃくった。この服従の身ぶりにクリステミオの気持ちはやわらぎ、彼はうやうやしく、また丁寧に、アンリに目隠しをした。

自分が偶像のようにあがめている女主人が愛する男にたいして彼がいだいている敬意のようなものが感じられた。だが、そうした気づかいを示すまでは、脇ポケットのなかの短剣を握りしめ、隙を見せることなく身がまえていたのである。

——やれやれシノワ奴(め)に殺されるところだったな。

と、ド・マルセーはつぶやいた。

馬車はふたたび猛スピードで走りだした。アンリのようにパリをよく知っている青年には、まだ行き先をたしかめる手段が残っていた。自分がどこへ連れていかれるのか知るためには注意を集中し、馬車がまっすぐ行くかぎりは、渡った橋の数と通りの数を数えれば十分だった。そうすれば馬車が縦にセーヌ川のほうに向かうにしろ、モンマルトルの丘へ向かうにしろ、横の通りが何であるか、案内人がどの通りのどのあたりに馬車を停めるかが、わかるはずであった。しかし、格闘が引きおこした激しい興奮や、自分の威厳を傷つけられた憤怒、頭の中を駆けめぐる復讐の思い、さらには神秘につつまれたあの娘が彼を呼ぶために細心の注意をはらうことの意味などを考えているあいだ、精神を集中させ記憶力を発揮するために必要な、盲者に特有の注意力をじっとこらすことができなかった。行程は三十分ばかりであった。車は街路から門の中へ入って止まった。ムラートと御者が両の腕でアンリをかかえあげて担架のようなものにのせ、庭を横切った。彼は花の香りや、木や草のそれぞれに特有の匂いをかいだ。あたりの静寂は深く、濡れた葉からしたたる水滴のかすかな音さえ聞きとれた。二人の男は階段に彼を運びあげると彼を立たせ、手をひいていくつも部屋を通りぬけ、いい匂いのする部屋に彼を置いて立ち去った。彼は足の下に厚い絨毯を感じた。女の手が長椅子に彼を座らせてスカーフをといた。アンリの目の前にパキータがいた。それも逸楽の女の栄光につつまれた光り輝くばかりのパキータであった。

アンリが連れこまれた私室は、半分がなだらかな美しい曲線で半円形をかたちづくっており、半円と向きあったもう半分は真四角で、その中央に白と金色の大理石の暖炉が燃えさかっていた。アンリは脇の扉から入ったのだが、その扉は豪華なタピスリーでできたドアカーテンで隠されており、窓と向かいあっていた。部屋の馬蹄形になった部分には本物のトルコ長椅子（ディヴァン）、つまり幅の広い厚いマットレスが床に置かれていた。白いカシミヤ織りでくるまれた長椅子は寝台のように幅広く、外周は五十ピエ(72)もあり、黒と赤の絹の菱形模様のリボンで飾られていた。この巨大な寝台は、室内装飾の効果を高める色とりどりのクッションで埋めつくされて、背はほんのわずかしかのぞいていなかった。部屋全体には赤い布が張られており、その上を畝織（うねお）りのインドモスリンが、コリント風円柱のようにくぼんだりふくらんだりした丸ひだをつくっておおっていた。モスリンの上と下は黒い唐草模様（アラベスク）の入った赤色の帯で留めてあった。モスリンの下では赤色がピンクに変わったが、この愛の色は、窓にかかったインドモスリンのカーテンの色にくりかえされていた。カーテンはピンクのタフタで裏打ちされており、縁には黒と赤の飾りがついていた。金めっきをほどこした六本の枝をもつ銀の燭台がそれぞれ二本のロウソクを支えもって壁に等間隔に並び、長椅子を照らしていた。これもつや消しの金めっきをほどこした銀のシャンデリアが中央にさがっている天井は真っ白に輝き、壁上部の張り出しは金色に塗られている。敷物は東洋産のショールに似ており、東洋の絵柄がペルシャの詩情を喚起していた。敷物はペルシャで奴隷たちの手で織られたのであった。家具は赤と黒の縫いとりのある白いカシミヤ織りでおおわれていた。柱時計や枝付き燭台はどれも白と金色の大理石製であった。部屋のなかに一つだけ置かれているテーブルの下にもカシミヤの敷物が敷かれていた。ほうぼうに置かれた典雅な花台にはあらゆる種類のバラが植えこまれており、白や赤の花をつけていた。つまり部屋のすみずみにいたるまで、愛情のこもった配慮がこめられていたのである。秘められた富が巧みに気を惹き、優雅をよそおい、優美を表現し、官能の喚起に成功していた。すべてがどんな冷淡な男も熱くなるように仕組まれていた。壁にかかったモスリンの色は視線の向きによって、ときに純白、ときにはピンクに変わって玉虫色に輝き、透けた布の丸ひだのなかで霞のように見える光の効果とよく調和していた。魂はなぜか白い色に愛着をいだき、愛は赤い色を好む。金色は情熱をよろこばせ、その幻想を実現させる力をもっている。このように人間の内にもつ漠として神秘的なもの、説明しがたい親和力が、無意識の感応のなかで大切にされているのであった。この完全な調和の中には、色彩の合奏があり、魂はその響きに、逸楽的な定めがたい、揺れうごく想念をもって呼応していた(73)。

真っ白な部屋着をまとい、素足で、黒い髪にオレンジの花をさしたパキータは、えもいわれぬ香気の立ちこめるなか、神殿に天降(あまくだ)った神を仰ぎ見るかのようにしてアンリの前にひざまずいていた。ド・マルセーはパリの贅沢三昧な生活を見慣れていたのだが、ヴィーナス誕生の貝殻にも似たこの私室には驚かされた。通りぬけてきた暗闇といま彼の魂をひたしている光明とのコントラストのせいなのか、最初のあいびきの場面と今ここの場面とをくらべたためか、彼は真の詩が与えるあの微妙な感覚を味わった。妖精の杖のひと振りで出現した小部屋のまんなかで、造化の傑作ともいうべき娘の肌の色は熱く、その皮膚はなめらかで赤色の壁紙の反射をうけ、恋に上気してほのかに金色を帯び、あたかも部屋の照明と色彩を反映するかのように輝いていた。それを見るとアンリの怒りも、復讐心も、傷つけられた虚栄心も、すべてが消えてしまった。獲物に襲いかかる鷲のように、アンリは彼女を抱きしめ、膝にのせた。そして、彼女の体の重みを感じ、美しい肉体にやさしくつつみこまれて陶然とした。

——さあおいで、パキータ！

と、彼は小声でささやいた。

——お話しして！　遠慮なさらずお話しになって。

と、彼女は言った。

——この隠れ家は恋のために建てられているのよ。外へは音ひとつ洩れないようにできています。愛される者の声の音楽的な調べや調子を大切に閉じこめておこうとしているの。どんな大声で叫んでも誰にも聞こえないわ。殺人だってできます。どんなに助けを呼んだとて、砂漠のまんなかにいるようなもの、ぜんぜん聞こえないのですもの。

——嫉妬が必要とするものをこんなに知りぬいているのは何者だろう？

——その質問は絶対にダメ。

と、彼女は言うと、青年のクラヴァットをいともやさしい手つきでほどいた。アンリの首筋をよく見るためにちがいない。

——ああ！　わたしの大好きな襟足だわ！　ねえ、わたしの好きにしていい？

　アンリはパキータから、二人の頭上に亡霊のようにただよう未知の人物についての質問を無理やりにやめさせられ考えこんでいたのだが、いかにも艶っぽくたずねる声の抑揚に、ハッとわれに返った。

——ぼくがどうしてもここの主人が誰なのか知りたいと言ったら？

　パキータは彼を見つめたままふるえていた。

——それじゃ、このぼくではないのだ。

と言うと、彼は娘の手をふりほどいて立ちあがったので、彼女はのけぞった。

——ぼくはどこにいようと君臨するのだ。

——なんと、なんということでしょう！

と、奴隷女はかわいそうに、おびえた様子で言った。

――じゃあいったいぼくは誰の代役なのだ？　返事をしろ。

パキータは涙を浮かべ、静かに立ちあがると、対になった黒檀のタンスの一方をあけて短刀をとり、猛虎の心をもやわらげるしおらしい態度でアンリに差し出した。

　そしてパキータは言うのであった。「男たちが愛するときのやり方で、わたしを有頂天にしてくださいな。そしてわたしが眠っているあいだに殺して。わたしはあなたのおたずねに答えることはできないのですもの。よく聞いて。わたしは杭につながれたかわいそうな動物のように、しばられている身の上です。わたしたちをへだてている深い淵に橋をかけることがよくもできた、と自分で驚いているくらいです。さあ、わたしを酔わせて！　それからわたしを殺して！」「いいえ、そうじゃないわ！」と彼女は両の手をあわせて言うのであった。「わたしは生きていたいの。わたしは生きるのが好き。人生は美しいわ。わたしは奴隷ですけれど、女王でもあるの。あなたにでたらめを並べ、わたしの好きなのはあなただけと言ってその証拠を見せ、かりそめの王国を支配し、「通りすがりに王の庭園に咲く一輪の花の香りをかぐように、わたしを摘みとってくださいな」と言ってみることもできるわ。女の悪賢い言葉の数々を並べ、快楽の翼を思いっきり広げて、自分の渇きをいやしたら、あなたを誰にも見つからないように井戸に投げこませることだってできます。法を恐れずに復讐を遂げるために作られた井戸なのですもの。井戸には石灰が詰めこまれていて、発火しようものなら、あなたの身体は跡形もなくなる。そうすれば、あなたは永久にわたしの胸のなかだけにいることになるわ！」

アンリは身ぶるいすることもなく娘を見据えた。そのおそれを知らぬ視線が彼女をよろこばせた。

パキータは言うのだった。「いいえ、そんなこと、わたしはしないわ！　あなたは罠に落ちたのではなく、あなたを好きでたまらない女のハートのなかに落ちたのよ。井戸に投げこまれるのはわたしです」。

――おかしなことばかり。

と、ド・マルセーは彼女をつくづくと眺めながら言った。

――いい娘だ。だが変な性格だな。まったくきみは、ぼくには答えを見つけるのがとてもむずかしい、生きている謎だよ。

パキータにはこの青年が言うことが少しもわからなかった。彼女は、恋に陶然となりながらも決して正気を失ってはいない目を大きく開いて、アンリをやさしく見つめながら言った。「ねえあなた、わたしの気に入りたいと思う?」と、彼女は話を元に戻した。

――ぼくはあなたの望むことなら、なんでもするよ。そのうえにあなたの望まないないかもしれないこともね。

と、伊達男としての自信を取り戻したド・マルセーは前も後も気にしないでこのチャンスに身をまかせようと決心し、笑いながら答えた。彼は自分の力と艶福家としての腕前に自信をもっていて、二、三時間もすればこの娘を思いのままにして、秘密を聞きだすことができると高をくくっていたのだろう。

パキータは「では、わたしの好きな恰好をしてね」と言うのだった。

――どうぞ好きなようにしていいよ。

と、アンリは答えた。

パキータは嬉々として対のタンスの一方から赤いビロードの婦人用の部屋着を取りだすとアンリに着せ、女のボンネットをかぶせ、ショールを巻きつけた。彼女は無邪気な気まぐれに没頭してひきつるような笑い声をあげて笑い、小鳥が羽ばたくように駆けまわったが、それ以上のことを考えているようには見えなかった。

神が上機嫌のときに創った二人の美しい男女が互いに分かちあった無上の喜びを描くことは不可能だとしても、この青年が味わった異常な、ほとんど幻想的ともいうべき印象を形而上学的に書いておくことは必要であろう。ド・マルセーのような立場にあって、彼のような生活を送っている男は、少女が無垢であるかどうかを鑑別することを知っている。だが、不可解なことに、金色の眼の娘は処女ではあったが、決して無垢ではなかった。神秘と現実、影と光、おぞましいものと美しいもの、快楽と危険、天国と地獄といった正反対のもの同士の奇怪な結合はこの物語のはじめにもあったのだが、ド・マルセーの相手の女の気まぐれで崇高な人となりにも、それが見出せた。もっとも洗練された官能が味わう快楽の奥義も、恋と呼ばれる感覚の詩についてアンリがもっていたどんな知識も、この娘がくりひろげた宝物の数々には及びもつかなかった。彼女はそのきらめく眼が約束していたとおりであった。詩人サアディやハーフィズ(74)がはずむ節まわしでうたった、太陽が燦々とふりそそぐ東洋（オリエント）の詩であった。しかし、この甘美な娘が、倒錯の鉄の腕から解放され恍惚となって取り乱し、茫然としている姿は、サアディの詩にも、ギリシャのピンダロス(75)の詩歌にも、決して表現されなかった題材であった。

パキータは、「死ぬわ！　もう死にそう！　アドルフ、ああ、この世の果てに、わたしたちのことを知っている人がひとりもいない島へ、連れていって[76]。足跡も残さないで消えてしまいたい！　そうしなければ、地獄の底まで追いかけられるのだわ！　ああ、もう朝だわ。急いで逃げて。今度はいつ会えるかしら？　そう、明日、もう一度会いたい。この幸福のためなら、わたしを見張っている者たちを皆殺しにしてもいいわ。では、明日」と言うのだった。

　彼女はアンリを両腕にかたく抱きしめたが、その抱擁には死を予感した恐怖がこもっていた。それから呼び鈴を押し、ド・マルセーに目隠しする許しを乞うた。

——いやだ、ここにいたい、とぼくが言ったら？

——それだけ早くわたしを死なせることになるわ！

と、彼女は言った。

——わたしがいずれあなたのために死ぬ、ということはもうはっきりしているのだけど。

　アンリは相手のなすがままにまかせた。快楽を満喫した男は、忘れたいという気持ちや、恩知らずな気分や、自由になりたい欲望や、気ままに外を歩きまわりたいという気まぐれや、偶像であったものにたいする侮蔑や、嫌悪に近い気持ちさえいだく。男には、彼を破廉恥で卑劣にする説明しがたい感情があるものだ。天上の光に照らされたこともなければ、確固とした愛情をもたらす聖なる香油をそそがれたこともない普通の人間にも、こうした感情はぼんやりではあるが現実のものとして存在するのである。その確信があるからこそルソーは『新エロイーズ』の手紙の最後に「エドワード・ボムストン卿の恋物語」を付した。たとえ、ルソーがリチャードソンの書簡体小説から『新エロイーズ』の着想を得たのであったにせよ、無数の細部においてルソーはリチャードソンとは大きくへだたっており、ルソーは独創的な記念建造物を建立したのであった。この記念建造物の真価は、血の通わない分析などではとうてい引きだせないルソーの偉大なる諸思想にこそある。読者は青年時代には、感情のなかでももっとも肉感的なものの濃厚な描写を探してこの作品を読む。しかし、まじめで哲学的な作家は、そうした描写を広大な思想の結果あるいは必然としてのみ用いる。エドワード卿の恋物語は、この作品のなかでももっともヨーロッパ的に洗練された微妙な思想の一つなのである。(77)

アンリもまた、真の恋愛のかかわり知らぬ、あの漠とした、欲望が満たされるや熱がさめる感情に支配されていた。彼をひとりの女に引きとめておくためには、いわば、他の女たちとの比較をやめさせるほどの理由、あらがいがたい魅力をもった記憶が必要であった。真の恋愛は記憶の力で人の心を支配する。激しい快楽、もしくは感情の力で、男の魂に痕跡を残すことのできない女が愛されることがありえようか？ アンリが気づかないうちに、パキータはこういった手段を駆使して、彼の心のなかに確固とした地位を築いていたのであった。しかし、この瞬間の彼は、幸福に倦み疲れ、肉体のこころよい気怠(けだる)さにひたっていたので、これまでに摘みとったもっとも強烈な快楽の味を唇に思いだしていても、己れの心情を分析するにはいたっていなかった。夜の白々と明けそめるころ、彼はモンマルトル大通りに立って、走り去ってゆく馬車をぼんやりと眺め、ポケットから葉巻を二本とりだすと、労働者や浮浪児や野菜売りや、その他、日の出前に生活を始めるあらゆる種類のパリの住民に火酒(オ・ド・ヴィ)とコーヒーを売っているおばさんからランプを借りて、葉巻の一本に火をつけた。そして、恥ずかしいほどふしだらな態度で両手をズボンのポケットにつっこんで葉巻をくゆらしながら立ち去った。

――葉巻はいいな。男を飽きさせないもんな。

と、彼はつぶやいた。

当世のパリの優雅な青年たちがそろって夢中になっていたあの金色の眼の娘のことは、もうほとんど念頭になかった。母親によってアジア的天女の系譜につながり、ヨーロッパの教育をうけ、生まれによって熱帯地方に帰属するあの美女が歓楽の合間にあらわに見せた死の予感、彼女の額をくもらせた死の恐怖も、彼には、女たちが自分の気を惹くために用いる策略の一つのように見えた。

――あの娘は、新世界のなかでは一番スペイン的なハバナの生まれだもんな。パリジェンヌのように困らせたり、難題をふっかけたり、甘えるか、義務をもちだしたりするよりも、人を怖がらせるほうが好きらしい。金色の眼のせいで、めっぽう眠いや。

〈フラスカティ〉の角に停まって賭博場帰りの客を待っていた一台のキャブリオレを見つけると、彼は御者を揺すり起こし、自宅まで走らせ、ベッドに横になるとぐっすり眠った。まだ歌にうたわれたことがないのが不思議なくらいだが、悪い奴の眠りは無辜（むこ）の人の眠りと同じくらい深い。両極は相接す、という格言の教えるとおりなのかもしれない。

# Ⅲ　血の力

正午ちかく、ド・マルセーは目をさまして伸びをしたとたんに、古参の兵士なら誰でも覚えのある、勝利の翌日のがつがつした空腹感をおぼえた。だから、目の前にポール・ド・マネルヴィルが立っているのを見るとうれしかった。こんなとき食事の相手がいるのは大歓迎だ。

――それで、どうなった？　みんなは、きみを見かけないもんで、金色の眼の娘と十日もどこかに籠っているんだろ、なんて想像してたんだ。

と、ポールが言った。

――金色の眼の娘だって！　ぼくはもうそんな娘のことなんか考えてないよ。他にもやることがたくさんあるからね！

――へええ、口が堅いんだね。

――口が堅くて、どうしていけないんだね？

と、ド・マルセーは笑いながら言った。

――ねえきみ。言わないでおくというのは計略のうちでもとくに重要なんだ。いいかい……いややめておこう。ぼくはきみには何も言いたくないよ。きみはぼくの言うことから学んだためしがないからな。ぼくのとっておきの政治学を溝に捨てて無駄にしたくはない。人生は取引に役立つような、流れる河でなくっちゃね。この世でもっとも聖なるものに賭けて、葉巻に賭けて申しあげるが、ぼくはバカにもわかるような講義をする社会経済学の教授じゃあございません。さあ、飯にしようぜ。きみにはぼくの脳みそをふるまうより、ツナのオムレツをごちそうするほうが安あがりだ。

――きみは計算ずくで友だちとつきあうのか？

――おい、おい、きみ。

と、皮肉を遠慮することはめったにないアンリは言った。

――きみに、他の奴と同じように、人に言うわけにはいかないってことが起こったらどうする？　それにぼくがきみを大好きになるってことだってあるかも……そうだよ、ぼくはきみが好きさ。誓って言うが、千フランの札が一枚あればピストル自殺しなくてすむというような事態が起これば、そのくらいいつでも用立てるよ。ぼくたちはまだ死にそうにないからね。そうだろう、ポール。もしきみが明日、決闘するってことになったら、きみがルールにのっとって殺されるように、距離をちゃんと測って立つ位置を決めてやるし、ピストルに弾もこめてやろう。きみのいないところで他の奴らがきみの悪口を言ったりすれば、ぼくのなかにいる手強い紳士が相手をすることになるさ。いかなる試練にあっても揺るがぬ友情とぼくが呼ぶのは、これくらいだ。いいかい、きみが秘密を守る必要があるようなときには、口の堅さにも二通りあることを覚えておくといいよ。積極的な堅さと消極的な堅さの違いだ。消極的な口の堅さというのは間抜けの口の堅さで、黙りこくったり、否定したり、不機嫌な顔をしたり、いわばドアを閉じるタイプの口の堅さだな。こちらは効力がない。もう一方の積極的な口の堅さは肯定の言葉で始まるんだ。たとえば今晩、集まり（セルクル）でぼくが「まったくあの金色の眼の娘は、手間がかかった割りには大したものじゃなかった！」と言うとする。みんなは、ぼくが部屋を出たとたん、「気障男のド・マルセーが言ったことを聞いたかい、あいつは金色の眼の娘を自分のものにしたってぼくらに思わせようとしているのさ。ああやってライバルを追いはらうつもりだぜ。なかなかやるね！」と大声で言うに決まってる。だが、こんな手はありふれているし、危険でもある。ぼくらがうっかり口にする冗談がどんなにつまらなくても、それをそのまま鵜呑みにするバカがいるもんだ。最上の慎重な作戦とは、利口な女が夫をだますときに用いるやり方だよ。ぼくたちも、世間体を守ってやりたいと思うくらい愛している女の名誉を守るためには、好きでもなければ愛してもいない関係のない女を巻き添えにするという手を使うのさ。そういう女を称して、衝立の女とぞ言う。ほうら、ローランが来たぜ、さあ何を供してくれるのかな？

――オーステンデの牡蠣(78)でございます、伯爵さま……。

――ポール、きみもそのうち恋の秘密を社交界から隠しとおしてみんなをからかう面白さがわかるようになるさ。大衆は自分がしたいことも、他人が自分にさせたがっていることもわかってはいないし、手段を結果と取りちがえるし、熱愛するかと思うと呪いだすし、育ててあげるかと思うと破壊するものさ。そんな大衆の下す愚かな判決をうまくはぐらかすのがぼくの無上の喜びなのさ。大衆を動揺させるが自分は冷静でいる、大衆を支配するがこれに従うことは決してしないのが、成功というもの。もし誇りとすべきことがあるとしたら、自分で獲得した力、自分がその原因でもあれば結果でもあり、原理でもあれば結論でもある能力じゃないかな？　そうさ、ぼくが今、誰を愛しているか、何を望んでいるのか知っている奴はいない。ぼくが誰を愛したか、何を愛したか、何を望んだかなら、幕が下りた後の芝居のように知られたっていいのさ。だが演じている最中に見抜かれるなんて……無能だし、だまされるってことさ。力ある者が巧みにしてやられるほどみっともないことはない。外交が人生と同じくらいむずかしいものなら、ぼくはよろこんで外交官になる修業をするよ。だがどうかな。きみには野心があるかい？　大物になる気は？

——アンリ、からかうんだね。まるでぼくも何者かになろうと思えばなれるみたいな言い方をして。

——よろしい、ポール。そんな流儀で自分を軽蔑するなら、きみもじきにみんなを軽蔑することができるようになるよ。

昼食も終わり葉巻をくゆらすころになってやっと、ド・マルセーは昨夜の出来事を別の角度から見ることを始めた。偉大な人間の多くがそうであるように、彼の洞察力はひとりでに発揮され、一挙に核心をつくというものではなかった。今という瞬間を十分に生き、その果汁をしぼって飲み干す能力をもった人の常として、彼の第二の眼が物事の原因を把握するためには、一種の眠りが必要であった。リシュリュー卿[79]もそうであったが、だからといって大局を理解するに必要な予見能力がないどころではなかった。ド・マルセーにもこうしたあらゆる条件がそなわっていた。しかし彼は自分の持てる武器を、最初のうちは、自分の快楽のためにのみ用いた。金と力を手にした青年がまず目を向ける快楽に飽きて、はじめて現代のもっとも深遠な政治家のひととなったのであった[80]。男はこのようにして鍛えられる。つまり男が女に食われないようにするには、女を食らう必要がある。ド・マルセーは、快楽がしだいにあふれだし、最後に荒れ狂う奔流となった昨夜のことを全体として考えてみたとき、はじめて自分が金色の眼の娘にもてあそばれたことに気がついた。ようやく勝利に輝くページの隠れた意味を読みとることができた。純粋に身体的な意味ではパキータは無垢であり、自分の感じる歓喜に驚いたこと、そのときにはわからなかったが、今ははっきりと意味がつかめた歓喜の瞬間に叫ばれた言葉などすべてが、彼は誰か他の者の身代わりであったことを証明していた。アンリは社会のあらゆる種類の堕落を知りつくし、どんなに風変わりな気まぐれを目にしても平然としており、気まぐれはかなえられるのだからつまり正当なのだとし、どんな悪習も古いなじみのようなもので恐れることがなかった。だが、自分が食いものにされたと悟るや、深く傷ついた。彼の推測がもし正しければ、彼は存在の核心において侮辱されたことになる。彼は、疑いをいだいただけで、すでに怒り狂い、カモシカにからかわれた虎のようなうなり声をあげた。野獣の力と悪魔の知力を兼ねそなえた虎の叫びだった。

——ねえ、どうかした？

と、ポールが彼にたずねた。

——なんでもない！

——もしぼくが、きみはぼくにたいして何か怒っているのだろうか、とたずねたとして、きみが今のような調子でなんでもない、い、い、い、とか言ったら、次の日には決闘ものだぜ。

——もう、決闘などするものか。

と、ド・マルセーが答えた。

——そりゃあまた、もっと悲劇じゃないか。じゃあ、人殺しでもするのかい？

——きみは言葉の使い方を間違えてるよ。ぼくは処刑するんだ。

——今朝のきみの冗談はブラックになりすぎですよ。

――どうしろって言うの？　性的快楽は動物的狂暴に通じるんだ。なぜだって？　知りませんね。ぼくはそんなことの原因をさがすほど物好きじゃない――この葉巻はすばらしいな。ぼくにもお茶をくだされ――親愛なるポール君、きみもご存じのように、ぼくは今、野獣の生活を送っていますがね。そろそろ、何か一つの運命を選んで、生きるに値する何かのために持てる力をそそぐべき時なのかもしれないな。人生は風変わりな喜劇みたいなものでしょ。ぼくは現代の社会秩序の不条理にぞっとするし、笑えてもくる。政府は人間ひとりを殺してしまった男を死刑に処するが、ひと冬に一ダースもの青年を殺す医者たちにわざわざ免許状を与えてるじゃないか。道徳は、社会を崩壊させる悪徳が一ダースも押し寄せてくると、無力で罰を与えることさえできない――もう一杯お茶をついでいただけますか？　――誓って申しますがね、人間は断崖の上で踊る道化でござる。ラクロの『危険な関係』や、女中の名前のついたなんとかいう本[81]は背徳的だとか言われておりますがね、恐ろしい、汚い、ぞっとするような、風俗壊乱の分厚い本があってね、その本の頁は閉じられるどころか、いつも開かれたままなんだ。ほんとうは他にもまだまだ何千倍も危険な本があるのだけど、とにかく社交界というこの重要な本は、夜会や舞踏会のあいだに男同士が耳打ちするひそひそ話、女たちが扇子のかげでささやく噂話からできあがっているんだ。

――アンリ、きみに何かふつうじゃないことが起こったらしいね。きみのいう積極的な口の堅さにもかかわらず、わかるさ。

――そのとおり！ さあ、夕方まで時間をつぶさなきゃ。賭博に行こうぜ。きょうは金を擦ってやろうじゃないの。


ド・マルセーは立ちあがると紙幣をひとつかみ取り、巻いて葉巻の箱に入れると、服を着替え、ポールの車で〈サロン・デ・ゼトランジェ〉[82]クラブへ向かった。そこで夕食まで、擦ったり、稼いだりをくりかえした。賭博は強靱な肉体が目的なしに空しく回転せざるをえないような場合にとるべき究極の手段である。夕方、彼は待ち合わせ場所に行き、自分から目隠しに応じた。そして、真に有能な人間に特有の意志集中力を発揮し、注意をはらい、頭を働かせて、馬車が通過してゆく通りを推理しようとした。馬車はサン＝ラザール通りに着き、サン＝レアル邸の庭の小門のところで止まった、と確信することができた。最初のときと同じようにその門をくぐり、ムラートと御者によって担架にのせられると、男たちの足元で砂がきしみ、これだけの用心が必要なわけがわかった。もしも自由にされ、歩かされていたら、灌木の小枝を折り取り、靴についた砂の性質を調べることができるであろう。だが、人を近づけない屋敷のなかを、いわば空中を運ばれているかぎりは、彼がめぐりあったこの幸運は、これまでと同じく、夢ということにしておけるのだ。しかし悲しいかな、人間のすることは、善であれ悪であれ、不完全である。精神的なものであれ、実体的なものであれ、どこか破綻の徴がついているものである。通り雨が降ったとみえて、地面が濡れていた。ある種の植物の香りは夜になると昼間よりもずっと強くなる。アンリは担架で運ばれてゆくあいだ、小道にそって植わっている香り高い木犀草(レゼダ)の匂いをかいだ。この手がかりは、パキータの私室のある館をつきとめるきっかけになるにちがいない。アンリは邸宅の内部に入ってからも、担架がどこでどう曲がったかをしっかりととらえ、のちに思いだすことができるという確信をもった。アンリは前夜と同じく、東洋風(オリエント)の長椅子に座らされ、パキータが目隠しをはずした。目をあけると、しかしパキータは青ざめて、まるで面がわりをしていた。泣いていたにちがいない。祈りを捧げる天使のように、それも、深い憂愁にとらわれた天使のようにひざまずいている娘はかわいそうに、昨夜、翼を広げてアンリを愛の第七天国にまで連れていった、あの知りたがり屋で、ひたすら待ち焦がれていた、はずむように生き生きとしていた不思議な女とは別人であった。うれしいという表情の膜の下に沈む絶望はどうやら本物らしく、恐るべき男とあだ名されるド・マルセーも、自然の新しい傑作にたいする賛嘆の念を抑えかね、一瞬、今夜のあいびきの肝心の目的を忘れてしまった。

——どうしたの、パキータ？

——ねえ、あなた。

と、彼女は言った。

——今夜、今すぐ、わたしをどこかへ連れていってくださいな！　どこでもいいから、わたしを見て、パキータがいるとか、髪の長い、金色の眼をもつ娘がいるって言う人がいないところへ置いてきてちょうだい。そこへ行ったら、あなたのお望みのままによろこばせてさしあげます。そして、いやになったらわたしをお捨てになっていいわ、恨んだりしません。わたしは何も言わないわ。わたしを捨ててもあなたは後悔なさらなくていいの。一日でもあなたのおそばで過ごすことができるのなら、たった一日でもお顔を見ていられるのなら、一生をそれに賭けてもいいわ。ここにこのままいたら、わたしはもうおしまいよ。

——でもね、ぼくはパリから離れることができないんだ。

と、アンリは答えた。

――ぼくの身はぼくのものではないんだよ。ぼくは誓いによって何人かの男たちと運命をともにしているのさ。ぼくは彼らに、彼らはぼくに結びつけられている。(83) でも人間の手のとどかない隠れ家をパリのなかにつくることならできるよ。

――いいえ、あなたは女の力のことを忘れていらっしゃるわ。

と、彼女は言った。

人間がこれまでに聞いたことがないほどの恐怖のこもった声で発せられたひと言であった。

――ぼくがきみを世の中から守ると言っているのに、きみに手を出すことができる奴がいるとでも？

――毒を飲まされるわ。もうドンナ・コンチャはあなたがあやしいと疑っているのよ。

と、彼女はつぶやき、頬をつたってきらめきながら流れる涙をぬぐおうともせずに、つづけて言った。

――わたしが前とは変わったことは、わたしを見ればわかるわ。でも、もういいの。あなたがわたしを怒り狂う怪物の餌食にしたいのなら、それでいいわ。さあ、来て！

わたしたちの恋のなかにこの世のありとあらゆる快楽を集めるのよ。そうだわ、すがったり、訴え泣き叫んだり、言いわけをしたり、やってみるわ。助かるかもしれないもの。

――いったい誰に訴えようというの？

と、アンリがたずねた。

――だまって！　もしわたしが助かる道があるとしたら、自分の口の堅さだけがたよりなのですもの。

と、パキータが言った。

――あのドレスを着るよ。

と、アンリは悪賢くも、そう言ってみた。

――いいえ。

と、彼女は強い調子で答えた。

――あなたはそのままでいて。わたしが憎めと教えられて、怪物だとばかり思っていたものは天使だったのね。あなたはそのひとり、それもこの世でいちばん美しいかただわ。

と、彼女はアンリの髪を愛撫しながら言った。

――あなたはわたしがどんなにものを知らないか、ご存じないのよ。わたしは何も教わらなかった。十二歳のときから閉じこめられて誰にも会わないで暮らしたの。読むことも、書くことも知らないし、話せるのは英語とスペイン語だけなの。

――それなら、ロンドンからの手紙はどうするの？

――手紙ですって？　ほら、ここにあるわ！

と、彼女は日本製の細長い花瓶(84)の中から数枚の紙を取りだした。

彼女がド・マルセーに差し出した手紙には、絵解きによく似た奇妙な形が血で描かれていて、彼を驚かせた。絵文字は情熱あふれる言葉を描き表していた。

――これは……。きみは地獄の天才に支配されているんだね？

彼は嫉妬心の悪巧みが生みだした象形文字(ヒエログラフ)にすっかり感心して叫んだ。

――そう、地獄なの……。

と、彼女はくりかえした。

――でも、どうやって外出することができたの？

――ああ、外出したから、わたしは破滅したのだわ。わたしはドンナ・コンチャを、今すぐ殺されるか、それとも後で叱責されるか、どちらを選ぶの、と言って脅迫しました。わたしは悪魔のような好奇心にとりつかれて、世界とわたしとのあいだをへだてる強固な囲いを破ってみたいと思ったの。わたしは若い男がどんなものだか見てみたかったの。だって、わたしの知っている男は侯爵とクリステミオだけなのですもの。連れている御者も従僕も歳をとっているわ……。

——でも、いつも閉じこめられていたわけじゃないだろう。体に悪いし……。

——そりゃあ。

と、彼女はつづけた。

——散歩はしました。でも夜のあいだとか、田舎とか、セーヌ川の岸とか、人のいないところばかり。

——そんなにも愛されて、うれしいだろうに。

——そんなことないの、今となっては！

と、彼女は言った。

——何ひとつ不足のない暮らしをしていても、隠れ家の生活は光とくらべたら闇でしかないわ。

――光ってなんだい？

――あなたのことよ、美しいアドルフ！　あなたのためなら、わたしは死んでもいい。ずっと前からわたしを見て男たちが感じていた、そしてわたしのほうは話に聞くだけだった恋の情熱のすべてを、今は、わたしがあなたにたいして感じているの。わたしはずっと、生きるってどういうことだか知らなかったのだわ、でも今は、互いに愛するってどういうことかわかったの。今までは愛されるばかりで、わたしのほうから愛したことがなかったのよ。あなたのためなら、何もかも捨てることができるわ。ねえ、連れていって。そうしたければ、わたしをおもちゃにしてもいい！　でも、壊れるまではそばにおいてちょうだい。

――後悔しない？

――一瞬たりとも後悔しないわ！

と、彼女は彼に訴えかけるような目を向けたが、その眼の金色は澄みきったままであった。

アンリはひそかに「恋敵（ライバル）よりぼくのほうを愛しているのか？」と、思った。おぼろげながら真相をつかみはしたが、これほどの純情にほだされて、今までの侮辱は許してもよいと考えはじめていた。「そのうちにはっきりするだろう」とつぶやいた。

アンリにはパキータから過去の報告を受けるいわれが少しもなかったにもかかわらず、彼の眼には彼女がほんの少しでも過去を思いだすことが、許すことのできない罪と映るのであった。だから妖精ペリ(85)が天から降りてきて恋人に授けるような、駆り立ててやまない快楽に身をまかせながらも、彼は自分を失うことなく、恋人を観察し、判定するという悲しむべき抑制力を維持した。パキータは、自然がとくべつ念入りに、恋のためだけに仕上げた創造物と思われんばかりであった。昨夜から今宵のうちに、彼女の女としての才能はめざましい進歩を遂げていた。この青年は意志が強く、快楽に無頓着で、そのうえ前夜すでに飽きるほど満ち足りていたにもかかわらず、彼は金色の眼の娘のうちに恋をする女が創る、そして男がひとたび知るや忘れられなくなる、あのトルコの後宮を見出したのだった。

パキータは、偉大な男性のすべてが無限にたいして感じるあの情熱に応える女性であった。演劇作品としてはゲーテの『ファウスト』に、詩作品としてはバイロンの『マンフレッド』のなかで表現されている神秘的な情熱である。その情熱にかられるがままドン・ジュアンは女の胸のうちをさがしまわり、幻の猟人たちが追いもとめ、学者たちが学問のうちにかいま見たと信じ、神秘家は神において発見する、無限という思想を発見しようとしたのであった。疲れを知らずにどこまでも闘える理想の相手をついに得るという希望が、ド・マルセーを夢中にし、長く閉ざされていた彼の心がはじめて開かれた。アンリの神経はゆるみ、彼の冷たさも燃えあがる魂の蒸気にとかされ、鋭利な理論もどこへやら、白とピンクに飾られたこの部屋のように、幸福感が彼のすべてを染めあげた。高まる官能が渦を巻き、アンリはそれまで自分の情熱を閉じこめていた限界をこえた。アンリは、もう一つの不自然な愛があらかじめつくりあげてくれたこの娘に先をこされたくなかった。アンリ・ド・マルセーは何事においても征服者でありたいと願う男性的虚栄心をたよりに、この娘を屈服させようと、力をふるいおこした。同時に、アンリは魂が己れを律する限界をこえ、俗に夢のような境地と愚かしくも名づけられている甘美な混沌のなかで思わずわれを忘れた。そして、やさしく、善良になり、心を開いた。アンリはパキータをほとんど気も狂わんばかりの心地にした。

アンリはパキータにむかって心にしみわたる[86]ような声で、

――ソレントへ、ニースへ、キアーヴァリへ行こう。こんなふうにして一生を過ごそう。そうしたいかい?

と、くりかえしささやいていた。

――「そうしたいかい?」だなんて、わたしにたずねることなんか必要ないの。わたしに意志なんかないの。わたしがあなたと一心同体でないとしたら、それもただあなたの楽しみになりたいからよ。もしわたしたち二人にふさわしい隠れ家を選んでくださるのなら、恋の翼を思いっきり広げることのできるアジアがいいわ……。

と、彼女は叫ぶ。

――きみの言うとおりだ。インド諸島へ行こうよ。[87] あそこでは永遠の春がつづき、大地は一面の花におおわれ、平等というつまらない夢の実現を追求するバカな国でされるような批判をうけることもなく、王侯の栄華をくりひろげることができるんだ。奴隷の民にかしずかれ、太陽が白く輝く宮殿を照らし、空中には香気が立ちこめ、鳥が愛の歌をうたい、人は愛することができなくなったときに死ぬ。そんな国へ行こう……。

と、アンリは言う。

――そして恋人たちはそこでいっしょに死ぬんだわ! 明日ではなくて、今すぐ出発しましょうよ。クリステミオを連れて。

と、パキータは言う。

——ああ、快楽こそ人生のもっとも美しい結末だ。アジアへ行こう。でもね、出発するには、たくさんのお金が要るんだよ。お金をつくる手はずをつけなきゃならないの。

　彼女にはそういったことが何もわからなかった。

——お金だったら、上の部屋に、こんなにあるわ！

と、彼女は手を上げて言った。

——その金はぼくのものじゃない。

——それがどうしたの？

と、彼女は言葉をつづけた。

——わたしたちに必要なものは、取ればいいじゃない。

——きみの所有物ではないだろうに。

——所有って何？　わたしのことだって取ったじゃない？　わたしたちが取ったものは、わたしたちのものになるんじゃないの？

と、彼女はくりかえした。

彼は笑いだしてしまった。

——なんて無邪気なんだ！　きみは世の中のことをまるきり知らないのだね。

——ええ、知らないわ。わたしの知っていることはこれよ。

と、叫んで彼女はアンリを自分の上に引き寄せた。

ところがド・マルセーが何もかも忘れ、この娘を永遠に自分のものにしたいという欲望をいだいたその瞬間、歓喜のさなかに、彼は心臓にぐさっと突き刺さる一撃をうけた。生まれてはじめてうけた屈辱であった。パキータは、彼の顔がよく見えるようにと、彼を強く上へ押しあげながら、叫んだのであった。

——ああ、マリキータ！

——マリキータだと！　今の今まであやしいとは思っていたことが、ようやくはっきりとしたぞ。

青年は、猛獣のようなうなり声をあげた。

アンリはあの短剣がしまわれているタンスにとびついた。だが、二人にとって幸いだったことに、タンスには鍵がかかっていた。思いどおりにならないため、彼の怒りはいっそう激しく燃えあがった。しかし落ち着きを取り戻し、今度はクラヴァットを取ってくるや、獰猛な意志をむきだしにして彼女のほうに突き進んだ。パキータは自分がいったいどんな罪を犯したのか理解できなかった。だが、彼のものすごい形相から自分が殺されるのだということだけはわかった。彼女は、自分の首を絞めあげるクラヴァットの結び目から逃れようと、すばやく部屋の端までとんで逃げた。格闘が始まった。柔軟さ、敏捷さ、力において、お互いひけをとらなかった。パキータは恋人の脚にクッションを投げつけて転ばせ、その隙に警報機に通じるボタンを押した。ムラートがすぐにやってきた。クリステミオはド・マルセーにとびかかり、あっという間に倒すと、胸に足をかけ、踵を喉へ向けた。ド・マルセーにも、少しでも動けば、パキータの合図ひとつで踏みつぶされることがわかった。

――あなた、なぜわたしを殺そうとなさるの？

と、彼女は彼に言った。ド・マルセーは答えなかった。

――何が気にさわったの？　おっしゃって。説明して！

アンリは敗北を自覚した勇者の毅然たる態度をくずさなかった。無言の冷ややかな態度はいかにもイギリス的であり、行動を一時的にあきらめることで誇りを守ろうとする意志を示していた。彼は憤怒にわれを忘れながらも、罰されずにすむよう画策もせずにこの娘を殺して、法の裁きをうける羽目になるのはまずい、と考えていたのであった。

――ねえ、あなた。何か言って。さよならのやさしい言葉もかけずにわたしを置き去りにしないで！　あなたはたった今わたしを死ぬほど怖がらせたのよ、ずっとこんな気持ちでいたくない。ねえ、何か言ってちょうだい！

と、パキータは癇癪を起こし、足を踏みならしながら言った。

ド・マルセーは口で答えるかわりに目にものを言わせたが、その目は間違いなく死ね！と言っていたので、パキータは思わず彼に駆け寄って身を投げかけた。

――それじゃ、あなたはわたしを殺したいの？　殺してうれしいのなら、さあ、殺してちょうだい！

彼女はクリステミオに合図をした。彼は青年の胸の上から足をのけて、パキータについては批判がましいことは何ひとつ表情にあらわさずに、退出した。

ド・マルセーは陰鬱な身ぶりでムラートを指し、つぶやいた。

――あれこそ男のなかの男だ！　良い悪いは度外視して、ただ愛しいという気持ちにしたがう献身だけが献身というものだ。きみはあの男という本当の友をもっているわけだ。

――お望みでしたら、あれをあなたにさしあげます。わたしがそうしなさい、と言えば、あの男はわたしに献身的であったと同じようにあなたにお仕えしますわ。

と、パキータは答えた。

　彼女は返事のひと言を待った。そうして、やさしくつづけた。

――アドルフ、愛していると言って。間もなく夜が明けるわ。

　アンリは答えなかった。この青年には悲しい癖があった。人びとがおよそ力に似たものはなんでも偉大とみなし、常軌を逸したものを神格化するからいけないのであるが、アンリは人を許すことができなかった。思い直すことができるのが、人間の魅力の一つなのだが、彼にはナンセンスとしか思えなかった。イギリス人の血にしみついている北国人特有の狂暴を、彼は実の父からうけついでいた。好意であれ、悪意であれ、ひとたびある感情をいだいたら最後、もう変えようとはしなかった。パキータのあの叫び声は、男として虚栄心の頂点をきわめた、もっとも甘美な勝利の王座から一気にド・マルセーを引きおろしただけに、彼には耐えがたかった。希望、愛、あらゆる美しい感情が昂揚し、心も頭脳も燃えさかっていた。ところが、彼の人生を明るくした焔を、一陣の冷たい風が吹き消してしまったのである。パキータは茫然自失のありさまで、行って、と合図をするのがやっとであった。「こんなもの、もういらないわ」と、彼女は目隠しを投げ捨てながら思った。「あの人がもうわたしを愛してはいなくって、憎んでるのなら、何もかもおしまいだもの」。

彼女はせめてこちらを見てほしいと思った。だが、目もくれないとわかると、まるで死んだように床に倒れた。ムラートは、剛胆で知られていたこの青年が生まれて初めて恐怖をおぼえるほど凄まじい、意味ありげな視線をアンリに投げかけた。「この方を愛さず、苦しめるのなら殺してやる」と、その一瞥は告げていた。ド・マルセーはうやうやしく扱われ、格子窓から朝日が射しこみはじめている廊下を通って端にある秘密の扉をくぐり、忍び階段を下りるとサン＝レアル邸の庭に出た。ムラートの案内で菩提樹の並木道を慎重に歩かされ、小さな門にたどりついた。門はこの時代には人通りの少なかった道に面していた。ド・マルセーはすべてに注意をはらった。馬車が彼を待っていた。このたびは、ムラートは同乗しなかった。アンリが庭と館をもう一度よく見ようと馬車の扉から頭を出したとたん、クリステミオの白い眼と目が合ってしまった。見交わす目と目は互いに挑戦しあい、挑発しあった。未開人の戦いの通告であり、裏切りと背信が手段として許される、通常の法律の埒外にある決闘の通告であった。クリステミオは、アンリがパキータを殺すと誓ったことを知っていた。アンリは、クリステミオがパキータが殺される前に自分を殺そうとしていることを知っていた。二人は正確にお互いの心のうちを読んだ。

アンリは「冒険は複雑におもしろくなったぞ」と考えるのだった。

――どこまで行きますかい？

と、御者はたずねた。ド・マルセーは馬車をポール・ド・マネルヴィル宅へ向かわせた。

アンリは一週間以上も自分の邸を留守にした。そのあいだ彼がどこにいて、何をしていたのか、誰も知らなかった。行方をくらましたおかげで彼は怒り狂ったムラートの男の手をまぬがれたのだが、この世のどんな女も愛したことのないほど愛した男に希望を賭けていた、あの哀れな娘は身を滅ぼすことになった。その週の最後の日の夜十一時ちかく、アンリはサン＝レアル邸の庭の小門に馬車をつけた。三人の男が彼の後に従っていた。御者も、明らかに彼の仲間のひとりであった。御者台にすっくと立って、注意深い見張り番よろしく、かすかな物音も聞きもらすまいと様子をうかがっていたからである。仲間のひとりは門の外の街路に立った。二番目の男は庭のなかに入り、塀にへばりついた。

最後の男は鍵束をもってド・マルセーに従った。

――アンリ、裏をかかれたようだな。

と、連れの男が言った。

――誰にだ？　フェラギュスのおやじさん(88)。

――屋敷の奴らは、みんながみんなうまく眠りこまされたわけではなさそうだ。

と、デヴォラン組の頭領は答える。

――誰かひとり、飲みもしなけりゃ、食べもしなかった奴が絶対にいるな。見ろ、あの明かりを。

――家の図面があるんだが、あの明かりはどの部屋からかな？

――図面なんかなくてもわかる。侯爵夫人の寝室に決まっておる。

と、フェラギュスが言う。

――ああ！

と、ド・マルセーは声をあげる。

――あの女、今日、ロンドンから着いたにちがいない。おれから復讐まで取りあげるつもりか！　よし、先をこされたのならさ、グラシアンおやじ(89)、あの女を警察に引き渡してやろうぜ！

――おい、聞け！　ことはもう終わっているらしいぞ。

と、フェラギュスがアンリに言う。

二人は耳をそばだて、猛虎さえ哀れをもよおすほどの、弱りきった悲鳴を聞き取った。

――侯爵夫人は暖炉の煙突から音が洩れるとは思わなかったらしいな。

と、名作にわずかな瑕疵（きず）を見つけてよろこぶ批評家の笑みを浮かべて、デヴォラン組頭領はつぶやいた。

――ぼくたちだけがいっさいを見通していたというわけだ。ここで待っていてくれませんか。あいつら流の家庭争議はどんなものか、上の様子を見てきますから。誓ってもいいが、侯爵夫人はあの女をとろ火で焼き殺しているにちがいない。

と、ド・マルセーが言った。

ド・マルセーは覚えのある階段を軽々と駆けあがり、例の私室に通ずる廊下を見つけた。扉をあけると血の海であった。ド・マルセーほどの断固たる男も身ぶるいを禁じえなかった。眼前に広がる光景には、さらに彼を驚かせる理由が数々あった。侯爵夫人はなんといっても女性であった。彼女は、力の弱い動物に特有の陰険なまでに完璧な復讐をもくろんだのであった。罰する前に罪を確認しようと、最初のうちは怒りを隠していたにちがいない。

——愛するかた！　いらっしゃるのが、遅すぎたわ！

と、瀕死のパキータは、青ざめた眼をド・マルセーに向けてささやいた。

金色の眼の娘は血の海におぼれながら息を引きとろうとしていた。どの燭台にもあかあかと火がともされ、あたりには甘い香りがただよい、部屋中がひどい乱れようであった。女に愛される男ならすべての情熱に共通する狂気をここに見出すはずである。侯爵夫人が罪を犯した女を巧みに尋問したことが見て取れた。

血の色が目立って見える白い部屋には、長時間にわたった格闘の跡が残されていた。たくさんのクッションに血にまみれたパキータの手形が押されていた。彼女はいたるところで命に執着し、いたるところで抵抗し、いたるところで切り刻まれたにちがいない。畝織りの壁布は長時間、格闘をつづけたであろう血にまみれた手で引き裂かれ、ぼろぼろになっていた。パキータは天井にまでよじのぼろうとしたらしい。裸足の足形が長椅子の背にそって押され、彼女がそこを駆けめぐったことを示していた。死刑執行人のふるう短刀で切り刻まれた彼女の体は、アンリを知って貴重なものとなった生命を守るために彼女がくりひろげた激しい争いを物語っていた。パキータは床にながながと横たわり、まさに息を引きとろうとしながらも、サン＝レアル夫人の足の甲に咬みついて離れなかった。夫人は血に濡れた短剣をまだ握っていた。髪はむしられ、全身咬み傷だらけで、傷口から血が流れていた。衣服は引きちぎられ、夫人はなかば裸になっており、乳房にまで引っかき傷があった。こんな姿ながら崇高のきわみとも見えた。彼女は血に飢えた、猛り狂った表情で血の臭いを吸いこんでいた。あえぎながら口をなかば開き、荒い息づかいに鼻穴も張り裂けんばかりであった。野獣のなかには、怒り狂って敵に襲いかかり、殺してしまうと、勝利に興奮することもなく、たちまちすべてを忘れるように見えるものがいる。そうかと思えば、獲物のまわりを徘徊し、横取りされるのではないかと恐れて目を離さず、ホメロスの歌った、倒した敵を引きずってトロイの都の周囲を九回もまわった英雄アキレスさながらに(90)、獲物の足をくわえて引きずりまわす獣もいる。侯爵夫人もそうであった。彼女にはアンリが目に入らなかった。だいいち、彼女はその場にただひとりだと信じきっていたので、目撃者がいようなどとは思っていなかった。そのうえ、流された熱い血の臭いに酔い、格闘で気が立ち、興奮しきっていたので、たとえパリの全住民が円形競技場の観衆のように自分の周囲をとり巻いて見下ろしていたにしても、少しも気づかなかったであろう。たとえ雷が落ちても何も感じなかったにちがいない。彼女にはパキータの最期の息さえ聞こえなかった。死んだ女にはまだ自分の声がとどくと思いこんでいた。

侯爵夫人は死人にむかってなおも言いつのっているところであった。

――懺悔なしで死ぬがいい! 地獄へお行き! この恩知らずの人でなし! 悪魔のものになるがいいさ! おまえは悪魔に抱かれて血をこぼしたのだから、このわたしにおまえの血のすべてで贖うんだ! 死ね! 死ね! ありったけの苦しみを苦しんで死ね! やさしすぎたくらいだ。おまえを殺すのに、わずかな時間しかかけなかったのは。おまえがわたしに残した苦しみを全部おまえに味わわせてやればよかった。わたしはこの先も生きてゆくのか、不幸な女になって。もう神しか愛せなくなってしまった!

彼女は「ああ、死んでいる!」と、じっとパキータを見つめ、それからしばらく間をおいて、急にわれに返ってつぶやくのだった。「ああ、死んだのだわ！　死ぬほど悲しい」。

侯爵夫人は、声も出ないほどの絶望に打ちのめされて長椅子に倒れこんだ。そうして初めてアンリ・ド・マルセーに気づいた。

侯爵夫人は彼に駆け寄り、短刀をふりあげ、問うた。

――おまえはだれ？

アンリは彼女の腕を押さえた。こうして二人は互いに顔と顔を見合わせた。ぞっとするような驚きが二人の血管に氷のように冷たい血を通わせ、二人はおびえた馬のようにわなわなと身をふるわせた。じっさい、双生児のメナエクムス兄弟(91)もこれほど似てはいなかったであろう。二人は口をそろえて同じ言葉を発した。

――あなたの父はダッドレー卿では(92)？

どちらも、そうだと言うようにうなずいた。

――この女はわれわれの血筋に忠実だったのだ。

と、アンリはパキータを指さしながら言った。

――この子に罪はなかったのね。

と、マリキータことマルガリータ・ウーフェミア・ポラベリルがその後をつづけた。

そして、パキータの体にとりすがって絶望の声をあげた。

——かわいそうな子。ああ、できることなら生きかえらせたい！　わたしが間違っていた。許して、パキータ！　おまえは死んでしまったのね。そうしてわたしだけが生きている。このわたしが！　ああ、わたしはこの世でいちばん不幸せな人間だわ。

ちょうどこのとき、パキータの母親のぞっとするような顔があらわれた。

——おまえは、この子を殺させるつもりでわたしに売ったんじゃないって言いたいんだろ！　なぜおまえが自分の巣から這いだしてきたのかわかっているよ。お金は倍にして払ってやるから、だまっておいで！

と、侯爵夫人は叫んだ。

彼女は黒檀のタンスから金貨の入った袋を取りだすと、いかにもさげすんだ様子で老婆の足元に投げだした。金貨の音は、このグルジア生まれの女の無表情な顔に笑みを浮かべさせる力があった。

——ちょうどいいときに、ぼくは来たようですね、姉さん。あなたの役に立てそうだ。警察があなたを追うでしょうからね……。

と、アンリは言った。

――心配無用！　この子のことで文句を言える人間は、たったひとりだけ。でも、そのクリステミリオは死にました。

と、侯爵夫人は言った。

――でも、母親は？　この女は、あなたをいつまでも脅迫しませんか？

と、アンリは老婆を指さしながらたずねた。

――この女の生まれた国では、女は人間のうちには入らないの。好きなように売ったり買ったり殺したりできるものなの。ここにある家具を使うように、どんな気まぐれのためにでも使うことのできる物品なのです。それにこの女には、他のどんな情熱をも打ち負かすような情熱があるのです。たとえ娘を愛していたって、その母性愛さえ消し去ってしまうような情熱が。それは……。

――いったい、何が？

と、アンリは姉をさえぎり、勢いこんでたずねた。

――賭博よ。あなたも用心してね。

と、侯爵夫人は答えた。

──それにしても、誰に助けてもらうつもりなのですか？　警察にあなたを引き渡さないですむよう、この夢幻劇の痕跡を消さなければならんでしょう。

と、アンリは金色の眼の娘を指さしながら言った。

──母親がいます。

と、グルジア生まれの老女を指さして侯爵夫人は答え、女に、その場に残るようにと合図した。

──ぼくらは、また会えますよね。

と、アンリは言った。仲間たちが心配しているにちがいなかった。もう行かなければならない。

──いいえ、わたしの弟よ。わたしはスペインへ帰って、ロス・ドロレスの修道院(93)に入ります。

と、彼女は言った。

──尼僧になるにはまだ若いし、美しすぎるよ。

と、アンリは姉を両腕で抱き、口づけしながら言った。

──アデュー。これ以上ないものを失ったのですもの、なんのなぐさめがありましょう。

と、侯爵夫人は言った。

一週間後、ポール・ド・マネルヴィルはチュイルリーにあるテラス・デ・フイヤンでド・マルセーに出会った。

――それで、例の美しい金色の眼の娘はその後どうなったの？　親愛なる悪党君！

――あの女は死んださ。

――えっ！　どうして？

――胸の病さ！

（一八三四年三月―一八三五年四月　パリにて）

# 第三話あとがき

〈十三人組物語〉の第一話を発表してから、最後の第三話を刊行する今日までのあいだに、読者から作者のもとへ、この物語は本当にあったことなのかという質問が多数よせられた。だが、作者としては読者の好奇心を満たすわけにもゆかなかった。打ち明け話をしてくれた語り手たちから許可を得る必要があったからである。だが、『金色の眼の娘』のエピソードはほとんど細部にいたるまで本当にあったことであり、物語の山場であるきわめて詩的な状況、すなわち二人の登場人物がそっくり似ていたというところは正確に事実にもとづいている、と申しあげるべき時がとうとうやってきた。

わざわざ私のもとまで出向いて、公刊することを条件に『金色の眼の娘』の冒険物語を語ってくれた語り手も、出版が実現して満足してくれたことであろう。作者の私は当初、出版はむずかしいと考えていた。とくに当時十七歳の主人公の、なかば女性的な輝くばかりの美貌を読者に伝えることは至難の業に思えた。美少年の面影は彼が二十六歳となっても残っている、と作者は信じている。さて、あの金色の眼の娘はどうなったのか、とたずねてくださる方も多い。芝居の幕が下りるや、短刀で刺されて死んだはずの女優が、儚(はかな)い栄光の冠をうけるべく元気に起きあがるのと同じであって、自然においては詩的結末などないものである。現在、金色の眼の娘は三十歳になり、容色はすでにかなり衰えている。この物語を読んだばかりの尊敬すべき方々には今年の冬、ブッフ劇場[94]やオペラ座で、サン＝レアル侯爵夫人と隣り合わせに座った人もいるそうである。夫人はもう歳を言うべきではない年齢[95]に達している。もっとも夫人の恐るべき髪型が彼女の年齢を暴露している。他にもその大仰な髪型をしてボックス前方席に座る異国の女たちがいて、後方席に陣取る若者たちはおかげで舞台がよく見えないと不満をとなえている。侯爵夫人は植民地の島育ちであって、『金色の眼の娘』に描かれた風習は、島では隠されることなく行われている風俗であって、ほとんど公然視されている。

連作小説のほか二つのエピソード[96]についても、登場人物たちはパリではよく知られており、小説家が発明することなどこの世に何もありはしない、と作者があらためて言うにはおよばないのである。偉大なるウォルター・スコットは著作のまえがきにおいてかくも長いあいだ身をつつんでいたヴェールを引き裂いてみせ、へりくだった様子で私が言うのと同じ告白をすでにしている。小説はその細部にいたるまで、まったくの発明であることはめったにない。作家は上手下手の差はあるものの、すべて現実の模写を行なっているにすぎないのである。彼の独自性は事件と事件の組み合わせに文学的才能を発揮するところにあるのだが、ここはまた文芸批評家たちが好んで攻撃してくる、むしろ作品の弱い側面となる。批評家たちは間違っている。近代社会はあらゆる条件を等しくくし、すべてを明るみに出したあげく、悲劇も喜劇も抹殺してしまった。風俗の歴史家はこの物語と同様に、同じ情熱から生まれてさまざまな主題にゆきつくいくつかの事実を採集し、縫いあわせて一つの完全なドラマをつくらねばならない。『金色の眼の娘』の結末は語り手が語ったとおりであって、パリではこの種の事件がくりかえされており、病院勤めの外科医だけがことの深刻さをわきまえている。利害をめぐる紛争に立ち会うのは法律家たちであるが、内科医や外科医はゆきすぎた情熱の結果の聞き役になる。現代の悲劇や喜劇は、病院か、さもなくば法律家の事務所にある。

十三人組のメンバーはそれぞれ一つならずの物語のテーマとなるエピソードをもっ

ているのだが、作者は彼らの不可思議な組織がつねに闇に置かれているのと同じく、彼らの冒険物語もまた闇に埋もれさせるのが適当であろうし、またそのほうが詩的でもあると考える次第である。

（一八三五年四月六日　ムードンにて）

# 「総序」挿絵説明

一人称単数記述で、テキストから乗り出すようにして読者に呼びかける文章が多い「「人間喜劇」総序」の挿絵に、同時代のさまざまな画家が描いた作者バルザックの肖像画を配置してみてはどうだろう。かつて、さまざまな時期に足を運んだバルザック関連の展覧会カタログ類、繰り返し頁を繰ったさまざまな画集の中など、そのたびに違う文脈の中で出合ってきた肖像たちであるが、あらためて選出、配列してみると、一つの肖像画が次の肖像画を別の作家に描かせる流れがあることもわかってきた。諷刺画的タッチの絵が多い選択結果であるが、喜劇とは戯曲なのだから、戯画が多くなるのも「人間喜劇」の読み方の一つを暗示するかもしれない。

バルザックの妹ロール・シュルヴィル（一八〇〇―七一）による『わが兄バルザック　その生涯と作品』（大竹仁子・中村加津訳、鳥影社、一九九三年）を参照すると、「家にいる時いつも彼は、白い絹地で裏打ちした白いカシミアを、僧侶の服のように仕立てたゆったりした部屋着に、絹の腰紐を付け」ており、「外出時の服装は時に応じて、非常に投げやりであるかと思えば非常にゆきとどいていることもあった」、「群衆の中に交じれば埋没してしまった。しかしひとたび額を露わにし、じっと相手を見つめて話し始めると、どんな凡庸な人の脳裏にも焼きつく印象を与えた」(二〇六頁)とある。以下の肖像画に共通する印象ではないだろうか。

　バルザックの肖像画家たちは、どの時期にも作家の生き生きと動く眼の表情を捉えようとしている。一方で二十代から始まる肥満の傾向が時間とともにますます進行し、諷刺の対象としてさらに誇張されることもわかって興味深い。「人間喜劇」と題された巨大な作品群は、何事においても過剰であり、過激に行動し、陽気であり沈痛であったこの謎の人物によって創出されたのであった。

　なお、バルザックを描いた同時代の画家たちそれぞれについて、バルザックもまた文章を残していることが興味深い。相互の交流と批評は長い年月つづいた。読者や鑑賞者たちの前で互いに互いを揶揄(からか)い、褒め上げ、あるいは貶(けな)してみせながら、お互い手に手を携えてともにのし上がるべき同業者であり、同時に互いにしのぎを削るべき競争相手でもあるという認識のもと、彼らは近代文学、近代芸術の作者と読者、そして流通機関であるジャーナリズム、文壇、画壇を形成していったのであった。

ドゥヴェリア《青年バルザックの肖像》一八二五年頃(九頁)

バルザックは画家ドゥヴェリア(Achille Devéria 一八〇〇―五七)と一八二五年頃知り合ったと言われる。肖像画にはラテン語で『...et nunc et semper...(今も、これからも永遠に)』というバルザック自筆の書きこみがある。この言葉は、バルザックの熱烈な初恋の対象であり、彼の終始寛大な保護者であったベルニー夫人(一七七七―一八三六)へ宛てたとされる。同じくベルニー夫人に捧げた小説『ルイ・ランベール』(C131)の中でも、主人公ルイ・ランベールが恋人ポーリーヌに捧げる言葉として用いられる。et nunc et semper はイエズス会のラテン語の祈り、栄唱句の一つである。バルザックに関する膨大な資料を集め、整理したロヴァンジュール(一八三六―一九〇七)のコレクションにある。

バルザック《自画像》一八三五年頃(一一頁)

戯画的自画像。テオフィル・ゴーチエ(Théophile Gautier 一八一一―七二)が描いた原画をジェニオル(Alfred Géniole 一八一三―六一)が版画に彫ったといわれる「バルザックとミュッセ」(初出は『メルキュール・ド・フランス』誌、一八三五年七月十五日号)を踏まえる。ゴーチエは文才と画才を兼ねそなえ、絵画芸術を言語に置き換えることを自分の使命とした、と言われる。バルザックはゴーチエの批評や作品を高く評価した。版画では、ミュッセは細身であり、流行の服装を完璧に着こなし、葉巻を吸いながら立つ後ろ姿が描かれている。それに対して前景に配置されたバルザック像は、同じく流行の服が極端な肥満体を目立たせ、ぼさぼさの頭髪、後ろ手に帽子とステッキをもつ姿に描かれている。バルザックが七百フランないし千フランを支払って金とトルコ石で飾られた杖というよりも豪華に飾られた棍棒を入手したのは、一八三四年のことであった。目立ちたがり屋の目論見どおり、以後、バルザックの戯画的肖像は必ずこのステッキを携えている。小説家は戯画化された自分の姿についての感想を言葉では残してはいないが、面白がって自ら写したようだ。

**ドラクロワ《バルザックと彼の馬》一八三五年頃(一四頁)**

ドラクロワ(Eugène Delacroix 一七九八―一八六三)はバルザックが賛辞を惜しまなかった《アルジェの女たち》(本書表紙カバー参照)の画家であるが、画家は小説家をどう見ていたのだろう。ドラクロワも先述のゴーチエ同様に、トルコ石入りステッキを両の手でかかげる小説家の得意げな表情と、そろそろ肥満が始まった体格の特徴を素早く捉えて伝えているが、それ以上に、前景に描かれたバルザックの馬は、ハミと頭絡(とうらく)の装具、ふくらんだ鼻孔、思慮深くさえ見える黒い眼、そして動くタテガミにいたるまで力強く丁寧に描かれている。ドラクロワの描く馬はどれも躍動感あふれる美しい動物である。この場合も、画家がほれぼれと見とれたのは馬のほうであって、そこに記号的に所有者が描きこまれていると言えそうだ。馬の所有は究極のダンディスムの実践であったのだから、画家はステッキも馬も似合っていないバルザックを笑いながらも、おぬしそこまでやるかあ、しかしいい馬であることは確かだ、と祝福したのではなかろうか。それとも小説家はまだ馬と馬車を所有できずにいて、この絵に挑発されて急ぎ調達したということなら、なお面白いのだが。

ブーランジェ《バルザックの肖像》一八三六年（一八頁）

バルザックは遠距離恋愛の相手、ウクライナのハンスカ夫人へ贈る肖像画の作成を画家ブーランジェ（Louis Boulanger 一八〇六―六七）に依頼した。つねに時間が不足し、またつねに動きまわるバルザックとしては珍しく、長時間のポーズという画家の要請に応じて完成された油彩作品。バルザックは例の大げさ癖を発揮して、画家に三十日分の仕事時間を奪われたとぼやいている。この絵は翌三七年のサロン展に出品され、テオフィル・ゴーチエほかの絶賛を得た。バルザックは画家に作品の複写をも依頼し、原画はハンスカ夫人へ、複写は母親へ贈った。

バンジャマン・ルボー《部屋着のバルザック》一八三八年（二四頁）

先のブーランジェの作品の、バンジャマン・ルボー（Benjamin Roubaud 一八一一―四七）による戯画化。戯画には脚韻を踏んだ二行諷刺詩「栄光をたっぷり食したバルザックは脂肪肥り／おかげで、成功の数々がやせ細り」が添えられていたが、のちに削除された。初出は『ル・シャリヴァリ』紙、一八三八年十月十二日号。

グランヴィル《権威(アカデミー)の鐘楼へ向かって大競争》(部分)一八三九年(二六頁)

グランヴィル(J.J. Grandville 一八〇三―四七)の戯画“Grande course au clocher académique”の一部を切り取ったもの。金冠を戴くバルザックは二人の女性読者ないし女性登場人物の編んだ頭髪をブランコにしてご機嫌である。初出は『ラ・カリカチュール』誌、一八三九年十二月二十九日号。そののちにバルザック部分だけを切り取った版画が流布。バルザックは諷刺画家グランヴィルを高く評価し、彼の絵に触発された、あるいは彼の絵との合作になるような文章や小説作品を書いている。バルザックの『動物寓話集他』(バルザック幻想・怪奇小説選集第五巻、私市保彦・大下祥枝訳、水声社、二〇〇七年)を参照されたい。

カサル《チュイルリー庭園のバルザック》一八三九年(二九頁)

カサル(Charles Cassal 一八一八―八五)は、のちに代議士となった素人画家だが、パリ滞在時代に描いた素描画がその後発見され、『ロマン主義時代の重要人物たち』と題して出版された。バルザックはチュイルリー庭園の泉水の前にたたずむダンディ姿で描かれている。絵の右下に「一八三九」と年が記されている。

ガヴァルニ《仕事机の前に立つバルザック》一八四〇年(三一頁)

ペン画淡彩。ガヴァルニ(Paul Gavarni 一八〇四―六六)とバルザックの間には、ジラルダンが創刊した『ラ・モード』誌に協力して以来の親交が晩年まで続いた。バルザックには「ガヴァルニ論」(『ラ・モード』一八三〇年十月号)があり、ガヴァルニはバルザックの「人間喜劇」(フュルヌ版)などに多くの挿絵を描いている。

ドーミエ《オノレ・ド・バルザック》一八四五年(三三頁)

ドーミエ(Honoré Daumier 一八〇八―七九)とバルザックもまた、一八三〇年代から親交があり、画家は「人間喜劇」にしばしば挿絵を描いて協力してきた。バルザックもドーミエを高く評価している。にもかかわらず、ドーミエによるバルザックの肖像画はこの他には見あたらない。この諷刺肖像画はなんらかの出版目的で彫られた木版画の原画と言われるが、詳しくはわからない。しかし、躍動感のあるこの一作でドーミエのバルザック理解が十分に伝わるのではないだろうか。

ナダール《バルザック》一八五〇年代前半(三四頁)

写真家ナダール(Nadar 一八二〇―一九一〇)は諷刺画家として出発した。憎々しいほど精力のみなぎる壮年のバルザック像は全身像なのだが、本の表紙などに顔部分だけが使われることが多い。巨大なお腹まわりが輪っかのように強調されているが、その下に足がついた全身像である。

ベルタル《大通りの群衆とバルザック》一八四五年(三七頁)

バルザックが『パリの悪魔(*Le Diable à Paris*)』(一八四五、四六年)のために執筆した「パリ大通りの歴史と生理学」の挿絵。『パリの悪魔』は、バルザック、ユゴー、サンドらが文章を寄せ、ガヴァルニ、ベルタル(Bertall 一八二〇—八二)らの版画が彩る挿画集。バルザックはベルタルを庇護し、本名 Albert のアナグラム Bertall も彼が勧めた署名という。絵の右端に、ステッキを携え、群衆の一人として散策を楽しみながら観察中のバルザックが描かれている。作家は大通りにあるいくつかの劇場の近くまで来ると、「これから「人間喜劇」のはじまり、はじまり!」と、お芝居の呼びこみでも始めそうだ、などと想像してみるのも楽しい。

# 訳　注

## 「人間喜劇」総序

（1）夢想（シメール chimère）は、ギリシャ神話の怪物、キマイラ、キメラに由来する。詳しくは、『金色の眼の娘』の注（44）を参照。

（2）バルザックが「最近」としたのはしかし、「総序」執筆の十二年前、一八三〇年のことを指す。当初はフランスの科学アカデミーにおける比較解剖学論争として始まった。ジョルジュ・キュヴィエ（一七六九―一八三二）は、博物学者ジョフロワ・サン＝ティレール（一七七二―一八四四）によりパリの自然誌博物館に招かれて動物解剖学・分類学の研究を進め、やがて、動物を四部門に分けて考える立場をとった。それに対して自然誌博物館において脊椎動物の研究を推進したサン＝ティレールは、生きとし生けるものには相似性（soi pour soi）と共通プランがあると主張した。原型は一つと考えるか、それとも型に分けて認識するかという認識論的な論争は、一つの原理からさまざまな結果へと下りてゆく総合か、それとも経験と観察にもとづき結果から原理へと上る分析をとるか、という方法論的論争に発展し、論争はフランスの七月革命さなかとその後も続いた。バルザックが後述するように、同時代を生きたドイツの文豪ゲーテ(一七四九—一八三二)も同論争に終始注目して、解説を行なっている。なお「総序」において、両者の論争を歴史的に位置づけようとしてバルザックが繰り返す「組成の単一性」はサン゠ティレールの用語にもとづくが、サン゠ティレールの場合はこれに有機的ないし生命体的(organique)という形容詞を付して、有機(生命体)組成の単一性、と用いた。バルザック『ペール・ゴリオ』の冒頭には、「偉大にして高名なるジョフロワ・サン゠ティレールへ、彼の著作と天才に対する賛美のしるしとして　ド・バルザック」という献辞がある。なお、バルザックは「人間喜劇」に収めるべき作品のリスト(カタログ)を作成しており(本書巻末参照)、『ペール・ゴリオ』はその二十六番目(C26)。以下、「人間喜劇」収録の作品には「C1」などとカタログの番号を付す。

(3) エマニュエル・スウェーデンボルグ(一六八八—一七七二)は、スウェーデンの神秘思想家。スウェーデン語ではスウェーデンボリ。日本においては、鈴木大拙による『天界と地獄』の翻訳以来スウェーデンボルグの表記で知られており、バルザック研究においても受け継がれているので、これを踏襲する。ルイ゠クロード・ド・サン゠マルタン(一七四三—一八〇三)は、フランスの神秘思想家。現代から見ると自然誌のような科学的思想と神秘的思想を同列に扱うのは奇異に見えるのであるが、バルザックの神秘思想理解には、電流、気体、流体一般を含んだエネルギー論の側面が強い。バルザックは事実を確認する科学と、未知への畏怖を含む神秘思想とを区別せず、むしろ結びつけようとする。バルザックだけでなく、十九世紀前半までの科学には、自然科学と人文科学の別どころか、そののちにはさらなる細分化が進む分野別思考の壁はまだ高くなかったことを考慮しなければならないであろう。

（4）ライプニッツ（一六四六―一七一六）は、『単子論（モナドロジー）』（一七二〇年）において、万物は単一にして不可分な単子（モナド）の集まりだとした。ジョルジュ＝ルイ・ルクレール・ド・ビュフォン（一七〇七―八八）は、有機的分子（molécules organiques）が集合して生物をかたちづくると考えた。シャルル・ボネ（一七二〇―九三）はスイスの博物学者・哲学者で、自然哲学に関しては、発生の前成説、とくに卵子に生命の原型が存在し、以後の子孫の原型が入れ子式に嵌め込まれているとする卵原説を主張した。イギリスの博物学者ジョン・ニーダム（一七一三―八一）が説いた植物的力もまた、全体は一つであるとする組成の単一性に類する言説とされる。組成の基本単位について、十八世紀ないし十九世紀の学者たちそれぞれが用いた用語は、バルザックが列挙するように、統一されておらず、実体を指すというよりは観念的である。

（5）ゲーテには「フランスの自然誌学者たち」（『パリまたは一〇一の書』第五巻掲載、一八三二年三月)という論文がある。日本語版『ゲーテ全集 新装普及版』第一四巻 自然科学論(潮出版社、二〇一一年二刷)所収の「動物学」(高橋義人訳)の最後に置かれている「動物哲学の原理」冒頭には、「一八三〇年、パリ国立科学学士院においてジョフロア・ド・サンティレールによって討議されたもの」(前掲書、二一〇頁)というエピグラフがある。これは、バルザック言うところのサン=ティレールとキュヴィエの大論争を指す。ゲーテは明らかに認識論的議論においてはサン=ティレールを支持しているが、方法論ではキュヴィエの比較解剖学者としての観察力を評価する。そして両者を王立植物園に招き入れたビュフォンこそが自然誌研究における先駆者であり、「学問の総合的方法と分析的方法の両者を代表している」と述べ、分析と総合はともに必要という立場をとる。バルザックのゲーテに対する共感もそのあたりにあったであろう。なお、この論説は一八三二年二月に完成、三月に発表された。同月にゲーテは亡くなるのだから、ゲーテが執筆した最後の著作となった。バルザック「『人間喜劇』総序」発表の十年前のことである。

図1　王立植物園

(6) ビュフォンは、一七三九年からパリの王立植物園園長を務め、王の薬草園を次第に動植物園・博物館・研究機関・公園に変えていった。『一般および特殊の自然誌(Histoire naturelle, générale et particulière)』(全四四巻、一七四九―一八〇四年)の刊行でも知られる。大革命以後、とくにバルザックの時代には、植物園は公開され、最も人気のある散策地の一つであった。生きたキリンがパリ植物園に初めて到着したのは、一八二七年六月三十日であった。図1からも、キリンが植物園で公開されて話題になっていた様子がうかがえる(A.M. Perrot "Petit Atlas Pittoresque des quarante-huit Quartiers de la Ville de Paris", E. Garnot, 1835, 12me Arrondissement, No. 47)。なお、キリンは、ビュフォンの『博物誌』の挿絵では、骨格標本と実際に現地で見た人たちからの伝聞で描かれているために、首が長いだけでなく太かった。

(7) この文章とそれ以下の文章とのつながりがよくないことはプレイアド版の解説も指摘するところである。バルザックの長年の盟友であったエミール・ド・ジラルダンの『ラ・プレス』紙は、一八四六年十月二十五日に「人間喜劇」(フュルヌ版)の十六巻完結にあたり、新聞の一、二面を大きく割いて「「人間喜劇」総序」を掲載した(図2)。

Dimanche 25 octobre 1846.　11e année. N° 3526.
PARIS. 40 FR.　LA PRESSE.　DÉPARTEMENS. 48 FR.
Paris, 24 octobre.
Feuilleton de la PRESSE
LA COMÉDIE HUMAINE.

図2　『ラ・プレス』紙1846年10月25日

バルザックが書いた一八四二年版の「総序」とは六か所ほど文言が異なり、この箇所には、「私たちは常日頃、下層に位置する社会的種が移行して上層へ達する様を目にしており」と加筆がされている。

(8) レーヴェンフック(一六三二―一七二三)は、歴史上はじめて顕微鏡を用いたオランダの微生物学者。スヴァンメルダム(一六三七―八〇)は、同じく顕微鏡で微生物や昆虫の形態を観察、赤血球を記録した。スパッランツァーニ(一七二九―九九)はイタリアの博物学者で、人工授精、生物の再生などを研究、実験動物学の祖といわれる。レオミュール(一六八三―一七五七)は、フランスの物理学者・博物学者。列氏温度(レオミュール度)計を発案、真珠の生成についても研究した。オットー・フリードリッヒ・ミュラー(一七三〇―八四)は、デンマークの博物学者・画家。アルブレヒト・フォン・ハラー(一七〇八―七七)は、スイスの解剖学者・実験生理学者。

(9) 一八四六年『ラ・プレス』紙版「総序」では「なぜなら生活とはわれわれの衣服だからである」と加筆されている。

(10) ペトロニウスは、一世紀ローマの作家。長編諷刺小説『サテュリコン』の著者。

(11) ジャン=ジャック・バルテルミ(一七一六―九五)は、フランスの考古学者。古代ギリシャを題材にした空想旅行記『アナカルシス旅行記』を創作。

(12) ウォルター・スコット(一七七一―一八三二)は、イギリスの詩人、小説家。スコットランドのエジンバラに生まれた。長編物語詩『湖の麗人』(一八一〇年)ほか、主にスコットランドをテーマにした多くの詩作がある。その後、小説に転じ、『ミドロジアンの心臓』(一八一八年)、イングランドの歴史に取材した『アイヴァンホー』(一八一九年)など、古い時代の武勇と恋愛の物語を中心にして、大勢の人物が登場し、複雑で変化に富んだ物語が展開する歴史小説を書いた。スコットの小説は、ほぼ同時代にフランス語翻訳が出版され、その死はフランスにおいても大きく報道された。

(13) 以下には、古代ギリシャ二世紀頃の作家ロンゴス作と伝えられる牧歌的恋愛物語の登場人物ダフニスとクロエをはじめとして、バルザックと当時の読者たちが共有していた古今の物語世界を想起させる多種多様な登場人物たちが列挙されている。ジニー・ディーンズ、クレヴァーハウス、アイヴァンホーと、ウォルター・スコットの作中人物は三人も名前をつらねる。古典作品が多いので、訳注は必要最小限にとどめる。ローランについては、中世フランスの武勲詩『ローランの歌』を指すとする説と、イタリアの詩人アリオスト(一四七四―一五三三)作『狂えるオルランド』の主人公だとする説がある。アマディスは、一六世紀のスペインで大流行した騎士道物語『アマディス・デ・ガウラ』の主人公。作者については諸説ある。パニュルジュは、フランソワ・ラブレー(一四八三頃―一五五三)の『ガルガンチュアとパンタグリュエルの物語』の登場人物。クラリッサとラヴレースはともに、サミュエル・リチャードソン(一六八九―一七六一)の小説『クラリッサ』の登場人物。オシアンは、ケルトの伝説の英雄詩人で、その詩集とされるものが当時出版され反響を呼んだ。ジュリー・デタンジュはルソー（一七一二―七八）による書簡体小説『新エロイーズ』の主人公。トビー叔父さんはイギリスの小説家ローレンス・スターン（一七一三―六八）による『トリストラム・シャンディ』の登場人物。ルネはシャトーブリアン（一七六八―一八四八）の同名の小説の主人公。コリーヌはスタール夫人（一七六六―一八一七）の『コリーヌあるいはイタリア』の主人公。ジニー・ディーンズは、スコットの小説『ミドロジアンの心臓』のヒロイン。クレヴァーハウスもスコットの『オールド・モータリティ』の登場人物。マンフレッドはバイロン（一七八八―一八二四）の同名作の主人公。

(14) 一八四六年『ラ・プレス』紙版「総序」では、「ローマ」の前に「トロイア」を加筆。

(15) アマン゠アレクシス・モンテイユ（一七六九―一八五〇）は、フランスの歴史家。一八二七年から四四年にかけて『最近五世紀のフランス諸階層の歴史』を執筆した。

(16) ジャック゠ベニーニュ・ボシュエ（一六二七―一七〇四）はフランスの神学者、歴史家。ルイ十四世に仕え、専制政治を支持し、王太子の教育係となった。著書『世界史序説』（一六八一年）では、王位とは人身の位ではなく、神そのものの位であり、王者は地上における神の代理人とする王権神授説を説いた。バルザックはカトリシスムを国家の宗教として支持するときに、十七世紀のボシュエと後述の十九世紀のボナルドを併記して語ることが多い。この先の二二頁には「私は近代の改革者とともに歩むことはせず、ボシュエとボナルドの側に立つ」とあるが、一八四二年七月十二日付のハンスカ夫人への手紙にも「政治的には私はカトリック教徒です。ボシュエとボナルドの側に立ちます」と書いている。

(17) 一八四六年『ラ・プレス』紙版「総序」では、ここに「ただし聖ペテロと聖パウロの体系は教皇たちによって実践された」と加筆。

(18) ルイ・ガブリエル・アンブロワーズ・ド・ボナルド（一七五四―一八四〇）は、フランス十八、十九世紀において大革命に反対し、君主制を擁護する思想家であり政治家であった。一八〇六年にはシャトーブリアンらと『メルキュール・ド・フランス』誌に参加、王政復古期（一八一四―三〇）にはルイ十八世から国務大臣に任命され、七月革命により失脚した。「作家は」以下の文章はボナルド著『文学、政治、哲学論集』に収められた「歴史叙述の方法」からのバルザックの引用（Gallica 記載の第二巻原典二四四－五頁）である。バルザックは一八四〇年のボナルドの死後、アカデミー・フランセーズの空席に座ることを考えて、その準備もあってボナルドの著書を購入している。

(19)『田舎医者』（C102）は、『村の司祭』（C104）とともに、第一部「風俗研究」の六「田園生活情景」に置かれているバルザックのユートピア小説である。主人公ベナシスが回顧して語る村づくり十年事業の具体的内容は、第一期が疫病の根絶、灌漑、土地改良、模範農場、畜産の導入、道路建設などの基礎工事、第二期は商店の誘致から産婆開業など村民の生活向上期、第三期は外部との交易にいたる商業的繁栄期とされている。産業革命を背景にして生産力の拡大によって人びとの生活を豊かにし、キリスト教的博愛主義により個人の欲望をおさえる協働的共同体の経営を説いたサン＝シモン主義の影響が強く見られる。その一方で『田舎医者』では、理想の村の農民たちが納屋に集まってナポレオン伝説の夜語り(よがたり)を繰り返す。ナポレオンは民衆に救済を約束する理想的専制君主として描かれ、田舎医者である登場人物ベナシスは「谷間のナポレオン」と呼ばれてもいる。

(20) 『ルイ・ランベール』(C131)は、「人間喜劇」第二部「哲学的研究」。『天界と煉獄』を愛読する主人公が神父である叔父に送った手紙には、ゾロアスター、モーゼ、仏陀、孔子、イエス・キリスト、スウェーデンボルグは、本質的にまたその目的において同一であると書かれている。「私はひたすら」に続く文章は、カトリック王党派バルザックを論じるときにしばしば引用される箇所だが、政治的立場と宗教についてはバルザックは生涯のさまざまな時期の社会情勢と人間関係のなかでニュアンスを変えた発言を繰り返す。七月王政期には、正統王朝主義の立場から選挙に立候補する意図を抱いて未発表の断片「近代政治論」を執筆し、それを小説『田舎医者』の主人公ベナシスの言説に転用した。

(21) 一八四六年『ラ・プレス』紙版「総序」には「なぜなら、あらゆる絶対は悪だから」と加筆されている。

(22) ナポレオン(一七六九―一八二一)は、フランス第一帝政の皇帝(在位一八〇四―一四、一五)であったナポレオン一世ボナパルトを指す。立法院は立法府を指す総称でもあるが、第一帝政期には護民院、国務院、立法院、護憲元老院の四議会があり、立法院は護民院の提出する法案を審査する機関であった。ナポレオンは立法院を自ら廃止することもしている。

(23) 一八四六年『ラ・プレス』紙版「総序」では、「帝政時代の選挙制度」の前に、「時代の変化に応じた修正が加えられた」と加筆されている。いわゆるナポレオン百日天下において一八一五年四月二十二日の帝国憲法付加条項により二院制度が復活、同年五月八日と二十二日に総選挙が行われている。

(24) わかりにくい文章であるが、マルティン・ルター(一四八三—一五四六)が、カトリック教会による贖宥状(しょくゆうじょう)の販売を腐敗であり堕落であるとして非難したこと、ジャン・カルヴァン(一五〇九—六四)が勤勉な労働と質素な生活の結果としての蓄財を容認したことなどを指すのであろうか。

(25) クロムウェル(一五九九—一六五八)は英国の清教徒革命の指導者として、議会軍を率いて国王軍を破り、一六四九年、チャールズ一世を処刑。一六五三年、護国卿となって軍事的独裁政治を行なった。オレンジ公ウィリアム(一五三三—八四)はオランダ独立戦争の指導者、ネーデルラント連邦(オランダ)共和国諸州の初代の総督。ユーグ・カペー(九三八頃—九九六)はカペー朝初代のフランス国王。カロリング朝の断絶により、聖俗諸侯に推挙されて王位につき、カペー朝を創始した。バルザックはここでは王党派として、三人については、罪をまぬがれた王位簒奪者とみなしている。

(26) バルザックは以下の歴史上の人物を、不信、恐怖、不道徳の烙印を押された王位簒奪者の例としている。アンリ四世はプロテスタントであったがカトリックに改宗し、ブルボン朝の祖(在位一五八九―一六一〇)となった。チャールズ一世はスチュアート朝第二代のイングランド王およびスコットランド王(在位一六二五―四九)。清教徒革命(イングランド内戦)で敗れて処刑された。エカテリーナ／エカチェリーナ二世(在位一七六二―九六)はロシアの女帝、夫ピョートル三世をクーデターで失墜させて自ら王位についた。幽閉された前皇帝を暗殺したともいわれる。ルイ十六世はフランス王(在位一七七四―九二)。国民公会が廃位を決議して第一共和政を布いたのち、国民に対する反逆罪を問われ、一七九三年、革命広場にて処刑された。

(27) バルザックがナポレオンの言とする「君主たち政治家たちについては、小道徳だけでなく大道徳も存在するのである」の出典は不明。

(28) ネッケル夫人(一七三九―九四)はスイス生まれ。旧体制期のフランスにおける有力なサロン主催者であり作家。財務長官ネッケル(一七三二―一八〇四)の妻。プレイアド版の注によれば、「小説はよりよき世界でなければならない」はネッケル夫人の著作のなかには見あたらず、その娘であるスタール夫人の著作に類似の主張があるというが、不明。注(27)と同じく、バルザックの引用は、必ずしも原典にあたらずに記憶で書いている場合があるようだ。

(29) バルザックは、旧教カトリシスムにくらべて新教プロテスタンティスムは禁欲的で偽善的だと考えていた。「分離教会派」は、イングランド国教会から分派したプロテスタント各派を指す。エフィーは、スコット作『ミドロジアンの心臓』の登場人物エフィー・ディーンズ。ジニーの妹で嬰児殺しの罪で投獄される。アリスは、同じくスコット作『湖の麗人』中の古歌謡に登場する気の強い姫君アリス・ブランド。

(30) 『セラフィタ』(C 132)は、『追放者』(C 130)、『ルイ・ランベール』(C 131)とともに『神秘の書』三部作をかたちづくっていたが、最終的には三作とも「人間喜劇」第二部「哲学的研究」の最後に置かれることになった。「キリスト教的仏陀の生きて動く教理を描いたのが『セラフィタ』」という文章にそのまま対応する箇所は未確認であるが、『神秘の書』の「序文」には、神秘思想はキリスト教そのものだとする文章に続いて、神秘思想家がしばしば依拠する「黙示録」は、キリスト教神秘思想をインド、エジプト、ギリシャさらにはアジアとをつなぐアーチのようなものという示唆もある。バルザックには宗教観においても、結合や統合、あるいは単一性を言う傾向がある。

(31) ラファーター(一七四一―一八〇一)はスイスの牧師、観相学者。晩年に神秘主義へ向かう。ガル(一七五八―一八二八)は医学者。ドイツに生まれ、一八一九年、フランスに帰化。骨相学を創始。バルザックは観相学や骨相学から得た知識を登場人物の造型に用いている。

(32) モルソフ夫人は「人間喜劇」カタログでは「田園生活情景」に追加される『谷間の百合』(C33)の女主人公。

(33) 二人のビロトーは兄弟で、弟は『セザール・ビロトーの栄枯盛衰』(C55)の主人公の香水商、兄フランソワ・ビロトー司祭は『トゥールの司祭』(C37)の主人公で、他に『谷間の百合』(C33)などに登場。ラ・フォスーズ(墓の女の意味をもつあだ名)は『田舎医者』の、グララン夫人は、『村の司祭』(C104)の登場人物。

(34) リチャードソンは英国の小説家。『クラリッサ』(一七四七—四八年)の作者。登場人物ラヴレースは悪漢、クラリッサは美徳を追求する女性として描かれている。

(35) 小説家バルザックによって列挙されている「人間喜劇」の女性登場人物たちは、境遇により受苦と忍従を強いられながらも、受け身的姿勢のままで強固な意志をつらぬき、質素な生活を送りながら信仰心、他人への思いやりをもっと描かれる場合が多い。「地方生活情景」によく登場する。ピエレット・ロランは『ピエレット』(C36)の主人公。ユルシュール・ミルエは『ユルシュール・ミルエ』(C34)の主人公。コンスタンス・ビロトーは注(33)に記した香水商セザール・ビロトーの妻。ラ・フォスーズも注(33)参照。ウジェニー・グランデは『ウジェニー・グランデ』(C35)の主人公。マルグリット・クラースは『絶対の探求』(C113)の主人公バルタザール・クラースの娘。ポーリーヌ・ド・ヴィルノワは『ルイ・ランベール』（C131）においてランベールの最期を看取る女性。マダム・ジュールは〈十三人組物語〉中の一挿話『フェラギュス』（C50）に描かれるジュール・デマレの妻クレマンス・デマレのこと。マダム・ド・ラ・シャントリーは「人間喜劇」カタログでは「パリ生活情景」に追加された『現代史の裏面』の登場人物。エヴ・シャルドンはリュシアン・ド・リュバンプレの妹にあたり、ダヴィド・セシャールと結婚する女性。『幻滅』（C49）参照。マドモワゼル・デスグリニョンは『骨董室』（C47）の登場人物。マダム・フィルミアニは『マダム・フィルミアニ』（C14）の主人公。アガート・ルージェは『ラ・ラブイユーズ』（C38）の登場人物。ルネ・ド・モーコンブは、書簡体小説『二人の若妻の手記』（C6）に登場する若妻のひとり。結婚してレストラード伯爵夫人となる。

（36）小説家がここに「目立たないけれども」「家庭内道徳の実践例」として挙げた登場人物は、半数以上が男性で、積極的に善行をほどこす、あるいは社会正義を実践しようとする人物が多い。ジョゼフ・ルバは『毬打つ猫の店』（C4）の登場人物。ベナシスは『田舎医者』（C102）の主人公、ジュネスタスも同小説の登場人物。ボネ司祭は『村の司祭』（C104）に描かれる小村モンテニャックの司祭。ミノレ医師とシャプロン司祭は『ユルシュール・ミルエ』（C34）の登場人物。ピユローは『セザール・ビロトーの栄枯盛衰』（C55）と「パリ生活情景」に追加された『従兄ポンス』の登場人物。ダヴィド・セシャールは『幻滅』（C49）ほかの登場人物。二人のビロトーについては注（33）参照。ポピノ判事は『禁治産』（C

29)、『セザール・ビロトーの栄枯盛衰』(C55)の登場人物。ブールジャは『無神論者のミサ』(C28)に登場するオーヴェルニュ生まれの水売りの男。ソーヴィア夫妻は『村の司祭』(C104)に登場するオーヴェルニュ生まれの夫婦、グララン夫人の両親。タシュロン一家も『村の司祭』の登場人物。

(37) フェリックス・ダヴァン(一八〇七—三六)は、ジャーナリスト、小説家・詩人。バルザックの友人・理解者として一八三四年には『哲学的研究』の、一八三五年には「十九世紀風俗研究」の前書きを書いた。バルザックはダヴァンの前書きに大量の加筆をしたと言われるが、内容はのちにバルザック自身が書くこの「「人間喜劇」総序」と大きく重なる。ダヴァンは結核を病み、一年後に二十九歳で亡くなった。バルザックは友人の夭折を悼んだだけでなく、小説家として、この若い同業者のなかに批評家という新しい役割・職業を予感していたがゆえの喪失感を味わったのではないだろうか。なお、一八四六年『ラ・プレス』紙版では、ダヴァンに触れたこの箇所は省略されている。

(38) 『あら皮』は、「人間喜劇」C107。

(39) 『社会生活の病理学』はC135、『教育者団の解剖学』(C133)と『美徳のモノグラフィー』(C136)は、実現せず。

(40) バルザックは自分の作品に対する批判一般に決して寛容だったわけではない。特記されている二度の中傷については、プレイアド版の注が『ペール・ゴリオ』(C26)と『谷間の百合』（C33）についての批評を指すのではないかと記しているが、特定はむずかしい。バルザックと同時代の批評家サント＝ブーヴとの相互応酬については、サント＝ブーヴ『わが毒』の「XVI　バルザックについて」（小林秀雄訳、『小林秀雄全作品12　我が毒』新潮社、二〇〇三年）に以下のような証言がある。「『両世界評論』所載のバルザックに関する僕（サント＝ブーヴ）の論文を読んで、バルザックは言った、「サント・ブウヴにはひどい復讐をしてやる、『ヴォリュプテ〔愛欲〕』を改作してやる」、そして彼は『谷間の百合』を書いた」（一三〇頁）。「批評家には誰でも自分の好きな獲物がある、好んでこれに飛びかかり、寸断する……僕にとっては、それはバルザックだ」（一三二頁）。サント＝ブーヴを翻訳したのが小林秀雄であるのも面白い。

（41）　バルザックは職業作家として著作権問題について具体的発言を繰り返した。「十九世紀フランス作家への手紙」ほか参照（プレイアド版『雑作品』第二巻一二三五―一二五三頁）。

## 金色の眼の娘

（1）　『金色の眼の娘』は、「人間喜劇」の「パリ生活情景」の巻頭を飾る〈十三人組物語〉の一篇。〈十三人組物語〉は、十三人の秘密結社にまつわる三つの中編小説『フェラギュス』（C50）、『ランジェ公爵夫人』（C51）、『金色の眼の娘』（C52）からなり、それぞれが作曲家エクトール・ベルリオーズ(一八〇三―六九)、フランツ・リスト(一八一一―八六)、画家ウジェーヌ・ドラクロワ(一七九八―一八六三)というロマン派の芸術家に捧げられた(西川祐子訳『十三人組物語』(バルザック「人間喜劇」セレクション 第三巻)藤原書店、二〇〇二年参照)。ドラクロワは《民衆を導く自由の女神》(一八三〇年)ほかの歴史画、北アフリカなど異国に題材をとった《女と鸚鵡》(一八二七年)、《アルジェの女たち》(一八三四年、本書表紙カバー参照)ほか、また《ハムレットと二人の墓掘り人夫》(一八三九年)、《オフィーリアの死》(一八四四年)など、文学を絵画にした作品がある。

(2) バルザックの「民族(ナシヨン)」「部族(トリビュ)」は、ビュフォンが大著『自然誌』のなかの「人間誌」において繰り返し用いた二つの用語を踏襲して、あるいはそのパロディとして用いられていると思われる。ここにおける「民族」はパリ住民、「部族」は住民を構成する四つ、あるいは芸術家たちも階層に数えるなら五つの社会階層を指す。ビュフォンについては、「「人間喜劇」総序」とその注(5)(6)も参照。

(3) 一八三二年春にはパリにコレラの大流行があった。

(4) バルザックの生命論については、「人間喜劇」の「哲学的研究」『あら皮』(C107)、『ルイ・ランベール』(C131)などを参照されたい。バルザックは、人間はそれぞれ一定量の生命エネルギーをもって生まれ、肉体労働であれ、知的活動であれ、生命エネルギーを一つの器官に集中させると大きな力を発揮することができるが、エネルギー量は限られているため、大量に放出するとエネルギーの消耗＝死を招く、したがって長生きしたければ生命を節約しなければならないとする。また「「人間喜劇」総序」にも、「破壊という点で、社会の寿命は人間の寿命に似ている。諸国民に長寿を与えたいなら、生命活動を制限するしかないであろう」(二〇頁)と書いている。

(5) 賃金労働者は週給制で、土曜日に賃金を受け取ると、日曜日だけでなく月曜日も仕事をせず仲間と飲酒や買春などに消費する慣わしであった。喜安朗『パリの聖月曜日　十九世紀都市騒乱の舞台裏』(岩波現代文庫、二〇〇八年)参照。

(6) 前注の商売は、入市税(にゅうしぜい)をまぬがれるためにパリの城壁の外やいくつかの市門あたりに、市を取り巻くように展開していた。バルザックはこれを「みだらなヴィーナスの腰帯」に喩えている。

(7) 『コンスティテュシヨネル』紙は、一八一五年の創刊で、王政復古期には自由主義の立場をとり、当時の日刊新聞のなかで最大の発行部数二万部を誇るブルジョワ向けの新聞であった。バルザックは一八四〇年代に同紙に連載小説をいくつも書いている。

(8) 二十一世紀現在のパリ国立オペラ劇場というと、一八七五年にナポレオン三世がシャルル・ガルニエ設計案を採用して建設したオペラ・ガルニエと、フランソワ・ミッテラン大統領によるフランス大革命二百周年記念事業として一九八九年に竣工されたオペラ・バスチーユの二つを指す。オペラ座は大革命以前から国家元首自身が観劇し、国賓を歓待する場であり、各時代の上流階級の社交の場であった。それだけにさまざまな事件現場となりやすく、これまで場所の移転も数多くあった。バルザックが『金色の眼の娘』を執筆し、物語の舞台が設定されている十九世紀前半のオペラ座は、一八二〇年、当時のオペラ座で起こったベリー公暗殺事件の後に、イタリアン大通りからル・ペルティエ通りを北へ入ったところで設営されていた仮建築の建造物を指すと思われる(地図参照)。一八五八年一月十四日、ナポレオン三世夫妻が観劇のためオペラ座へ赴いた際にも、テロリストに襲われた。ル・ペルティエ通りの道幅がせまく警備が不備だったためと指摘され、新オペラ座建設の計画が持ちあがり、そこでガルニエ案が採用されたのであった。図3はガルニエ以前の旧オペラ座で、「総序」の注(6)に引いた A.M. Perrot *Petit Atlas Pittoresque* の p. 61 に掲載。

図3　旧オペラ座

(9) モンマルトル通り(rue Montmartre)は当時パリ一区にあった南北の道(地図参照)。北の端で東西の道モンマルトル大通り(boulevard Montmartre)とぶつかる。モンマルトル通りには刷り上がった朝刊の集配所があったのであろう。少し後の十九世紀末から二十世紀になると、この通りには、いくつもの新聞社が本社を置く建物があった(ベルナール・

ステファヌ著、蔵持不三也編『図説パリの街路歴史物語』原書房、二〇一〇年、上巻三九頁参照）。

(10) シテ島は、オスマンのパリ改造以前は細い路地が入り組み、民家と掘っ立て小屋が密集、不衛生で治安が悪いことで知られていた。オスマンの計画により、広い道路が通り、民家よりも公共建造物が集中する現在のシテ島の景観が形成された。

(11) 被課税市民には、国民衛兵として定期的に衛兵詰所に夜どおし詰めて巡察などを行う義務があった。

(12) マリー・タリオーニ（一八〇四―八四）は、イタリアのバレエダンサー。一八三〇年代にパリのオペラ座で幾度も公演し、人気を博した。ロン・ド・ジャンブ（ronds de jambe）はバレエ用語で、脚を前後に回し、半円を描くような動きを指す。

(13) オスマン改造以前の十九世紀前半のパリでは、社会階層の棲み分けが、地域というより一つの建物（五階建てが多い）の階ごとに行われることが多かった。エレベーターのない時代、上の階ほど家賃が安い。各階居住者の室内や生活が見えるよう、壁を取り外して断面図のように描いた版画が多数作成され、風俗解剖図のように階層別の生活が描き分けられた。バルザックはここで、同様の試みを文章でしている。『金色の眼の娘』と同時期に執筆された『ペール・ゴリオ』（C26）の下宿屋にも同様の描写がある。ヴォケー夫人の下宿屋の一階は食堂、二階の家賃は年千八百フラン、三階の二部屋はそれぞれ八百六十四フラン、四階は一部屋五百四十フランで、学生のラスチニヤックとゴリオ爺さんが隣同士で住んでいる。なお、小倉孝誠には『金色の眼の娘』のこの箇所についての批判的分析がある(『歴史と表象 近代フランスの歴史小説を読む』新曜社、一九九七年、一三八頁以下)。図4は、挿画集『パリの悪魔』(一八四五、四六年)にベルタルが描いた《パリ住宅断面図》。同書には、バルザックも「パリ大通りの歴史と生理学」を寄せている。

図4 《パリ住宅断面図》

(14) ペール=ラシェーズは、十九世紀初頭につくられた三つの墓地の一つで、パリ北東部の郊外にある(地図参照)。「人間喜劇」では、『ペール・ゴリオ』(C26)の最後で、登場人物ウジェーヌ・ド・ラスチニヤックがペール=ラシェーズの高みからパリを見渡し、「これからおまえと俺との勝負だ!」と決意する場面が有名である。

(15) 穀物市場は、一七六三―六七年に建てられた建物(地図参照)。銅板で葺いた丸屋根が特徴で、パンの原料、小麦粉を収納するための巨大な建造物であった。その跡地にはパリ証券取引所があったが、一九九八年に閉鎖され、現在は私設美術館になっている。図5は、前掲 *Petit Atlas Pittoresque*, p. 51 より。

(16) 十九世紀フランスとくにパリでは、イタリア・オペラが定着しており、王政復興期にはファヴァール通りにある Salle Favart ないしは Théâtre Favart つまりファヴァール座がイタリア・オペラの劇場に指定され、通称イタリアン座（Théâtre Italien/Les Italiens 地図参照）と呼ばれていた。イタリアン大通りは、イタリアン（イタリア歌劇団やイタリア歌劇）を上演する劇場がある大通りであり、路上で楽師たちがイタリア歌劇の曲を演奏していた。

(17) ピエは長さの古い単位で、一ピエは三二・四八センチメートル。

(18) ロンシャンはパリ西部に広がるブーローニュの森にある、セーヌ川に沿った細長い地域を指す（地図参照）。十三世紀に建てられたロンシャン女子修道院は、フランス王室との関連が深く、上流階級がシャンゼリゼ通りからブーローニュの森まで馬車を連ねてゆくロンシャンの散策が知られていた。修道院はフランス大革命時に破壊され、跡地は長く草原になっていた。ロンシャン競馬場

図5　穀物市場

が開設されるのは一八五七年なので、バルザックの時代には庶民が休日に辻馬車に乗って遠足に行くような場所であったのだろう。

(19) ダンテ(一二六五―一三二一)は、原文ではDANTEとすべて大文字で記されている。バルザックの全作品の総題『人間喜劇 *La Comédie humaine*』はダンテの『神曲 *La Divina Commedia*』から連想されているのだから、特別扱いされても不思議ではない。『金色の眼の娘』第一章刊行の少し前に執筆された『追放者』(C130)は、十四世紀初頭、フィレンツェから追放されたダンテがパリのノートルダム寺院近くの建物の二階の部屋に隠棲するという設定。

(20) マリー・フランソワ・グザヴィエ・ビシャ(一七七一―一八〇二)は、フランスの病理解剖学者、パリ市立病院(オテル・デュー)の医師。著作に『生と死の生理学研究』『解剖学概論』ほかがある。

(21) ジャック・クール(一三九五頃―一四五六)は、国王会計方にもなった一大資本家であったが、殺人罪や公金横領などの罪に問われ、有罪となって終わった。

(22) ジョルジュ・ダントン(一七五九―九四)は、フランス革命時のジャコバン派で、革命政府の法相となり、反革命弾圧を指導。のち、ジロンド派の追放、恐怖政治の終結を主張し、ロベスピエールと対立、断頭台で処刑された。マクシミリアン・ロベスピエール(一七五八―九四)は、大革命期の一七九二年、国民公会の議員となり、ジャコバン派の中心人物としてジロンド派を追放。革命の防衛の名のもとに恐怖政治を強行。封建制の全廃などの諸改革を行なったが、九四年、テルミドールのクーデターによって処刑された。

(23)「リュテース」は「沼地」を意味するケルト語から派生。ラテン語ではLutetia.「泥(lutum)」に由来し、セーヌ川沿岸地帯が沼沢地であったことを反映している。

(24)『あら皮』(C107)を参照。

(25) 一七八九年がフランス大革命の年であることは言うまでもないであろう。一八一四年三月三十一日はナポレオン一世が対仏連合軍を向こうにまわしたナポレオン戦争に敗北、ナポレオンは同年五月、エルバ島へ流刑となる。

(26) パリ市の標語は「揺らげども沈まず」。十九世紀初頭にアメリカで商業的に実用化された蒸気船は、フランスでも実験が行われ、セーヌ川で波を切って進む雄姿が見かけられたが、その後政変がつづいて運航にいたらなかった。バルザックはここでパリ市の伝統的ロゴである帆船と「揺らげども沈まず」の標語にかけて、船舶の比喩を連発しているのだが、現代ではその遊び心が通じにくい。原文のプレイアド版にも、ガルニエ版にも注はない。

(27) ラ・ペ通りは、ヴァンドーム広場に通じる道で、広場の南にはチュイルリー宮がある(地図参照)。

(28) アンリ・ド・マルセー出生当時のフランス国債価格の推定は困難だが、バルザックは、アンリの父親ダッドレー卿にとって、それほど高額な支出ではなかったと言いたいのであろう。国債の年利は当時五パーセント前後だったようなので、十万フランで国債を買うと五千フランの利子がつく。鹿島茂『新版　馬車が買いたい！』(白水社、二〇〇九年)にならって、一フラン＝一千円として計算すると、老貴族ド・マルセーは、年に約五百万円程度を自由に使えたのだろうか。

(29) 二人の父親とは、登場人物アンリ・ド・マルセーを認知し、アンリにフランス貴族名を与えたド・マルセー老伯爵と、そういった工作を行なったアンリの実父でイギリスの政治家であるダッドレー卿を指す。ダッドレー卿はアンリ・ド・マルセーとの関連で「人間喜劇」に再登場することが多い。彼はフランス滞在が長く、パリの社交場の各場面でしばしば息子のアンリ・ド・マルセーと顔をあわせる。アンリは父親から賭博で金を巻きあげ(『骨董室』C47)、一時期は父親の結婚相手であるレディ・ダッドレーの恋人となる(『谷間の百合』C33)。アンリの実母はといえば、ド・マルセー伯爵夫人を名乗ったのち、老伯爵が亡くなると、ヴォルダック侯爵なる人物と結婚、『夫婦財産契約』(C30)に五十三歳となって登場、アンリ・ド・マルセーに巨万の財産を相続するはずのイギリス人女性との政略結婚をすすめる。

(30) 原文はリーブル(livre)。フランス革命で通貨はフランとなったが、その後しばらく旧制度下の貨幣単位リーブルが俗称として用いられた。ここは前注同様、アンリ・ド・マルセーに付与された年金元資を指すので、訳語をフランに統一した。

(31) 第二百十四代ローマ教皇アレクサンデル六世(一四三一—一五〇三)を指す。好色、強欲、術策で知られる。

(32) 〈フラスカティ〉は、リシュリュー通りとモンマルトル大通りが交差する角にあったカフェ、二階は賭博場(地図参照)。折本 *Panorama des Grands Boulevards: Paris Romantique* では、大通りに面した建物の二階に Frascati という店名が読める(図6)。このあたりは、ダンディを気取る青年たちが通うカフェ、レストラン、賭博場、各種劇場の密集地帯であり、バルザックも、まだ馬車を購入していない一時期、部屋を借りていた。馬車なしで夜の外出から帰るためであるが、高額な家賃が払えず早々に追い出されたらしい。

(33) ここでアンリ・ド・マルセーは一八一四年に二十二歳を過ぎていたとされるが、七二頁ではマロニ神父が一八一二年に亡くなったとき十六歳だったと記され、年齢設定に矛盾がある。

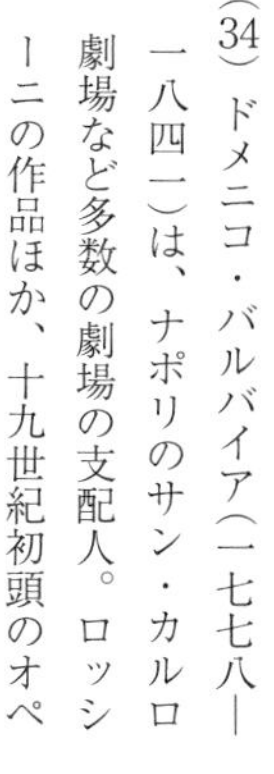

(34) ドメニコ・バルバイア(一七七八—一八四一)は、ナポリのサン・カルロ劇場など多数の劇場の支配人。ロッシーニの作品ほか、十九世紀初頭のオペ

図6　〈フラスカティ〉

ラの多くがバルバイアのもとで上演された。

(35) ハバナは、スペイン領であったキューバ島の首都、スペインの新大陸における植民地経営の中心地であり、貿易の中継地として発展した。同じくアンティーユ諸島はキューバ島やジャマイカ島を含むカリブ海の島々、十八、十九世紀にはヨーロッパ諸国の植民地であった。現在でもグアドループとマルティニークはフランスの海外県である。

フランス軍のスペイン占領は、一八〇八年のナポレオン軍のスペイン侵攻、その兄ジョゼフのスペイン国王就任に始まる。スペイン各地でスペインの旧勢力の支配やフランス軍の占領に対する民衆の蜂起が起こってゲリラ戦が展開され、やがて自由主義的な一八一二年の憲法が制定されて、一四年にスペインからフランス軍は撤退した。一八〇八年から一四年を半島戦争、スペイン独立戦争の時代ともいう。ナポレオンの大陸支配が崩壊する転機となった。

(36) サン=ラザール通りは、パリ北西部にある東西の道(地図参照)。一八三七年にはノルマンディ地方へ向かう鉄道のターミナル駅となるサン=ラザール駅が開業した。

(37) 十九世紀初頭のヨーロッパ諸国は自国の産物などを保護する関税を設定していたが、イギリスとオランダは保護政策をとっていなかったことを皮肉まじりに指すのか。

(38) ひじょうに長い前置きの後、ここから物語が始まる。「人間喜劇」という物語世界のいつ、どこ、そして誰が主人公であるかが、単純明快に示されている。時は一八一五年四月、場所はパリのチュイルリーの遊歩道、主人公である美青年アンリ・ド・マルセーは群衆にまじって散策中である。

(39) ロンクロール侯爵は「人間喜劇」の裏社会で活躍する十三人組の一人。

(40) プレイアド版注によると、「ピットとコブール」は帝政時代には、反自由主義、保守反動であると非難するときに用いる常套句であった。ピットはイギリスの大臣、コブールはオーストリアの元帥。フランス革命の動乱を描くアナトール・フランスの『神々は渇く』（一九一二年）にも成句的に使われている（根津憲三訳、角川文庫、一九六一年、一三五頁）。

(41) ロレンス・スターン（一七一三―六八）の未完の長編小説『紳士トリストラム・シャンディの生涯と意見』の登場人物トリム伍長は、おしゃべり中も帽子を手放さない（朱牟田夏雄訳『トリストラム・シャンディ』全三冊、岩波文庫、一九六九年参照）。

(42) このあたりから、登場人物たちの発話一つひとつが改行されて、これまでの自由間接話法的な記述から、直接話法的記述、脚本的な書き方になっている。読者はドラマの現場に立ち会う。

(43) テラス・デ・フイヤンはチュイルリー公園の遊歩道であり、柵を出た先にあるカスティグリオーヌ通りはヴァンドーム広場へ通じる（地図参照）。これらの散歩道は、パリ住民にとってはもっとも贅沢な散策、戸外で社交をする場であった。

(44) 原文は la femme caressant sa chimère. chimère（シメール、夢想）なる語が由来するギ

リシャ神話の怪物キマイラは、首から上はライオン、胴体は山羊、尻尾は蛇、有翼とさまざまに描かれる。プレイアド版注は、ポンペイのフレスコ画に描かれた《怪物キマイラを愛撫する女》を参照するよう指示。十九世紀には、夢想ないし怪物キマイラと愛し合う女というテーマの絵画・彫刻作品がいくつもつくられた。

(45) クーペは四輪で箱型二人乗りの自家用馬車。九二頁のフィアークルは、四輪有蓋の辻馬車、現在のタクシーのように使われていた。

(46) フロンタンは、十七世紀末から十八世紀のフランス喜劇、オペラコミックにしばしば登場する厚かましい従僕役。主人の情事や取引に首をつっこみ、主人と自分に有利なようにことを運ぶ。例えばマリヴォー作「偽の侍女」(『贋の侍女・愛の勝利』佐藤実枝・井村順一訳、岩波文庫、二〇〇九年)の第一幕・第一景などに登場。

(47) 中央山地オーヴェルニュ地方から出稼ぎに出る人たちは、パリで水売り・荷担ぎ・使い走りなどの厳しい身体労働にたずさわったことで知られる。

(48) ショセ゠ダンタン通りとヌーヴ゠デ゠マチュラン通りは、オペラ座やイタリアン座の近くにある通り(地図参照)。この小説のなかにおける店の名は、バルザックやその仲間たちが実際に通い、当時の読者にも馴染みの名前が多いが、レストランあるいは居酒屋〈酒なし井戸(Au puit sans vin)〉については不明。プレイアド版注は、この名前には言葉遊びがあるとする。sans が Saint の掛詞だとすれば〈聖なる酒の井戸〉ともなる。

（49）フランソワ・ヴィドック（一七七五―一八五七）は、犯罪者にして、のちにパリ警視庁の密偵となった。『ヴィドック回想録』（三宅一郎訳、作品社、一九八八年）の「訳者あとがき」が、彼の生涯と神話化について詳しい。バルザックの「人間喜劇」の登場人物ヴォートラン、ユゴーの『レ・ミゼラーブル』の登場人物ジャン・バルジャンなどのモデルとなった。ミシェル・フーコーはその著『監獄の誕生――監視と処罰』（田村俶訳、新潮社、一九七七年）のなかで、ヴィドックという存在は「非行性が、それを制圧する一方でそれと協力して活動する警察装置にとって客体ならびに道具という多義的な地位を、他ならぬ彼のうちに明瞭におびたという事実」が重要なのだと述べている（二八〇頁）。

（50）「人間喜劇」の登場人物ニュシンゲン男爵は、『ペール・ゴリオ』（C26）他に登場する銀行家。妻デルフィーヌはゴリオの次女で、一時期アンリ・ド・マルセーの愛人であった。

（51）雀の綴りは moineau、郵便配達人の覚えまちがい。

（52）当時のトロワ・フレール通りは、サン＝ラザール通りに通じる小路であった（地図参照）。現在はモンマルトルに同名の通りがあるが、関連があるかどうか不明。そのころのパリ市の住居では六階はおそらく最上階、郵便配達人が子だくさんで生活に余裕がないことが暗示されている。

（53）歴史上のフェルナンド七世は、一八〇八年にスペイン王に即位するも、ナポレオン一世により退位させられ、フランスに幽閉された。一八一四年のナポレオン軍撤退後ふたたび王位につき、一八三三年没。「人間喜劇」の登場人物サン＝レアル侯爵は、同王の腹心であって、ナポレオン軍のスペイン占領中にフランスに移り住んだ、という設定。

(54) どちらもリチャードソンの小説の登場人物。「総序」注(13)と(34)参照。

(55) ローランは、この章のはじめではフロンタン(注(46)参照)に喩えられていた。フィガロは十八世紀の劇作家カロン・ド・ボーマルシェ(一七三二―九九)の戯曲三部作『セビリアの理髪師』『フィガロの結婚』『罪ある母』に登場する反権力的な登場人物の名前。

(56) ラ・ファイエット侯爵(一七五七―一八三四)はフランスの貴族で軍人、政治家。アメリカ独立戦争に参加し数々の功績をあげ、フランスに帰国後は「人間と市民の権利宣言」の作成に寄与、王政復古期には自由主義派の上院議員。タレーラン(一七五四―一八三八)は、三部会の第一身分議員に選出され、僧職にあるにもかかわらず教会財産の国有化を提案、その後外交官に転じ、ナポレオン一世の統領政府、ルイ十八世の政府の外務大臣を務め、ウィーン会議で外交手腕を発揮してフランスの国益をまもり、七月革命でルイ・フィリップの即位に貢献、その後も大使を務めた。マルク＝アントワーヌ・デゾージエ(一七七二―一八二七)は、諷刺的シャンソンや軽喜劇の作家。ジョゼフ＝アレクサンドル＝ピエール・ド・セギュール子爵(一七五六―一八〇五)は恋歌(ロマンス)を数多く書いた。

(57) クラヴァットは現代男性服のネクタイの原型。十九世紀のダンディたちは黒い上着、白いジレを着こみ、白ないし彩色した絹のクラヴァットを首に幾重にも巻きつけていた。

そのため顎がつきあげられて上から見下ろす姿勢となる。なお、バルザックの印刷所は『クラヴァットの巻き方(*L'art de mettre sa cravate*)』(一八二七年)なる冊子を印刷している(図7)。

(58) ルイ十五世広場は、チュイルリー公園とシャンゼリゼ通りのあいだにある広場で、一八三〇年にコンコルド広場と改称された(地図参照)。

(59) ユニヴェルシテ通りは、セーヌ川左岸、川に並行する通り(地図参照)。

(60) ラ・ペピニエール通りは、パリ北西部のサン=ラザール通りに続く道(地図参照)。プレイアド版の注によると、ラ・ペピニエール通りには新聞小説『パリの秘密』で有名な小説家ウジェーヌ・シュー(一八〇四—五七)がのちに住まいを構えたという。シューは一八三〇年代に、同業者のあいだで洒落者、ダンディとしても羽振りをきかせていた。

(61) フランソワ=ジョゼフ・タルマ(一七六三

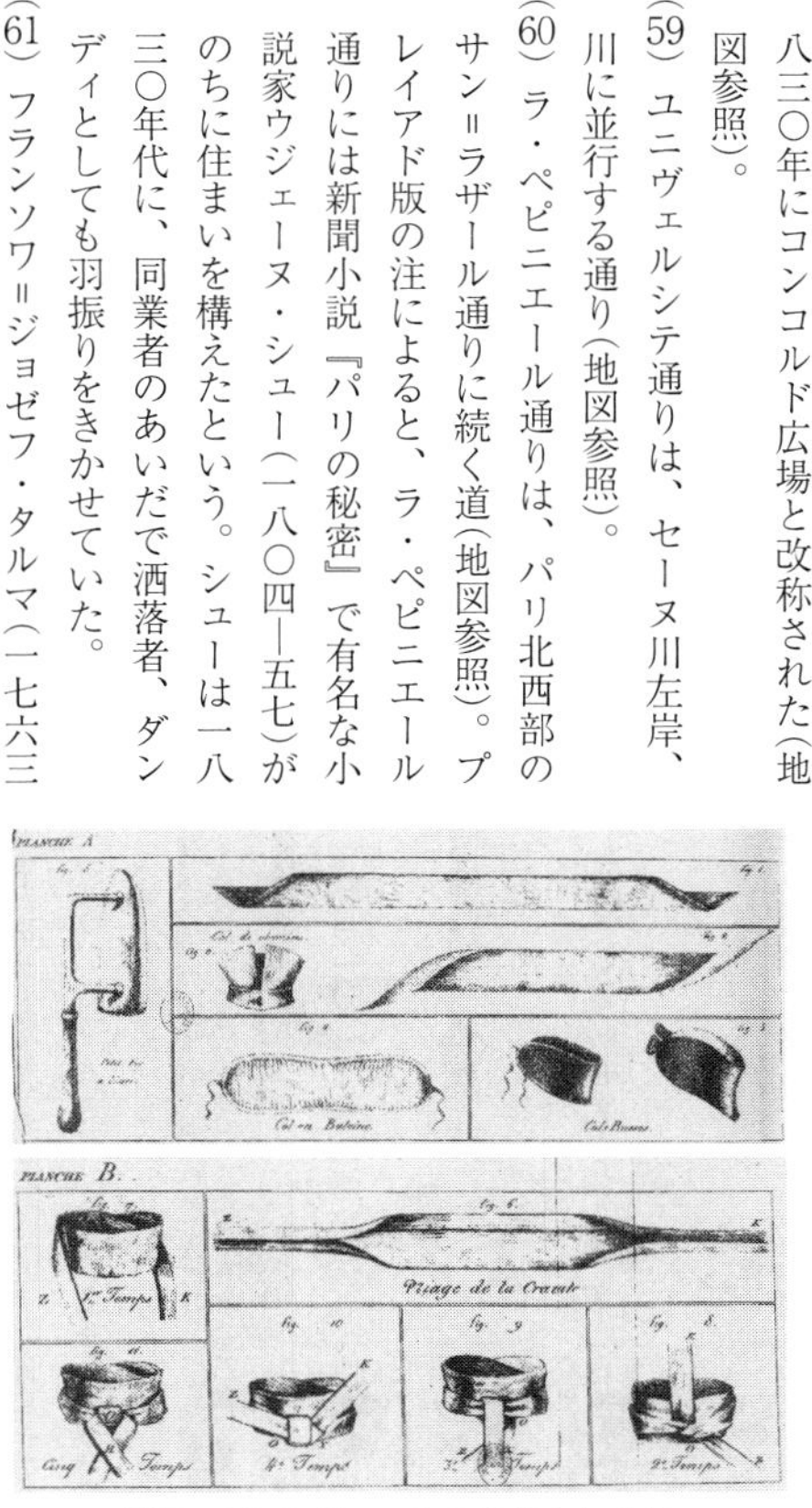


図7　『クラヴァットの巻き方』より

—一八二六)は俳優、シェイクスピアのハムレット他を演じた。プレイアド版注によると、バルザックは『オセロ——ヴェニスのムーア人』を演じたタルマを一八二五年三月二十一日に見ている。しかし小説の舞台は一八一五年に設定されているので、仮定表現がとられている。

(62) 十九世紀当時、グリーンランドはデンマークの入植地、ニュー・イングランドつまり北米東海岸はイギリスの入植地であった。ここではヨーロッパ的想像力が届く限界地点というほどの意味であろうか。

(63) 金本位原則であったフランス十九世紀には幾種類かの一ルイ=二十フラン金貨があり、ナポレオン金貨という総称で呼ばれるが、統治者が変わるごとにコインに刻まれる肖像が変わった。代書屋はおそらく週給・月給を大幅に超える臨時収入を、金貨で約束されてやってきたのであろう。

(64) バルザックには、アフリカ大陸の植民地も、カリブ海の植民地も、宗主国本国から見たオリエントつまり「東洋」に一括する傾向が見られる。なおフランス語の「シノワ(chinois)」には「うさんくさい人物」という意味がある。

(65) モンマルトル大通りはイタリアン大通りに続く道(地図参照)。オペラ座(注(8))や〈フラスカティ〉(注(32))も近い。

(66) 〈ロシェ・ド・カンカル〉は、モントルグイユ通り(地図参照)五十六番地にあった有名な魚介専門のレストランで、バルザックもよく通った。現在も同じ通りの七十八番地にある。

(67) アン・ラドクリフ(一七六四―一八二三)は、イギリスの小説家。『ユードルフォの秘密』『イタリアの惨劇』などにより、古い城や修道院を舞台にとる十八世紀末から十九世紀初頭に流行した恐怖小説ないしゴシック小説の代表的作家。

(68) 注(64)で触れたように、中国的ないし中国趣味と怪奇性を結びつける傾向は十七世紀ころからあった。イタリアン大通りには、「中国式浴場(bains chinois)」と看板を出した温浴場もあった(図8は折本 *Panorama des Grands Boulevards: Paris Romantique* より)。

(69) 「恋愛の国(les belles contrées de l'amour)」とバルザックは記すのだが、恋愛心理が時間経過とともに変化する過程を、さまざまな困難が待ち受ける地理上の旅に喩え、寓意的に地図で示す試みは、フランス十七世紀初頭、ランブイエ侯爵夫人が自宅の「青い部屋」で開いたサロン文化に始まったといわれる。とりわけマドレ

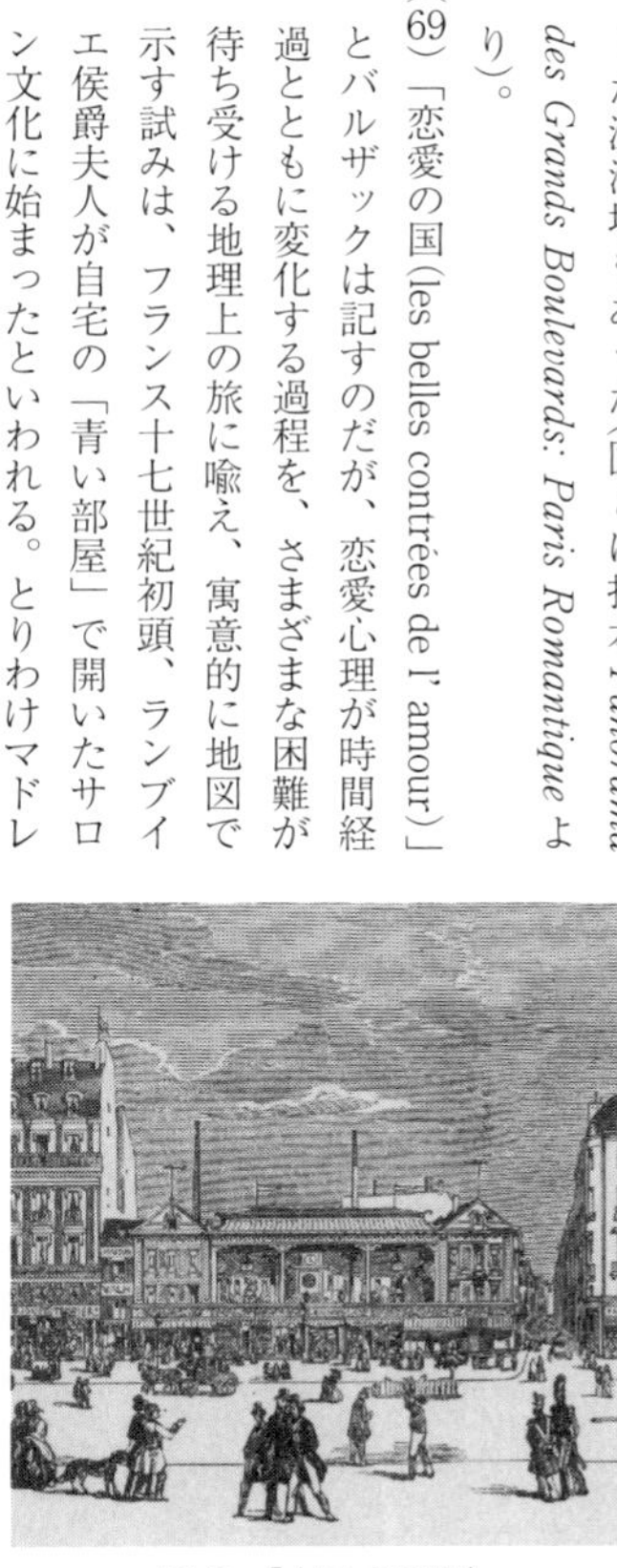

図8　「中国式浴場」

ーヌ・ド・スキュデリが長編小説『クレリー』(一六五四―六〇年)で描いた恋愛地図(La carte de Tendre あるいは La carte du Tendre)には図版が付されて、その図版はヴァリアントも含めて後世まで広く流布した。バルザックは小説『骨董室』(C47)で、恋愛地図に言及している。図9は、「無関心の湖」「危険の海」などの細部が面白い。

(70) ギリシャ神話の怪物。老女の顔と鳥の胴体、猫足をもち、腐敗した食べ物であれ掠め取る。

(71) イタリアン大通りは、南側近くにあるイタリアン座にちなんだ大通りであり、北側近くにオペラ座があった。ダンディたちが頻繁に通うカフェ、レストラン、賭博場などが並んでいた。注(16)も参照。

(72) 長椅子の外周が五十ピエとは、十六メートル余りにもなる。

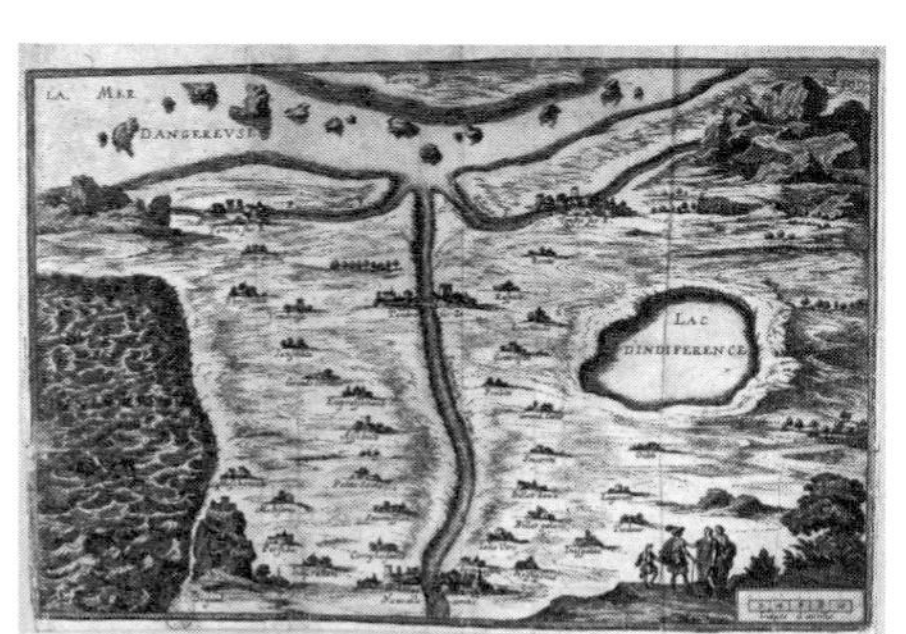


図9 「恋愛地図」

(73) ダンディを気取っていたバルザックの仲間たちのあいだでは、室内装飾と家具に凝ることが流行っていた。バルザックは、登場人物パキータがアンリ・ド・マルセーを招き入れる部屋は、カッシーニ通りの自分の住まいやバタイユ通り(地図参照)に確保した仕事部屋をモデルにしているとする。のちにバルザック夫人となる彼の愛読者ハンスカ夫人へ宛てて一八三五年夏から秋にかけて書く手紙の中に、「あなたが『金色の眼の娘』を読んで知っている白とピンクの部屋」(「ハンスカ夫人への手紙」九六)に閉じこもっているとか、「『金色の眼の娘』のサロンで、ロウソクのひかりのもとで原稿の上にかがみこみ、あるいは疲れて長椅子に横たわるかして」(「手紙」九七)、さらには「私は午後七時に就寝、午前二時には目をさましますが、それ以外はずっと『金色の眼の娘』の私室で机に向かい、窓から、いつの日か僕の前にひざまずくところを見てやらん、と思っているパリを眺める他にはなんの気晴らしもせずに三か月過ごすつもりです」(「手紙」一〇三)と、繰り返し書いている。

(74) サアディ(一二一〇頃―九二頃)は、中世ペルシャの代表的詩人。イランのシーラーズ生まれ。イスラム諸国を約三十年間遍歴したのち、郷里で著作に専念。二大代表作に「果樹園」と「ばら園」がある。ハーフィズ(一三二六頃―九〇頃)は、ペルシャ四大詩人の一人。シーラーズに生まれる。家が貧しく、はじめ奉公し、のちにパン屋を開業。学問に励み、ハーフィズ(クルアーン暗誦者)となり、この名称を筆名とした。生前その名声は、インド、イラクに達し、諸方から招かれたが、終世故郷の地を離れなかった。彼によりペルシャの叙情詩(Ghazal)は完成された。主著『ハーフィズ詩集』は、ペルシャ文学の最高峰で、ゲーテにも影響を与えた。シーラーズ郊外の埋葬地には廟(びょう)が建てられ、ハーフェズィーエと呼ばれる庭園となった。

(75) ピンダロス(前五二二/一八―四四二/四八)は、ギリシャの合唱隊用叙情詩人。テバイのキュノスケファライに生まれる。年少にして作詩と音楽を学び、二十歳ですでに名声を馳せ、とくに運動競技祝勝歌で有名であった。ほぼ八十歳の高齢で没。後世ゲーテ、ヘルダーリンに影響を与えた。

(76) パキータの願望に、後世の読者であるわたしたちは、ボードレールの『悪の花』(初版一八五七年)にある「旅への誘い」冒頭の恋人への呼びかけ、あるいは散文詩集『パリの憂鬱』の中の「旅への誘い」を重ねて読むことができるであろう。「わが子よ、わが妹よ、/思ってもごらん/彼の地へ行って一緒に暮らす楽しさを!/心ゆくまで愛し/愛して死ぬ/おまえによく似たあの国で!」(西川長夫訳、多田道太郎編『「悪の花」註釈』京都大学人文科学研究所報告、一九八六年、上巻五二七頁)。ボードレールの詩においても、バルザックの登場人物パキータの睦言(むつごと)においても、ここではないどこかへ赴く、帰らない旅ないし移住の夢が語られている。

(77) エドワード・ボムストン卿は、ジャン=ジャック・ルソーの長編書簡体小説『新エロイーズ』(一七六一年)の五・六部では手紙を書く登場人物のひとりであるが、この人物を主人公にして、長編から独立させて書かれた短編小説を指す。徳を重んじるイギリス人であるボムストン卿は、ローマでナポリ出身の侯爵夫人に出会い熱烈な恋心をおぼえるが、有夫の女性と知ると美徳を優先させて官能的喜びが約束されている恋を実現しようとしない。拒否された侯爵夫人は美徳の炎に打ち勝って卿の心を獲得したいものと、自分も快楽をあきらめて娼婦ラウラに快楽の身代わりをさせようとするのだが、ラウラもまた、卿を愛しはじめると同時に彼を絶対に所有しないという誓いをたてる。快楽と禁欲と美徳をめぐって緊張が生まれる三角関係が描かれている。戸部松実訳「エドワード・ボムストン卿の恋物語」(『ルソー全集　第十巻』白水社、一九八一年)を参照。

(78)ベルギーのオーステンデで採れる牡蠣は美味で知られている。

(79)リシュリュー卿(一五八五―一六四二)はフランスの枢機卿にして政治家。三部会に聖職者代表として出席、ルイ十三世の首席顧問官となって、絶対王政の基礎をつくり、重商主義政策によって国力を高めた。バルザックは『幻滅』(C49)において、主人公リュシアンの自殺を押しとどめるスペインの高僧カルロス・エレーラ、実は徒刑囚ジャック・コラン、またの名はヴォートランが、恩人の危機を知りながら知らぬ顔で熟睡して恩人を見捨てたリシュリュー卿の忘恩を引き合いに出して、主人公に歴史の裏側を教え、悪の道へ引き入れる場面を描く。

(80)アンリ・ド・マルセーが十五歳にして年上の女性に裏切られた初恋体験は、『続女性研究』(C32)において語られる。おかげで、どんな時にも冷静・冷血な政治家としての素質を身につけたと述懐される。その後は、登場人物ゴリオの次女で銀行家ニュシンゲン男爵夫人となったデルフィーヌ(『ペール・ゴリオ』C26)、王政復古期の社交界の花であったモーフリニューズ公爵夫人(『カディニャン公妃の秘密』C58)、義母にあたるレディ・ダッドレー(『谷間の百合』C33)など、数々の愛人歴をもつダンディとして知られる。物語中の一八二二年あたりから、「これからは政治を手がけるつもりだ」(『夫婦財産契約』C30)と宣言。

(81) プレイアド版の注は、マルキ・ド・サド著『ジュスチーヌの物語あるいは美徳の不幸』を指すとする。「女中の名前の……」については、バルザックの『結婚生活のちょっとした悲惨』の挿話「横暴なる下僕」のなかに、「女優つきの女中として理想的なジュスチーヌ」という箇所がある。澁澤龍彥訳によるサドの『ジュリエットあるいは悪徳の栄え』(現代思潮社、一九五九年)は、訳者と版元を被告とする「わいせつ物頒布等の罪」に問われた。この通称「悪徳の栄え事件」は、最高裁判所まで上告されたが、一九六九年、大法廷判決により棄却された。

(82) 〈サロン・デ・ゼトランジェ〉は、当時リシュリュー通り(地図参照)にあった上流階級向けのクラブで、賭博室をそなえ、食事をすることもできた。

(83) アンリ・ド・マルセーが、十三人の男たちによる秘密結社デヴォラン組に所属していることを暗示する。

(84) 近世の鎖国のあいだも、日本製陶磁器は欧米諸国へ輸出され珍重されていた。ここでも東洋趣味の表象の一つとなっている。

(85) ペリはイラン高原に棲む美しい翼のある妖精。

(86) アンリ・ド・マルセーは、読者も知る地中海沿岸の街の名を列挙。キアーヴァリはイタリアのジェノヴァ県所在。対するにパキータが望む行き先は、もっと遠くの誰も知らない土地でなければならなかった。

(87) アンリ・ド・マルセーは、パキータのさらに遠くアジアへ行きたいという願いに応えて「インド諸島へ行こうよ（Allons aux Indes!）」と言う。この時代のインド諸島という概念には、インド、インドシナ、東インド諸島が含まれていた。注(76)も参照。

(88) フェラギュスまたは登場人物フェラギュス二十三世（Ferragus XXIII）は、前述の秘密結社デヴォラン組すなわち十三人組の二十三代目の首領で、別名アリアス・ブリニョないしグラシアン。〈十三人組物語〉第一話『フェラギュス』の主人公。

(89) アンリ・ド・マルセーはここでフェラギュスを、仲間しか知らない本名のグラシアンと呼ぶ。

(90) ウェルギリウス『アエネーイス』では、英雄アキレスはヘクトールを倒した後、トロイの城壁の周りを三周した、とあるが、バルザックは九回まわったとしている。

(91) 古代ローマの喜劇、プラウトゥスの「メナエクムス兄弟」は生き別れになった双子の兄弟が取り違え騒動をひきおこす「間違いの喜劇」として引き継がれ、シェイクスピア劇にもみられる。

(92) 本書七六頁に、ダッドレー卿の「第二の傑作と呼ぶべきはウーフェミーという少女」と述べられている。本書では、「第二の傑作」を生誕順位ではなく、世にも美しいアンリ・ド・マルセーに「負けず劣らず美しい傑作」という意味であるとし、アンリ・ド・マルセーとサン゠レアル侯爵夫人は同父異母の姉‐弟であると解釈している。アンリ・ド・マルセーが口にする「尼僧になるにはまだ若いし、美しすぎるよ」は、兄が妹に、というより弟が姉に対して言う台詞ではないか。しかし、それよりも日本語に翻訳するときの問題が大きい。年齢序列が上下関係として組みこまれている日本語にこの場面を翻訳する場合、サン゠レアル侯爵夫人が植民地から連れ帰ったパキータの上にふるう宗主国的な権力は、同様の権力志向をもつアンリ・ド・マルセーと対等であることを表現する必要がある。バルザックは父親のダッドレー卿を含め、三人に共通するイギリス性、その誇張された冷血ぶりを植民地主義の表象としたのではないか。別の解釈を試みれば別の物語が浮かび上がる面白さがある。

(93) プレイアド版注は、〈十三人組物語〉第二話『ランジェ公爵夫人』の下書き原稿では主人公が入る修道院の名前だったものが削除され、ここに使われていると指摘する。

(94) 十九世紀前半のパリにおいては、国立オペラ劇場とイタリアン座とオペラ・コミック座が、パリのもっとも優雅な観劇の場であると同時に貴族・特権階級の社交の場であった。

ブッフとはオペラ・ブッファつまり喜歌劇であるが、オペラ・コミック座は場所を転々としており、定位置を占めるにいたったのは本作より後の時代なので、バルザックがここでブッフと呼ぶのはイタリアン座であった可能性もある（注(16)も参照）。社交界では、話題の歌手、あるいは劇団の歌劇が上演されると、一幕だけ、あるいは一瞬だけでも桟敷に姿を見せることが重要であった。図10は、ウジェーヌ・ラミによる石版画《イタリアン座内部》で、ジュール・ジャナン『パリのある冬（*Un Hiver à Paris*）』（一八四三年）のために描かれた。

(95) 作者は物語を書き終えた一八三五年四月六日付のいかにもワザとらしいこの「あとがき」で、登場人物たちの年齢に触れるのであるが、年齢設定には相変わらずいくつかの混乱がある。アンリ・ド・マルセーは一八一五年に二十三歳の青年として登場しているので一七九二年生まれと考えられ、「あとがき」の時代に二十六歳では計算が合わない。金色の眼の娘は三十歳、サン＝レアル侯爵夫人はすでに相

図10　《イタリアン座内部》

当の年齢、という記述も曖昧である。ちなみにアンリ・ド・マルセーは、七月王政期には、かつてのダンディ仲間たちや銀行家、ジャーナリストとも手を組んで本格的に政界へ乗り出し、権謀術策に長け、大衆を愛さずに魅惑する政治家として、大臣、評議会議長、首相と地位をのぼりつめる。相変わらず社交界や劇場に姿を見せるが、サロンの夜話などの席で政治の裏側を深く知る人物として、歴史的事件を分析・解説、謎を解明する場面が多い(『暗黒事件』C72、『アルシの代議士』C76)。一八三三年あるいは三四年死去、同じくダンディ政治家であるラスチニャックが後継者とみなされる。図11はポール・ガヴァルニによるモード画《オペラ座の桟敷席》で、『ラ・モード』誌(一八三一年、一月号)のために描かれた。

図 11　《オペラ座の桟敷席》

(96)〈十三人組物語〉の第一話と第二話を参照されたい。

# 訳者あとがき

すばらしい作品はよろこばせるものだというふうには、私は決めかねる。不快にすると言ったほうがむしろ正しい場合も、ときにはありそうに思える。すばらしい作品は、何の相談もなしに、こちらをひっつかまえてしまう。驚嘆ということは、おそらく快楽などではなく、むしろ緊張と言ったほうが当たっている。ある芸術作品に接して、つくづく驚嘆の念をおぼえるとき、なぜそう驚嘆するかというと、いわく言いがたい関心をおぼえるからである。

アラン「バルザック」（杉本秀太郎訳『アラン著作集　八』）

## はじめに

本書には、フランス十九世紀の小説家バルザック（Honoré de Balzac 一七九九―一八五〇)が、「人間喜劇(La Comédie Humaine)」なる総題のもとに、全作品を出版する契約を結んだおりに書き下ろした「「人間喜劇」総序(L'Avant-Propos de la Comédie Humaine)」と、連作小説〈十三人組物語(Histoire des treize)〉第三話である中編小説『金色の眼の娘(*La Fille aux yeux d'or*)』を連作小説から取り出して組み合わせた。『金色の眼の娘』巻末にはバルザックによる「人間喜劇」全作品カタログを添えた。『金色の眼の娘』はC(=カタログ)52である。

底本としては、いずれもプレイアド版全集(Honoré de Balzac, *La Comédie humaine*, Gallimard, « Bibliothèque de la Pléiade », 12 vol., 1976–80)を用いる原則をとった。「総序」は、最後に日付があるように、一八四二年の執筆である。バルザックは一八四六年、「人間喜劇」第十六巻までの出版が実現した期に、先の「総序」に加筆訂正したものを『ラ・プレス』紙十月二十五日号に載せた。二つの「総序」テキストの異同については必要に応じて訳注を付した。

『金色の眼の娘』の初版は一八三四年から翌年にかけて刊行された。当初は三章に分けられており、タイトルも付けられていたが、一八四三年の第二版では章分けが削除された。ここでは読者の便宜のために章分けとタイトルを復活させている。この作品についてはプレイアド版の他にガルニエ版も参照した。

「総序」にも『金色の眼の娘』にも、先行する翻訳があり、教えられるところが多かった。「総序」には、太宰施門訳「人間戯曲総序」（『バルザック全集』第一巻、河出書房、一九四一年、一―三〇頁）、中島健蔵訳「人間劇 序」（編集者代表中島健蔵『世界芸術論大系』第四巻、河出書房、一九五六年、二三―三七頁）、石井晴一、青木詔司訳『人間喜劇総序』（『ユリイカ』一九九四年十二月号「増頁特集　バルザックの世界」一五〇―一六八頁）、大矢タカヤス編『バルザック「人間喜劇」全作品あらすじ』（鹿島茂／山田登世子／大矢タカヤス責任編集『バルザック「人間喜劇」セレクション』別巻二、藤原書店、一九九九年、九―一二頁）がある。また教科書版である竹村猛編『「人間喜劇」序』（第三書房、フランス語短期教材シリーズⅧ、第二版一九五七年）も参照した。

日本語もフランス語も、それぞれの言語が使用される社会のあり方とともに変化する。翻訳はつねに元のテキストが生まれた社会と日本語社会との異文化間距離と、歴史性つまり時間軸における十九世紀と二十一世紀現在との距離を、同時代の日本語読者にどう伝えながら翻訳するか、という問題に直面する。とりわけフランス的近代を全体としてとらえようとした「『人間喜劇』総序」の翻訳は、日本的近代に問題を投げかけないはずはなく、これまで三、四十年ごとに旧訳を踏まえた新日本語訳が世に問われてきた。

他方、『金色の眼の娘』は、敗戦直後、日本国が連合国軍による占領下にあって出版情勢もまだ厳しかった一九四八年に木越豊彦により翻訳され、『金色の眼の娘・フェラギュス』と題して『バルザック人間叢書』第七巻(萬里閣)として出版された。次いで一九七〇年出版の『カラー版　世界文学全集』第四十一巻(河出書房新社)に高山鉄男訳『金色の眼の娘』が収められている。その後、一九六〇年、東京創元社版『バルザック全集』第七巻に〈十三人組物語〉の第三話『金色の眼の娘』が、田辺貞之助・古田幸男により訳出されている。さらに二〇〇二年刊行の藤原書店版『バルザック「人間喜劇」セレクション』第三巻〈十三人組物語〉を訳出したのは、わたし西川祐子であった。このたび、あらためて同巻から第三話『金色の眼の娘』だけを取り出し、「総序」と組み合わせた。

解説論文的な「「人間喜劇」総序」と中編小説である『金色の眼の娘』は、文芸ジャンルが違い、文体も異なるはずである。ところが、バルザックの場合、作者ないし語り手がページから乗り出すようにして読者へ語りかける姿勢に共通するものがあることに気づくと、翻訳作業に興がのるのをおぼえた。十九世紀の古典的小説体である三人称記述・単純過去時制・神の超越的視線の三点セットを代表する、といわれるバルザック小説であるが、「総序」はこの形式が安定するにいたるまでの、つまり作者と媒体であるジャーナリズムと読者の三者間における読書契約が成立するまでの、互いに働きかけ、ぶつかりあう混沌(カオス)を描いている。文体の不思議な呼応だけでなく、「総序」の次に『金色の眼の娘』の三つの章「I　パリの容貌(フィジオノミー)さまざま」「II　奇怪な情事」「III　血の力」を置くと、全体は起承転結のある四部構成の読み物になりはしないか。以下は「総序」と中編小説『金色の眼の娘』とをひとつづきの読み物として読むという思いつきを、本書に仕上げるまでの年月のいわば報告である。

最初に置いた「「人間喜劇」総序」は、作者バルザックによる問題提起の章であって、小説家は十九世紀フランス的な近代世界を、中心と周辺とがある全体としてとらえる野心、そのことの意義、用いる方法、そして全体の構成について詳しく述べ、読者の同意と共感をつよく求めている。

問題提起を承(う)けるのは、『金色の眼の娘』の「I　パリの容貌(フィジオノミー)さまざま」であって、バルザック的世界全体の中心であるパリ市の人口を構成する労働者・プチブルジョワ・ブルジョワ・芸術家そして頂上の特権階級という五つの階層を、一枚の巨大壁画の全体構図のなかに描き分けている。激しい階層間移動の原動力は、すべての階層が飽くことなく追求する金（きん）と快楽である。小説家は、金と快楽とが、下層から上層へとしだいに吸い上げられてゆく様を静態としてとらえるのではなく、まるで動く絵画のように描き出そうとしている。

しかしこの章のおわりに、特権的最上層の土壌に咲く徒花（あだばな）のごとき美青年が登場することにより、転機がおとずれる。続く二つの章では、バルザックの物語世界の中心であるパリにおいてもっとも美しい青年とされる登場人物アンリ・ド・マルセーと、世界の果て、周辺である東洋（オリエント）から来た美女パキータ・ヴァルデスとの恋物語が急テンポで展開する。中心と周辺の出合いはどのような結末を迎えるのか。本書を「人間喜劇」という巨大な作品を面白く読みはじめるための入り口の一つ、あるいは「人間喜劇」全体を濃縮した一冊として読んでいただければうれしい。起承転結のある四部構成として、各部の主題をもうすこし詳しく見てゆこう。

## I　(起)フランス十九世紀的な全体小説の構想

「総序」において作者バルザックは、ダンテの『神曲』の向こうを張って「人間喜劇」と題する自分の作品は、「「社会」の全体を写し取り、「社会」をその巨大な動きのなかでとらえようとする」のであって、一つひとつの小説は長大な作品の各章にあたり、作品全体はたしかな構造をもつ巨大な建造物であると述べた。「人間喜劇」カタログ(本書巻末)をも参照すればさらによくわかるように、「人間喜劇」は作者によって、各階にいくつかの展示室(ギャラリー)がある一つの壮麗な陳列館になぞらえられている。「総序」は、「人間喜劇」と名づけられた陳列館を訪問する人たちのために作者バルザック自身が書き下ろした入館案内書、ガイドブックだとすれば、ガイドさんのサービス過剰な饒舌を、むしろ楽しみながら読むことができはしないか。

そこで、本書の「総序」挿絵には、「人間喜劇」展示室の案内役を務めるはずの作者バルザックをモデルに同時代の画家たちが残した肖像画をいくつか選んでみた。諷刺画的、マンガ的な肖像が多くなった。La Comédie Humaine という題名は、バルザックも述べているように、ダンテの La Divina Commedia を踏まえているのであって、コメディは演劇一般を意味し決して喜劇だけを指してはいない。同時に、十九世紀演劇が目指した感動には、たとえ悲劇といえども涙とともに笑いが不可欠であったことも事実である。じっさい「総序」の大真面目な文章には、名詞の過剰な列挙、しだいに大げさになる同意形容詞、副詞のつみかさね、動詞の浪費が、作者の意図に反するかどうかは別にして、笑いをさそうというか、読者としては読みながら笑うしかない箇所がいたるところにある。

「総序」によれば、「人間喜劇」という陳列館の一階にあたる「風俗研究」には、「私生活情景」「地方生活情景」「パリ生活情景」「政治生活情景」「軍隊生活情景」「田園生活情景」なる六つの情景、ないし展示室があり、各室には小説作品が数多くの陳列箱ないし展示ケースのように並んでいる。「哲学的研究」の諸作品は建造物の二階に、「分析的研究」は三階に並べられる。ただし、一つひとつの展示ケースも展示室も閉ざされずに開かれており、「人間喜劇」全体では二千から三千人と数えられる登場人物たちがあたかも動く人形のように、いくつもの作品の間を出たり入ったり、さらには展示室から展示室へと激しい空間移動を繰り返す。バルザック自身がそう言っているように、複数の作品の間を登場人物が出入りする人物再登場法により、一人ひとりの登場人物が生病老死を苦しみ、社会変動に翻弄される過去・現在・未来のある時間を生きるのである。完成した作品だけを数えても九十余り、百近くの物語一つひとつをピースとする全体小説の構造と、二千から三千人の登場人物の動きを統御しようとする誇大妄想的構想には、バルザック自身が挙げているように、ダンテの『神曲』からスコットの歴史小説など、さまざまなモデル、先行作品があった。

なかでもバルザック自身がもっとも強調したのは、十八世紀フランスの博物学者ジョルジュ＝ルイ・ルクレール・ド・ビュフォンの大著『自然誌』全四十四巻という手本であった。バルザックは十八世紀の王立植物園の園長であったビュフォンが『自然誌』全巻において自然界について行なった考察とその記述を、自分は人間社会についてするのだ、と繰り返し述べている。十六世紀から始まる大航海時代には、ヨーロッパの王侯貴族たちは競って世界の果てから運びこまれる珍奇な品々を蒐集し、ドイツ語で「ヴァンダーカンマー(Wunderkammer)」日本語では「驚異の部屋」「不思議の部屋」「魅惑の部屋」などと訳されるコレクション展示室が多数存在した。

豊かで雑多、混沌とした膨大な蒐集品の埃(ほこり)をはらって、そこに分類と体系化という新しい概念を導入したのがビュフォンであった。フランス啓蒙の世紀といわれる十八世紀に王立植物園の園長に任命されたビュフォンは、世界各地のフランス植民地ほかへ赴く冒険家、植民地拡大と植民地経営を行う遠征隊員、布教する伝道者たちが、競って情報と物品と動植物標本を、王立植物園の収蔵庫と標本陳列館、つまりのちの自然誌博物館へもたらす仕組みをつくり、『自然誌』を記述することによって、蒐集物の分類と体系化を行うだけでなく、さらにはギャラリーにおける教育的展示をも始めたのであった。大革命後には王立植物園の一般公開が実現して、現在にいたっている。

バルザックは、ビュフォンの地球全体を把握しようとする情熱、全体を動かす原理の探求につよく共感し、己れの「人間喜劇」構想をも博物館に喩えるのであるが、自分の「人間喜劇」博物館のガイドを務めるにあたっては、各展示室にビュフォン以前の個人蒐集家たちのヴァンダーカンマーの陳列館がそなえていた魅力である驚異と不思議そして魅惑を伝えることも忘れていない。小説は何よりも読者を魅惑しなければならないのだから。

「人間喜劇」の展示は、訪問者つまり小説の読者が展示室から展示室へ、階から階へと歩行を続けるにつれてテーマの変化を感じ、来場者は物語に対する臨場感、さらには物語をともに生きる感覚をもつように工夫されている。ダンテの『神曲』が煉獄めぐりの構想をもっていたように、バルザックの「人間喜劇」もまた地獄めぐり的構図をもち、「魅惑の部屋」だけでなく、読者が戦慄をおぼえるにちがいない恐怖の部屋や嫌悪をさそう怪奇や悪の陳列箱さえあると言えよう。小説家自身は、自分の創作した登場人物には悪人が多いと批判されるが実は悪人におとらぬ数の善人を登場させているとしてその証明にやっきになるのだが、バルザック世界から悪人がいなくなったならば、その魅力は半減するどころか、読者は小説を読みとおす気をなくしてしまうであろう。読者が感じる不快とさらには嫌悪さえもが、「訳者あとがき」のエピグラフに引いた哲学者アラン言うところの「驚嘆」の重要な構成要素であろう。

バルザックが手本と仰いだビュフォンの世界観であるが、博物学者の視線と記述には、現代読者の反感をそそるかもしれない要素もまた含まれている。ビュフォンは一七三九年の王立植物園の監督（アンタンダン）すなわち園長就任の際に、『王立標本陳列館の描写（デスクリプション）』なる文献の作成を命じられ、その後十年をかけて計画の内容を拡大、題名も『自然誌（イストワール・ナチュレル）――王立標本陳列館の描写（デスクリプション）を付す』とした。この場合の「描写」とは標本の測定記録や解剖記事を指し、解剖学者ドーバントンが担当した。他方、ビュフォンは種の生息圏・生態・食物・生殖・習慣あるいは人間による用途にいたるまでを広く記述する自然誌(イストワール・ナチュレル)を担当した。その後、印刷所の変更、破産があると、ビュフォンは自費で本を買い取り、そののち一七八八年、フランス大革命の前年の死にいたるまで、刊行を続けた。そこで『自然誌』はしだいにビュフォンの個人的仕事、彼のライフワークという色彩が強くなった。しかも普及版の出版に際してはドーバントン担当の「描写」部分が省略されたこともあり、『自然誌』はあまりに人間中心主義的で、自然科学的ではないという後世の批判をうけることにもなる。

出版が始まった一七三九年の序文に、ビュフォンは大航海時代にあった新大陸発見熱が今では低下していると書くのだが、逆にその間に大航海時代に確保された航路をつたってヨーロッパからアジア、アフリカ、アメリカへと、大量の入植者・商人・軍人・宣教師たちが旅行し、さまざまな記録を持ち帰り、旅行記の出版は隆盛をきわめた。ビュフォンは無数の旅行者たちが目と耳と肌で感じ取った空間体験を資料に用いて、『自然誌』のなかの、たとえば「人類の変種」を執筆するのであるが、文献資料を明記するものの、文章の直接引用はほとんどしない。彼は膨大な量の情報を整理し、評価基準を定め、独自の判断を下しながら記述を進めた。

たとえばビュフォンによる人種と民族の区別はあいまいであるが、人類の変種は風土・食物・風俗の違いにより生じ、種それぞれの特徴は肌の色・身長と体型・民度の差となってあらわれるとされている。記述は注意深く選ばれ、繰り返される形容詞の序列によってなされる。肌の色はもっとも多様で、真っ黒＞黒＞黒オリーブ色＞日焼け色＞赤銅色＞褐色＞茶色＞黄色＞白、である。身長は、高い＞ちょうどよく高い＞やや低い＞低い、である。体型は、立派な体格＞貧弱な体格、と簡単。美醜は、たいへん美しい＞美しい＞やや美しい＞醜い＞たいへん醜い＞奇異な＞奇怪な、と露骨である。民度は、文明化している＞開化している＞なかば開化＞未開の＞粗野な＞粗暴な、とされる。

ビュフォンが言葉で地球上の人種分布図を描くにあたって用いたレトリック術の基本は、緯度で帯状に切り取った地域内には共通点を見出し、各帯に形容詞序列をあてはめてゆくことにあった。民族と民族あるいは人種と人種の間にさえ断絶をつくらないように、肌の色・体格・民度の三項を互いにずらしつつ組み合わせ、分布図全体は断絶のない濃淡グラデーションとして描かれる。グラデーションからは、もっとも穏やかな風土は緯度四十度から五十度の間にある、この地帯にもっとも美しく、もっとも体格のよい人間がいる、それがすなわちヨーロッパである、とするヨーロッパ中心主義と、人類はさまざまに変化するものの、言語と社会を有することにより、他の動物種とは区別される単一の種であるという、やがてフランス大革命から生まれる人権思想の基盤ともなる平等主義という、二つの互いに矛盾する結論が導き出されている。

『自然誌』は、十八世紀後半の長い時間をかけて執筆し刊行されたので、各巻に時間の経過と同時代からの反響の跡が残った。予定された本巻の刊行を続ける一方で、一七七四年から八九年にかけて計七巻の補遺が発行され、情報の追加、寄せられた質問への回答、論争への反論が掲載されていった。その間に第二大航海時代とも呼ばれる動きがあって、太平洋の島々、ニューカレドニア、オーストラリアのヨーロッパ人による「発見」が続き、ブーガンヴィルの『世界周航記』(一七七一年)、クック船長の『太平洋航海記』(一七七一年)ほか、ますます大量の記録と情報が寄せられた。ビュフォンは旅行記を手がかりにして、日本皇帝が外国人による蝦夷沿岸の航海を禁止しているため新海路が確立されないでいる、などと述べている。その他、タヒチ島とその美しき住民たちの自由な性風俗と長寿が伝えられて衆目を集めたりもした。

その一方で、中心であるヨーロッパの、人口が集中する都市生活の歪みがしだいに強く注目される。補遺の巻には各教区に残された結婚・出産・死亡の記録から、一七〇九年から六六年までのパリ市の人口動態表が作成され、農村における統計あるいはロンドン市との比較がある。人口動態には自然災害、都市環境の悪化、疫病だけでなく、政治や経済政策の変化もまた如実に反映されると分析され、パリには乳幼児を近郊農家に里子に出す習慣があり、二歳でパリに連れ戻されるので二歳児から四歳児の死亡率が高い、老年の死亡率も高い、などの指摘がある。パリは文明の中心であると同時に、文明の弊害が集中する場所とされている。

ビュフォンの植物園と自然誌博物館は、大作『自然誌』に描いた自然誌的世界の中心にあり、ビュフォンはパリの王立植物園と博物館から外へほとんど出ることはなく、館長室の肘掛け椅子に腰かけたままで世界全体を描写し、解説してみせた。小説家バルザックもまた「人間喜劇」世界の中心をパリに置いた。それが「人間喜劇」陳列館の「風俗研究」の階に位置する「パリ生活情景」展示室であり、カタログを参照すればわかるように、『金色の眼の娘』は「パリ生活情景」の最初に置かれている。この小説の序章である「パリの容貌（フィジオノミー）さまざま」は、作者バルザックによって、パリ全体を見渡して描いた「スペクタクル」であると説明されている。

## Ⅱ（承）バルザック的世界の中心パリ
### ――金と快楽の集中と凝縮――

バルザックは、「人間喜劇」陳列館の一階、「風俗研究」の最初の展示室である「私生活情景」は、オランダ派画家のくすんだ色調と精緻な筆致で、さまざまな家庭と家族の風俗、そして純真な青年たちの人生最初の冒険を描く、と同情景のまえがきで述べた。そこから「地方生活情景」を経て「パリ生活情景」展示室へ足を踏みこんだとたん、訪問者は色彩の過剰、誇張、極端な歪みが渦巻く光景に目がくらむ思いがするであろう。「パリ生活情景」の巻頭作品が超現実的な秘密結社「十三人組」連作であることが、この印象をつよめる。なかでも画家ドラクロワに捧げられた第三話『金色の眼の娘』は、異国趣味をとりいれた強烈な色彩で描かれたドラマチックな物語である。

とりわけこの小説の「Ⅰ　パリの容貌（フィジオノミー）さまざま」と題されたプロローグは、物語中に描かれたバルザック言うところの異常性こそが、パリという都会の本質であることを前もって証明しておこうとするかのようである。冒頭から、パリは死神が大鎌をふるって数々の生命を刈り取る広大な畑、享楽の大工場、人間がひしめく檻（おり）であり、豪華な蒸気船であるかと思えば煮え立ち燃え上がる地獄である、といった大仰な比喩が続く。

パリ住民は職業・居住地域・生活原理により、労働者・プチブルジョワ・ブルジョワ・芸術家・特権階級の五つの社会階層に分類されている。各階層がなにかしらの極端を課され、その重荷に苦しむ。最下層の労働者は過度の労働に、中層であるプチブルジョワとブルジョワは利害関係に、芸術家は競争と果てしない探求、過度の思考に、そして特権階級は過度の快楽の追求に駆り立てられる。すべての階層が歪み、傷つき、病む。

自然状態は調和しているが、人間が営む社会生活は競争によって集中を引きおこし、集中は背後に過疎と荒廃を残すため、社会状態は不均衡の激化に向かうというビュフォンの主張は、「人間喜劇」の「分析的研究」に所属すべきバルザックの未完の大作『社会生活の病理学（パトロジー）(Pathologie de la vie sociale)』(C135)がとりいれた理論でもあった。バルザックが一八三〇年に雑誌『ラ・モード』に連載した『優雅生活論』をはじめ、『歩き方の理論』『近代刺激論』が、『社会生活の病理学』の断篇として残されている。日本語版としてこれらの評論を一冊にまとめ『風俗のパトロジー』の題のもとに日本語版の出版を果たした山田登世子は、「解説」において、この本をバルザックの「まぼろしの大著」と呼んでいる(新評論、一九八二年/『風俗研究』藤原書店、一九九二年)。バルザック自身によって一冊にまとめられることはなかったこの理論書は、社会を動かす運動の原理を提示して、小説『金色の眼の娘』を背後からしっかりと支えている。小説を読んだ後に、軽妙に訳された山田登世子翻訳の理論書を読むと、風俗描写とモード分析のジャーナリストから小説家バルザックが生まれる経緯をたどることができよう。

『社会生活の病理学』の『優雅生活論』では、バルザックはまず人間全体を、(Ⅰ)働く人間の暇のない生活、(Ⅱ)思考する人間の芸術家生活、(Ⅲ)何もしない人間の優雅な生活、の大きく三つに分類した。(Ⅰ)をさらに三分類して、(1)労働者・石工・兵士は、十本の指を動かしながら全生命を譲り渡してしまう存在であるとする。革命の火種となって爆発する日以外では、増えても社会的勢力にはならない存在とされている。(2)小売り商人・下士官・代書人などは構造がすこし複雑になったもののこれも道具であり、算数に喩えれば整数ではない小数にすぎないとされる。(3)は医者・司祭・弁護士・公証人・下位法官・卸業者・官吏・将官などであって、彼らは見事に整備された機械、整数に数えられるが1にすぎないとされている。

(Ⅱ)に分類される芸術家は一種例外で、彼らにおいては無為が一種の労働、労働が一種の休息となる。究極の(Ⅲ)に分類される高級官吏・高位聖職者・将軍・大土地所有者・大臣・貴族が、優雅な生活を送ることのできる有閑者とされる。(Ⅱ)と(Ⅲ)に(Ⅰ)の三分類を合わせると五分類となり、これすなわち小説『金色の眼の娘』のプロローグに描かれる労働者、プチブルジョワ、グラン・ブルジョワ、芸術家、特権階層の五つの社会階層に他ならない。

『優雅生活論』では、階層論の後に以下のアフォリスムが置かれている。(Ⅰ)文明生活にしろ、野蛮生活にしろ、目的は休息である。(Ⅱ)絶対的休息は憂鬱(スプリーン)を生む。(Ⅲ)優雅な生活とは休息を刺激する術のことである。(Ⅳ)労働になれている人間は優雅な生活を理解することができない、である。こうして『金色の眼の娘』の主人公が伊達男でありダンディであるド・マルセーでなければならない、という前提がつくられる。

他に「化粧は社会の表現である」というアフォリスムもある。化粧に服飾も含めるなら、モードは社会の表現となるだろう。『ラ・モード』誌に連載された『優雅生活論』は、流行(モード)はフランス大革命が身分制度を廃止したことによって、産業革命が絶えず供給する新製品つまり新しさという価値が生まれてはじめて成立する、と繰り返す。そこからさらに、「優雅な生活は社会組織のもっとも厳密な演繹にもとづく」「社会の進歩を完全に理解することだけが、優雅な生活の感覚を生む」などのアフォリスムが続く。読者は小説の登場人物であるアンリ・ド・マルセーの台詞のなかに、これらのアフォリスムの反響を読むことができよう。

さて総勢二千ないし三千の登場人物たちが、カタログでは百三十七作品、実際に書かれたのは九十余りの個別作品の間を、人物再登場法により出たり入ったり動きながらつなぐのだから、建造物もまた無機質のままではありえず、それ自体、有機的で巨大な生命体のように見える。各小説作品には、いずれも読者に強烈な印象を与える主人公／女主人公と数多くの登場人物たちが存在するのであるが、「人間喜劇」全体が一つの小説世界であるのだとしたら、この全体小説に主人公がいるのか、いないのか？　いるとすれば誰なのか？

「総序」には、現実世界と同じく「人間喜劇」にも「独自の地理学、独自の家系と家門、そして独自の場所・事物・人物・出来事、さらに付け加えるなら独自の紋章学さえあって、貴族とブルジョワ、職人と農夫、政治家とダンディが存在し、軍隊がそなわっている」(本書三四頁)という文章がある。社会的身分ないし職業が列挙されているのだが、「貴族とブルジョワ」「職人と農夫」はよいとして、次にくる「政治家とダンディ」の組み合わせはいささか奇異ではないか。洒落者ダンディは身分ではないし、職業でもない。ところがバルザックの小説世界では、アンリ・ド・マルセーをはじめとする登場人物たち、王政復古期の社交界のサロンを出入りしながら優雅な生活を送っているダンディ、気障男(ファット)、あるいはファッショナブル、ライオンなどとあだ名される不良青年たちが、二十年後の七月王政期を舞台とする小説群においては、成熟した政治家として行動し、語る。彼らは時間と空間の広がりをもつ「人間喜劇」の世界を縦横無尽に動きまわり、その仕組みを知り、全体の構造を動かすこともする。

当然のことながら「政治家とダンディ」たち、言い換えるなら「政治家となるダンディ」たちは、小説から小説へと再登場する回数のもっとも多い登場人物たちである。彼らが「人間喜劇」のいわば主人公集団へと造型されてゆく経過を、もうすこし詳しくたどってみよう。

## III （転）「人間喜劇」の主人公集団ダンディたちと顕示的表象の威力

作者バルザックと風俗、流行としてのダンディスムの出合いの場は、のちに新聞王と呼ばれるにいたるジャーナリスト、エミール・ド・ジラルダン（Émile de Girardin 一八〇六—八一）が創刊した服飾雑誌であった。ジラルダンは一八二八年に、その週のうちに発刊された新聞雑誌の切り抜きを集めた、その名も『ぬすびと（*Le Voleur*）』というダイジェスト新聞のアイディアをひっさげて登場、一八二九年創刊の前記『ラ・モード——モードの雑誌、風俗のギャラリー、サロンのアルバム（*La Mode: revue des modes, galerie de moeurs, album des salons*）』は、ジラルダンの二番目の定期刊行物であった。同じ年に『ラ・シルエット（*La Silhouette*）』と題した図版の美しい諷刺雑誌を、翌年には書評と広告の週刊新聞『政治新聞誌（*Le Feuilleton des Journaux politiques*）』を発刊、いずれも斬新な企画で注目を集め、一八三六年には日刊紙『ラ・プレス（*La Presse*）』を発刊、広告料により価格を低くおさえ、一般大衆に購入可能な発行部数の多い、わたしたちが知る日刊新聞の原型を創出して新聞王と呼ばれるにいたった。

『ラ・モード』誌の場合は、発刊当時すでに服飾雑誌が十数種あった。ピエール・ド・ラ・メザンジェール(Pierre de La Mésangère 一七六一―一八三一)が、服飾誌業界の長老であって、一七九七年から『婦人とモードの雑誌(*Journal des Dames et des Modes*)』を発行してモード雑誌の原型をつくりあげていた。すなわち現在の雑誌なら巻頭のグラビア写真にあたる彩色銅版画のモード図版を一、二枚かかげ、「モード」欄にはその説明文、他に演劇紹介や社交界の話題を記す「ヴァリエテ」「メランジュ」と題する欄がある八折(やつおり)十二頁を、週一回あるいは五日ごとに発行していた。ラ・メザンジェールは、記事をほとんどひとりで執筆していた。他の服飾雑誌もラ・メザンジェールの手本に沿っており、大同小異であった。

エミール・ド・ジラルダンが創刊した雑誌『ラ・モード』は、ラ・メザンジェールの服飾雑誌を追い落とすことを目指し、その読者を横取りする意図が露骨である。ラ・メザンジェールの雑誌と同じ価格設定でありながら、ひとまわり大きな四折版、上質紙を使用、モード画の枠となっていた線を廃止し、背景に変化をつけ、モデルがとるポーズも前正面からと横からとにかぎらず、表情と身振り表現の多様化を目指した。とくに画家ポール・ガヴァルニ(Paul Gavarni 一八〇四—六六)が加わると、モード画の範疇をこえて、ドラマチックな想像を呼ぶ情景描写と言うべきものに進化、現在では『ラ・モード』の挿絵頁は版画蒐集の対象となっている。

『ラ・モード』誌は視覚に訴えるだけでなく、文章の充実という編集方針をつよく打ち出した。頁数はラ・メザンジェールの『婦人とモードの雑誌』の二、三倍にもなった。モードの説明や雑報だけではなく、短編小説を含む文芸欄、「パリ風俗」「フランス風俗」「異国風俗」といった風俗の観察欄、さらに社会現象としてのモードの分析を行う欄をつぎつぎと設けて、多様な人材を集めて執筆させた。スタール夫人、スコット、ホフマン、ゴールドスミスなど一八三〇年代の文学に影響を与えていた前世代の大作家の文章を載せるかと思うと、ノディエ、ユゴーなど同時代の大作家、サロンで名声を博していたデルフィーヌ・ゲー、また同時代の他の雑誌ですでに活躍中のジャーナリストたちに寄稿をもとめた。エミール・ド・ジラルダンは、上流貴族の私生児として生まれた自分をモデルにした小説『エミール』を一八二八年に出版していた。彼の境遇に同情する社交界の貴婦人たちの力を借りて『ラ・モード』誌のために、当時の社交界に君臨していたベリー公夫人の後援を取りつけている。後援はしかし、「モードの立法議会」と題した戯文の掲載を理由に取り消された。

ジラルダンが編集長であった時期の『ラ・モード』誌(一八二九―三一年)を通読してみると、大部分の記事を執筆したのは、のちにそれぞれの領域で有名になるのだが、当時はまだ無名に近い二十歳から三十歳過ぎまでの青年たちであることがわかる。ジラルダンは彼らにそれぞれ得意のコラムをもたせ、署名入りの記事を書かせて、短期間のうちに強力な常連寄稿者に育てた。それぞれ強い個性の持ち主であった常連寄稿者たちはまた、編集会議に加わって議論をかさね、将来の新聞王を育てたとも言えよう。彼らは共通して、読者をつよく意識し、読者の獲得を競い合った。彼らこそが、作者と読者と流通機構を含む近代ジャーナリズムの仕組みをつくりあげたのであり、ジャーナリズムという機構があってはじめて生まれる近代小説の生産と消費はこの時代に始まったのであった。

常連寄稿者とは、以下の若者たちである。ロトゥール＝メズレー(Charles Lautour-Mézeray 一八〇一―六一)はジャーナリスト、のちに児童雑誌で大成功をおさめた。イポリット・オジェ(Hippolyte Auger 一七九六―一八八一)はサン＝シモン主義者、小説家。のちに演劇批評家として知られるジュール・ジャナン(Jules Janin 一八〇四―七四)は、人目をひく題名をもつ小説『死せるロバとギロチンにかけられた女』を出版したばかり。ウジェーヌ・シュー(Eugène Sue 一八〇四―五七)は船医をやめて海洋画の個展を開いたが、ジラルダンは『ラ・モード』誌に小説『海賊ケルノック』を掲載させ、評判になった。ポール・ガヴァルニにモード画の制約をはずして彼の画才を存分に発揮させたのも、『ラ・モード』誌であった。

そして修業時代が長かったバルザックは彼らよりやや年長であり、一八二九年にオノレ・ド・バルザックの名前で最初の小説『ふくろう党』(C81)と諷刺的評論『結婚の生理学』(C134)とを出版していた。ジラルダンはのちに書く手紙のなかで、小説家はまだ狭い仲間内でしか知られておらず、『ラ・モード』誌が彼の原稿を載せた最初の雑誌であった、と証言している。バルザックは一八三〇年の一年間に、『ラ・モード』のほぼ毎号、あらゆる欄に、短編小説は本名で、評論には「『結婚の生理学』の著者」「H・B」あるいは「B」とのみ署名、仲間を絶賛紹介する「ガヴァルニ」、『優雅生活論』の連載のように、内容からしてバルザックの筆になるとわかるものの無署名の記事までを書いた。同じくジラルダン創刊の『ぬすびと』紙にバルザックは、ウジェーヌ・シュー賛美の文章を書いている。ジラルダンと常連寄稿者たちは、互いに競いながら互いの売り出しに協力する集団意識を有していた。

『ラ・モード』誌は、「ラ・メザンジェール」と題した競争相手を名指しで個人攻撃する文章を載せる。服飾誌の編集者である老人自身は時代遅れな服装をし、大通りのカフェで食事をすることなく、流行の馬車チルビュリーの乗り方を知らず、サロンの出入りも許されていないから、上流階級のサロンの出来事については何も知らない、とこき下ろした後、「私たちならこういうことは、読者であるあなたがた同様によく心得ている」などと書いて読者に目くばせを送る。

老ラ・メザンジェールは、上流階級にうやうやしく仕える御用商人の立場にいて、へりくだりの感じられる文体で服飾雑誌の記事を書いていた。対抗する『ラ・モード』誌は、「老いの特徴は新しさの欠如である」、「モードを生み出すこの新しさなる嗜好はまた、あらゆる社会階層がモードの変化を忙しく追う動機でもあるのだ」などと主張。つまり「新しさ(nouveauté)」を物神化した流行モードが命じるのだからと称して、読者に対して最初から高圧的な態度と文体をとる。「憲章なしで支配する絶対君主、ただし女王であるモードは、おかしな気まぐれから次のような記事を広める」、そのご宣託には従わなければならない、などである。高飛車な態度は、彼らがとる誘惑術の一つであった。

イギリスに始まる産業革命はフランスに及んでおり、新製品が出回る速度がしだいに加速していた。階級の服装が定められ、紋章が身分を象徴していた身分社会の崩壊が始まった大革命以後の近代生活においては、自らが身にまとう顕示的表象が重要になるという認識は、バルザックが『ラ・モード』誌に連載した『優雅生活論』にまとめられる。そこには「優雅な生活を身につけるには、社会の進歩をよくのみこんでいなければならない」と書かれている。一八三〇年の七月革命後の秋に刊行された号には、「冬には、出生による優先権と財産にもとづく特権との間に全き和解が成立することであろう。それ以上にすばらしいことには、貴族の称号も金塊も持たざる人びとが一個人としての価値に正当なる自信を抱き、羨望など軽蔑することになろう」という文章がある。バルザックと『ラ・モード』誌の仲間たちは、それぞれの個性の力で新しい特権階級にのし上がるべき自分たちであると自負していた。

『ラ・モード』は創刊号から男女両用の服飾雑誌であることを強調、モード画も、二枚挿入されるときには、一枚は必ず男性服であり、男性服モード発祥の地としてのイギリス情報を伝えていた。さしあたってダンディスムが男性服の流行の先端であった。イギリスには、伝説のダンディと呼ばれるジョージ・ブランメル(George Brummell 一七七八―一八四〇)がいた。祖父は菓子屋、父は大臣の秘書官、その息子は貴族の学校であるイートンとオックスフォードで教育をうけ、学校時代から洗練された身だしなみ、投げやりに見えながら計算しつくされた、相手の意表をつく行動によって貴族の子弟たちを圧していたという。軽騎兵団旗手となると、兵団を率いていたウェールズ公、のちのジョージ四世の特別の引き立てにより中団長となるが、地方への赴任をきらって軍職を捨て、ロンドン上流社会のサロンの人気者として生きた。サロンには賭事、乗馬などに凝って無為な時間をすごす一群の青年たちがいて、ダンディが彼らの呼び名であり、ダンディの王は、世継ぎである将来のジョージ四世ではなく、ブランメルであった。喉元高く巻いたクラヴァット、磨き上げた靴、細身のステッキなどはすべて、ブランメルが創造したと言われる。華美な服装というよりも色彩はむしろ地味、細身の身体を引きたたせる裁断など、微妙な差異による彼の自己顕示の技に心酔する若者たちが跡を絶たなかった。

フランスにおいてもダンディという語が上流社会の優雅な青年たちを指して使われ、

ダンディスムがフランス語になったのは一八三〇年からだと言われるが、中でも雑誌『ラ・モード』の果たした役割は大きかった。なお、英単語としての dandy, dandyism は、フランス語綴りでは、dandy, dandysme となる。また dandy の複数形は英語では dandies であるが、フランス語では dandys と綴ることが多い。本書では日本語としての一般表記と発音を採用する原則であるが、ここでとりあげるフランス風ダンディスムを、英国ダンディズムといささか区別するために、清音表記にした。バルザックの『優雅生活論』には、ジョージ四世と不和になってフランスに亡命したブランメルに、会見を申しこんで行なったと称するインタビュー形式の記事がある。

同誌の常連寄稿者たち自身も率先して風俗のダンディスムを実践、評判を競い合った。『優雅生活論』には、「「ダンディスム」は優雅な生活の邪道である」というアフォリスムがあるのだが、これは一般論であるよりも雑誌の常連たちのダンディスムにあてはまるのかもしれない。彼らには、正統ダンディズムなら禁じるであろう目立ちすぎの傾向があった。ロトゥール＝メズレーは当時流行の温室をもち、上着のボタン穴に白い椿の花を一輪さした姿で人目をひいた。画家ガヴァルニは優雅で魅力的な風貌の自画像で知られている。ダンディたちの姿を数多く描いた画家自身がダンディの第一人者であることは、自他ともに認めるところであった。ウジェーヌ・シューもまた容姿に恵まれ、ダンディが彼の代名詞になるような生活を送っていた。彼らが実践した風俗のダンディスムとは、イギリス趣味の服、黄色い手袋、二輪馬車、オペラ座の桟敷席、優雅にして断固とした態度等々、さらには家具に凝った住宅であった。バルザックもまた風俗のダンディスムに熱中し、二輪馬車を購入するのだが小型車が彼の肥満体をますます際立たせ、貴石をはめこんだ太い杖を見せびらかす姿は揶揄や戯画の種になった（「総序」挿絵説明、一九一―二頁参照）。

『ラ・モード』は、モード紹介欄においてはご神託のように専断的な文体で語る一方、ジュール・ジャナン、イポリット・オジェたちは「軽薄なことを真面目な文体で」、「真面目なことを軽薄な文体で書く」方針のもとに、モードを社会現象として分析することを始めた。バルザックが五回に分けて連載する『優雅生活論』はバルザックの独創というよりは、『ラ・モード』の仲間たちの集団の創作、理論的総括であった。小説『金色の眼の娘』で、主人公アンリ・ド・マルセーが優雅な生活の見習いを始めたばかりのポール・ド・マネルヴィルにむかって延々と説く優雅の理論、目の前でやってみせる化粧術やダンディたちの服装の細部の叙述の取材が、著者であるバルザックによって、いつ、どこで行われたかをこれ以上説明する必要はないであろう。

『ラ・モード』誌に協力した二年ほどの経験と、同誌に集った仲間たちの言動と夢が、バルザックに「人間喜劇」の主人公集団の造型をさせたのであった。アンリ・ド・マルセーの青春を物語る『金色の眼の娘』の舞台は一八一五年、王政復古の時代である。バルザックは、フランスにおける風俗のダンディスムの流行が、一八三〇年、立憲王政の時代からであることをよく知りながら、あえて時代考証の過ちをおかす。『金色の眼の娘』で予告するとおりに、登場人物アンリ・ド・マルセーと、ウジェーヌ・ド・ラスチニヤックほかのサロンで女性たちの視線を集めて成功するダンディたちは、選挙制度と議会のある立憲王政の時代には政界に進出し、大衆を魅惑することにより、首相になり、大臣となる。彼らはダンディ時代に身につけた、かくありたい自分を演出する外見戦略を大衆支配に応用し、成功する。制限選挙で始まるデモクラシーであるが、バルザックの現実主義的な認識は、デモクラシーがやがては普通選挙を実現させる一方で、独裁者と専制を生み、大衆を巻きこむポピュリズムをも生む未来に届くかのようである。

## Ⅳ　（結）「東洋（オリエント）」はなぜ美しいか

小説『金色の眼の娘』の女性主人公、パキータ・ヴァルデスの美しさは「東洋の詩歌（ポエジー・オリエンタル）」（本書九三頁）と表現されている。この小説が捧げられている画家ドラクロワの絵の画題を一言でまとめようとすれば、こうなるであろう。

バルザックはむろん地球が自転する球体であることを知る近代人であった。しかし現代においても、平面に開いて描かれる世界地図のほとんどが自国を地図の真ん中に置くように、「人間喜劇」の全体認識は、パリを真ん中に置いてなされた。フランス語で読みはじめるとかえって、フランス語版の世界地図では右端、極東に位置する日本列島から「人間喜劇」の世界を訪問する「わたし」を意識することになり、世界を能動的に動かそうとする「人間喜劇」の主人公たちだけでなく、彼らが自己認識の手段として客体化した「東洋」にも無関心ではいられなくなる。現実の東洋からバルザック世界を訪問する自分は、研究対象であるバルザックのテキストのなかの「東洋」とどう向き合うか。

オリエンタリズムは、かつては東洋趣味、異国趣味と翻訳されていて、エドワード・W・サイードがその著書『オリエンタリズム』(板垣雄三・杉田英明監修、今沢紀子訳、平凡社、一九八六年)のなかで与えた概念内容をもってはいなかった。サイードはその著において、十八世紀後半から十九世紀初頭にかけてドラクロワをはじめとする大勢の画家たちがオリエント風俗画を描き、視覚芸術がオリエントをエキゾチックな崇高美、官能性、恐怖、烈しいエネルギー、牧歌的悦楽の表象につくりあげたと述べている。サイードはこれを「通俗的なオリエンタリズム(東洋趣味)」(一二二頁)と呼んで、続く時代に諸科学を含む認識論が厳密につくりあげる「オリエントを支配し再構成し威圧するための西洋の様式(スタイル)」(四頁)と定義する彼自身の「オリエンタリズム」とは区別している。わたしがサイードを手がかりとして気づいたことは、二つのオリエンタリズムは、とくにバルザックの場合は、連続しているということであった。

じっさい『金色の眼の娘』は、「通俗的なオリエンタリズム」あるいは「東洋趣味」の原色絵具をこてこてに厚塗りして描きあげた絵画と言えそうな中編小説である。バルザックがハンスカ夫人への手紙のなかで自分自身の部屋をモデルにして描いたと言うピンクと白の閨房の描写、そこに置かれている家具と布は、「トルコ長椅子(ディヴァン)」「ペルシャの敷物」「インドモスリン」「黒檀のタンス」であり、そして「日本製の細長い花瓶」である。

主人公アンリ・ド・マルセーが恋の逃避行のために挙げる地名はニース、イタリアと地中海沿岸にとどまるが、彼の愛人パキータはアジアを目指そうと言う。同調するためアンリは、それならば快楽と死を追い求めて「インド諸島」へ行き、平等など忘れて奴隷の民にかしずかれた王侯の生活を送ろう、などと言ってみる。

パキータの忠実な保護者クリステミオは「白人の父と黒人の母から生まれた混血（ムラート）」で、名優タルマが演じるオセロのモデルになりそうと言われたり、人種差別的にアフリカ人、中国人（シノワ）と呼ばれる。そして金色の眼の娘であるパキータ・ヴァルデスは、「新世界のなかでは一番スペイン的なハバナの生まれ」で、パキータ・ヴァルデスの母親はグルジア生まれの女奴隷であるからして、アンリ・ド・マルセーによれば「母親によってアジア的天女の系譜につながり、ヨーロッパの教育をうけ、生まれによって熱帯地方に帰属する」美女ということになる。さらにはパキータとダッドレー侯爵夫人マルガリータのレスビアン関係は、バルザックによって「植民地の堕落した嗜好」とされる。

バルザックの「東洋」は、「西欧(オクシダント)」に対する「東洋(オリエント)」という西と東の二分法の方向性が混乱しており、むしろ世界の中心とみなされている西欧社会の縁をぐるりととりかこむ周辺というより周縁の地名が、アジアの国々だけでなく、カリブ海のアンティーユ諸島からアフリカ大陸の植民地までつめこまれている。ちなみにサイードは、バルザックの小説『あら皮』(C107)では運命的護符のアラビア文字がサンスクリットと取り違えられている(上掲書、一四三頁)と、指摘した。

『金色の眼の娘』を執筆中の一八三四、三五年に、バルザックはたびたび彼の愛読者であったウクライナのハンスカ夫人に手紙を書き送っているのだが、自ら異国の女と名乗るハンスカ夫人は、ヨーロッパの宮廷文化に共通して用いられていたフランス語で読み書きし、フランスで発行される最新の新聞雑誌に目をとおす貴婦人であると同時に、農奴に耕させる広大な領地の領主であった。ハンスカ夫人が、バルザックにとっては文明と未開のせめぎあう境界地域を生きる女性であったこともまた、多くの女性読者たちからの手紙のなかでもとくに彼の気持ちを惹きつけたにちがいない。バルザックの生涯最後の大旅行は、ウクライナへ「異国の女」を迎えに行き結婚し、彼女をパリに用意した新居に伴う目的でなされた。パリに帰りつくや死の床につき、復活することはなかった。バルザックが辺境のさらに向こうに見ていたのは、やはりアジアさらには「東洋（オリエント）」という幻想であったと思われる。

あらためてバルザック小説において「東洋（オリエント）」はなぜ美しいのか？　美のもっともわかりやすい定義が、美とはすなわち幸福の約束であるのだとしたら、「東洋の詩情（ポエジー・オリエンタル）」そのものとして描かれたパキータ・ヴァルデスがアンリ・ド・マルセーに約束したのは快楽であり、アンリはパキータを征服することにより、快楽を味わう。パキータは快楽を約束するかぎりにおいて美しかった。

「東洋（オリエント）」が約束するもう一つの幸福は、黄金、つまり資産である。最初に用意されていた題名『赤い色の眼の娘』は『金色の眼の娘』に変更された。金色に輝くパキータの眼は、小説の序章に描かれている黄金の流れ、パリの全階層の住民たちが死に物狂いで追い求める黄金を表象するからである。序章に描かれたように、黄金は下層階級の労働によって生じるが、収奪の仕組みによってしだいに上流階級へと吸い上げられてゆく。この仕組みの他に、外部から黄金と富を一挙に獲得させるのが植民地収奪であった。フランスの植民地支配と植民地経営は、十九世紀初頭にはすでに軌道にのり、フランスは新大陸、アジア、アフリカに広がる植民地の宗主国であった。

「人間喜劇」のダンディたちにはド・マルセーを頂点とする位階があるのだが、『金色の眼の娘』では、ド・マルセーの崇拝者であったポール・ド・マネルヴィルは、のちの物語においては、遺産がある郷里ボルドーに帰って地方名士におさまるはずが、結婚した相手と義母の策略により破産、もういちど財産をつくるためにボルドーから乗船してインド諸島へ、さらにコルカタ(旧称カルカッタ)へと向かう(『夫婦財産契約』C30)。アンリ・ド・マルセーが予言したとおり、ポール・ド・マネルヴィルはどこまでもポール・ド・マネルヴィルであった。しかし「人間喜劇」には、植民地で荒稼ぎして失地回復に成功する人物や、植民地で財をなした親戚の遺産がころがりこむ逸話がいくつもある。バルザックの東洋趣味は美的統一にも、品位にも欠けるかもしれないが、サイード的な意味での政治学的オリエンタリズムについては、サイードとは違って宗主国側からではあるが、オリエンタリズムの暴力的構造とその論理をよく理解していた、と言えるのではないだろうか。世界の中心は覇権争いによって移動する。中心が複数以上になることも予想される。遠い未来には中心が消滅することもあるだろうか。そのときにはバルザック世界もまた、違う読み方が可能となるにちがいない。

さて、『金色の眼の娘』の最後には、「一八三五年四月六日」の日付があるバルザックによる「〈十三人組物語〉第三話あとがき」を訳出した。この文章は、演劇の最後の幕が下りたのち、万雷の拍手とアンコール、花束や贈り物に応えて主演俳優たちが何度も深く腰を折ってご挨拶、ついには座付き作家までが呼び出されて舞台から観客席へむかって述べる口上のようである。ここでは座付き作家役を引きうけているバルザックは、「芝居の幕が下りるや、短刀で刺されて死んだはずの女優が、儚い栄光の冠をうけるべく元気に起きあがるのと同じであって、自然においては詩的結末などないものである。現在、金色の眼の娘は三十歳になり、容色はすでにかなり衰えている」と書いている。小説のなかでは世をはかなんで修道院に入るはずのサン＝レアル侯爵夫人は、なんとも時代遅れな大仰な髪型が後方席の客の観劇の邪魔になると陰口をたたかれながら、劇場のボックス前方席に座っているというではないか。「人間喜劇」の登場人物たちは舞台の俳優なのか、それとも劇場の観客なのか。バルザック魔術だと主役・脇役・観客が目まぐるしく入れ替わる。

ならば読者も、またあらためて「人間喜劇」の演劇性に注目し、自分のオペラグラスをとりだして悲劇・喜劇・惨劇を楽しむと同時に、眼鏡越しの無遠慮な視線で天井桟敷から平土間、さらには私室のような特別席の観客たちをのぞきこみ、読者同士で好き勝手な噂話を楽しむことが許されるのではないか。十九世紀の出版界、ジャーナリズムは作家と読者大衆を育成し、やがて二十世紀にいたる巨大な書籍流通の仕組みを創出するのであるが、他方で大衆は、大通りや広場の大道芸から国立劇場にいたるまでの音楽と演劇を大々的に楽しんでいた。今回の翻訳作業中には、この時代の小説や読み物には不可欠であった、木版・石版・金属版印刷・手彩・淡彩・色刷りのさまざまな挿絵を参照する機会が多かった。文字言語だけでなく演劇にも由来するであろう画像言語、映像言語の盛んな流通にも気づかされた。

## おわりに——感謝をこめて

本書の翻訳者であるわたしは、十九世紀フランスの小説家オノレ・ド・バルザックの大作「人間喜劇」を最初は日本語で、遅れてフランス語で読んできたひとりのバルザック愛読者である。世界をその全体において認識したいという欲望は大思想家の専有ではなく、むしろ幼児期に誰しもがおぼえのあるままごと遊びから始まるのかもしれない。幼児の世界認識はごく身近な事象によってかたちづくられているが、ままごと遊びに熱中する彼女／彼は、外界に接する自分とは、接しながらも別物である全体をはじめて認識し表現する感動にひたる。哲学者アランがバルザックについていう驚嘆や緊張、惹きつけてやまない関心が、ままごと遊びをし、積み木でわがままちをつくる幼児の感動と似ていると言えば哲学者からたしなめられるかもしれない。しかし、突きあげてくるものが喜びとはかぎらず、不快あるいは恐怖をも含む驚嘆としか表現できない原初的な感情であることは、両者に共通しているのではないか。わたしは中学生のとき、祖父の本棚にあった『バルザック全集』(河出書房、一九四一―四二年)を、遊びの続きのようにしてしばしば手に取った。全十六巻、怖い話も多かったのに、小説から小説へ登場人物が再登場して全体がつながる魅力に引きこまれて、なかなか本を閉じることができなかった。

やがてバルザック研究にわたしを導いてくださったのは、一九五〇年代の京都大学でバルザック論を開講しておられた生島遼一教授であった。毎回の授業ではガリ版印刷の講義資料が大量に配布され、先生は大教室の講壇の上で風呂敷包みをとき、分厚い専門書を数冊つみあげて、引用部分を読み上げられた。ある日とつぜん受講生たちにむかって、「部屋に日本製の陶磁器、花瓶が飾られているのは「人間喜劇」のどの小説か」と問い、ご自分で「『金色の眼の娘』の部屋ですよ」と解答された。講義と並行して、学外の「バルザックを読む会」が毎月の例会を開催しており、そこですでに大学院に進学した、あるいは研究者となった先輩たちの議論の場に同席する幸運に恵まれた。

わたしがバルザックを専攻したのは修士論文からである。表題は「バルザックのユートピア小説について――『田舎医者』論」(京都大学フランス文学研究室紀要『FRANCIA』六号、一九六二年)であった。修士論文には、フランス語で執筆しなければない、という試練が待っていた。政治思想的なテーマを選んだのは、当時は日本語版『マルクス・エンゲルス全集』(大月書店)の出版の一方で、初期社会主義運動あるいは空想社会主義、ユートピア社会主義といわれるフーリエ、サン＝シモンなどの紹介が始まっていたことにも起因した。『田舎医者』(C102)の主人公ベナシスが批判的に見渡す近代社会や、サン＝シモン主義的な社会改良の素朴な論理の分析を、未熟なフランス語作文でなんとか記述した。

その直後、修士論文の提出をおえた解放感もあって、半地下にある文学部図書室の書架の間を本の背表紙を眺めながら歩くうち、仏文科書架の列の隣にあった英文科書架の列に迷いこみ、皮表紙で製本された美本が並ぶ棚に出合った。本棚には上田敏文庫、と記されていた。英語の本だけでなく、フランス語、イタリア語、ドイツ語の本が多く、『海潮音』の翻訳者の文庫らしい構成であった。その棚にイギリスのダンディの王であるブランメルの評伝と、風俗のダンディズム、男性服のモードに関する本が並んでいた。ダンディという英単語を目にして、わたしが連想したのはバルザックの「人間喜劇」のなかでダンディと呼ばれている、ド・マルセーをはじめとする青年群像であった。半地下の書庫の床に陽光が射しこみ、静かな時間が流れていた。登場人物のダンディたちを、巨大な物語世界である「人間喜劇」全体の主人公集団とみなして「人間喜劇」を読み直そう、と考えはじめた瞬間であった。

それからは各作品を読むたびに、「「人間喜劇」総序」に戻って全体の構造と創作の方法の確認をすることにした。博士課程予備論文的な文章は「「人間喜劇」の方法」と題した。また、「人間喜劇」の風俗研究の六つの情景を一つずつ分析してゆく計画をたてた。「「カルヴァン派の殉教者」(「カトリーヌ・ド・メジシス」第一部について)」(『FRANCIA』七号、一九六三年)、「「人間喜劇」の「私生活場景」における「青春」の意味」(『FRANCIA』八号、一九六四年)、「「社会生活の病理学」と「パリ生活場景」の主題――パリ生活場景論(一)」(『FRANCIA』九号、一九六五年)を執筆している。その後、教師になってから勤務校の帝塚山学院大学の紀要に書いた論文は「十九世紀フランス文学におけるダンディスムの問題(一)(二)」と、留学後の「バルザックが協力した雑誌『ラ・モード』――フランス十九世紀文学とダンディスム再論(一)」(帝塚山学院大学研究論集第一、二、八輯、一九六六、六七、七三年)であった。

その間にフランス政府給費留学生(一九六七―六九年)として、当時のソルボンヌ大学に留学、日本語論文で考えたことを基盤にして、ピエール=ジョルジュ・カステックス教授の指導のもと、フランス語で論文を執筆、ソルボンヌ大学の大学博士論文として*Balzac et le dandysme*(バルザックとダンディスム)を一九六九年六月に提出、受理され、一九七七年に緑の館出版から刊行した。

この博士論文の次の一節が、フランス語の論考(Gérard Gengembre "Balzac Le Père Goriot", Magnard 1985, p. 165)に引用されているよ、と友人から教えてもらったのは数年後のことであった。「人物再登場法の発見後、バルザックはアンリ・ド・マルセーを原型とする青年たちをつぎつぎと「人間喜劇」に登場させていった。小説世界独自の空間と時間の広がりのなかで、登場人物ダンディたちは自律的な主体性を帯びるにいたる。主人公集団としてのダンディたちがくりひろげる数々の冒険は十九世紀の現実の中にいながら、神話の英雄たちの冒険に匹敵する叙事詩的規模をとるにいたる」(前掲、緑の館出版、一七〇頁から邦訳)。発信が受信されていることに気づくのが遅すぎはしたが、バルザックの登場人物ダンディたちが「人間喜劇」全体にとっての主人公集団である、という説が採用されていることを知り、うれしく思った。

それにしてもわたしが留学していた一九六〇年代は、バルザック研究史における黄金期の一つだったのではないだろうか。六八年パリ五月は、バルザック研究にも大きな波となって打ち寄せていた。ソルボンヌ大学の大講義室における荘厳な講義が急速に様変わりした。すでに近代後ともいえる大衆社会で育った若者たちが大学の雰囲気を大きく変えていた。高等研究院ではガエタン・ピコンがバルザック論を中心に置く「近代論(モデルニテ)」を、ロラン・バルトがバルザックの『サラジーヌ』を素材にして、のちに著書『S／Z』として出版される講義を行なっており、毎週の授業に出席した。ダンディスムについての研究書もまた続いて出版された。見る／見られる関係にひそむ政治性が意識され、分析されはじめたのだった。

その後、日本におけるバルザック研究も、新しい選集である『バルザック「人間喜劇」セレクション』（鹿島茂、山田登世子、大矢タカヤス責任編集、全十三巻、別巻二冊、藤原書店、一九九九年―二〇〇二年）ほかの動きを契機に大きくもりあがった。

しかし、わたしは博士論文後、バルザックを専攻する研究者にはならなかった。バルザック論を講義する大学研究職ポストにいなかった期間が長く、その間は自分のバルザック論の読者を確保する、ないしは読者を創出することが難しかった。自分がその時々にかかえる生きるための問題を、同じ問題をかかえる仲間たちとともに考えながら、女性史、女性学、ジェンダー論そして生活史研究を名乗るなど、しだいに領域横断型の研究者として仕事をするにいたった。その後のわたしの仕事は社会史研究に分類されることもあり、ニュー・ヒストリーとはたしかに共通するテーマが多かった。しかしそう評されるたびに、わたし自身はひそかに、わたしは二十世紀のアナール派史学からというより、十九世紀小説家であるバルザックから多くを学んだのですが、とつぶやいていた。

じっさい、わたしは評伝『私語り　樋口一葉』（リブロポート、一九九二年／岩波現代文庫、二〇一二年）で、日本近代においても文学作品の生産と流通と消費の仕組みがつくられた時期の博文館出版の編集者大橋乙羽と職業作家となった樋口一葉の関係を、フランスの新聞雑誌ジャーナリズムを構築したエミール・ド・ジラルダンと小説家バルザックの関係の日本型モデルとして描いた。同じく評伝『花の妹　岸田俊子伝——女性民権運動の先駆者』（京都新聞、一九八四—八五年／新潮社、一九八六年／岩波現代文庫、二〇一九年）を新聞連載小説として書いたときには、バルザックがジラルダンの編集する新聞雑誌に執筆した連載小説の枠組みを、実験的に実践するつもりがあった。京都新聞朝刊小説欄に連載途中には、バルザック同様、新聞読者から感想文と提供される資料とをつぎつぎと受け取った。作品は読者が作者に書かせるものであり、編集者が読者と作者をつなぎ、形ある本を創り出すのだと実感した。

その間に、『スタンダール全集』第二巻『パルムの僧院』（桑原武夫・生島遼一編、人文書院、一九七七年）のために、バルザックによる「ベール氏論」を翻訳した。また、もともとバルザック研究のために始めたビュフォン『自然誌』読解につぎこんだ数年を「地球と人類の発見——ビュフォンの『自然誌』」（樋口謹一編『空間の世紀』筑摩書房、一九八八年）にまとめることもしている。

このように、バルザック研究から遠ざかったり近づいたりを繰り返したわたしを原点につなぎとめてくださったのは、長い歴史をもつ関東と関西のバルザック研究会であった。一九七〇年代、八〇年代には、東京のバルザック研究会に加えていただき、このたびは関西バルザック研究会の柏木隆雄、大竹仁子両氏のご紹介で、最先端のバルザック研究者である松村博史氏に「「人間喜劇」総序」を、同じく村田京子氏に『金色の眼の娘』翻訳原稿のチェックをお願いした。両氏はわたしの翻訳原稿に真剣に向き合い、細部にいたるまで行き届いた検討をしてくださった。バルザック再論の機会に、次世代研究者と研究交流をすることによって、次々世代の読者との出会いを目指す幸福な時間を生きることができた。深く感謝するしだいである。

本書は、岩波書店の清水愛理氏が企画し、最初の相談から十年近くの年月をかけて完成した。氏の細やかなご配慮、適切な提言の数々にどんなに助けていただいたことか。おかげで翻訳の出版はつねに新しい挑戦である、と知ることができた。わたしは『金色の眼の娘』を、藤原書店版『バルザック「人間喜劇」セレクション』第十三巻に連作小説〈十三人組物語〉の第三話として訳出していた。このたびあらためて藤原良雄氏から許可をいただき、〈十三人組物語〉から抜き出した『金色の眼の娘』と「「人間喜劇」総序」を組み合わせるという試みを実現することができた。かかわってくださったすべての方々に深く感謝します。

読者には、本書が開く小さな入り口から、「人間喜劇」という全体小説の広大な世界へ歩みを進めてくださることを心から願っています。

二〇二三年夏

翻訳者　西川祐子

【編集付記】

訳者の西川祐子氏は、推敲を経た翻訳原稿を完成させ、「訳者あとがき」などの付録もすべて準備したのちに体調を崩し、校正刷りを見ることがかなわなくなった。そのため、「訳者あとがき」に記されているように、「「人間喜劇」総序」の訳稿をチェックした松村博史氏にその訳文・訳注及び「「総序」挿絵説明」を、同じく「金色の眼の娘」の訳稿をチェックした村田京子氏にその訳文・訳注を校正していただいた。また、「訳者あとがき」「「人間喜劇」カタログ一八四五年」「バルザック略年譜」は、訳者の原稿作成を補佐した石黒加那氏に校正していただいた。その他、表記の統一なども適宜行なった。

（二〇二四年五月、岩波文庫編集部）

# オノレ・ド・バルザック略年譜

**1799年**

5月20日トゥールに生まれる．父親ベルナール＝フランソワ(52歳)は当時，フランス陸軍第22師団糧秣部長であった．母親アンヌ＝シャルロット＝ロール(20歳)はパリの商家の出身．オノレは生後すぐに近郊の乳母に預けられ，4歳頃まで彼女の手で育てられる．翌1800年に誕生する妹ロール＝ソフィーもまた，同じ乳母に養育された．

**1802年**　3歳

次妹ローランス誕生．この頃より父親は貴族的な姓ド・バルザックを名乗る．

**1804年**　5歳

トゥールのル・ゲー塾の通学生となる．

**1807年**　8歳

オラトリオ修道会のヴァンドーム学院に寄宿生として入学．以後，1813年に読書に熱中するあまり夢遊病的症状を発して自宅に引き取られるまで，6年間在学．その間に弟アンリ＝フランソワ誕生．

**1814年**　15歳

夏のあいだ，トゥールのコレージュ(寄宿学校)に通い，成績優秀で表彰される．父の転勤にともない，一家はパリのマレ地区(40, rue du Temple，現122, rue du Temple［地図参照］)に移り住み，オノレはルピートル学院に入寮．翌年ガンセール学院に転校．

**1816年**　17歳

代訴人事務所の見習い書記となる．パリ大学法学部に入学し，文学部の講義も聴講する．博物館でキュヴィエやサン＝ティレールの講義を聴く．

**1819年**　20歳

法学バカロレア試験に合格．夏，父の退職にともない，一家はパリ近郊のヴィルパリジに移るが，オノレはパリのバスチーユ広場に近いレディギエール通り(9, rue Lesdiguières［地図参照］)の屋根裏部屋で文学修行を始める．父の弟ルイ・バルッサ，少女暴行殺人の廉で死刑となる．

**1820年**　21歳

韻文形式の悲劇「クロムウェル」を完成させるも，家族会議では不評，小説執筆へ向かう．屋根裏部屋を引き払い，家族のもとへ戻る．

**1822年**　22歳

ヴィルパリジの実家の向かいに住むロール・ド・ベルニー夫人から娘たちの家庭教師を頼まれ，この年，夫人と恋愛関係になる．この頃よりいわゆる初期作品を多数執筆し，刊行もするが，成功にいたらず．10月末，一家でパリに移る．

**1825年**　26歳

ベルニー夫人らに出資を仰ぎ，出版業を始める．ローラ・ジュノー・ダブランテス公爵夫人と恋愛．次妹ローランス死去．

**1826年**　27歳

印刷業，翌1827年には活字鋳造業を始める．

**1828年** 29歳

全事業に失敗し，多額の債務を負う．ベルニー夫人が負債を肩代わりし，オノレの母親が借金の返済義務を負う．4月，債権者の手を逃れ，パリの天文台近く，カッシーニ通り(1, rue Cassini［地図参照］)に部屋を借りる．

**1829年** 30歳

父ベルナール＝フランソワ死去(享年83)．『ふくろう党』(C81)および『結婚の生理学』(C134)を出版，好評．前年に，新聞雑誌の切り抜きを集めたダイジェスト新聞『ぬすびと(*Le Voleur*)』を創刊したエミール・ド・ジラルダンが，モード雑誌『ラ・モード(*La Mode*)』，諷刺画雑誌『ラ・シルエット(*La Silhouette*)』を発行．オノレは「『結婚の生理学』の著者」，貴族風を気取って「オノレ・ド・バルザック」，「H. B.」などと署名した，あるいは署名なしの多数の評論，小説を諸雑誌に寄稿，上流階級のサロンに出入りし，ジャーナリスト仲間とともに風俗のダンディスムを実践．服飾，家具，馬車，社交，観劇，などに膨大な出費．この頃，夜遅くの帰宅が難しいためグラン・ブールバール近くに部屋を借りたが，すぐに家賃を払えなくなって追い出されたらしい．

**1830年** 31歳

諸雑誌への寄稿と小説集『私生活情景』(「ラ・ヴァンデッタ」「ゴプセック」「ソーの舞踏会」「鞠打つ猫の店」「二重家庭」「家庭の平和」の6編)の出版．7月革命勃発時には，ベルニー夫人とトゥールの近く，バルザック小説の舞台ともなったざくろ屋敷に滞在していた．

**1831年　32歳**

『あら皮』(C107),『知られざる傑作』(C111)などを刊行し,作家としての名声が高まる.カストリー侯爵夫人から匿名のファンレター.作家ソフィ・ゲーの娘デルフィーヌとジラルダンとの結婚の立会人を務める.『あら皮』と12の短編を収めた『哲学小説集』出版.

**1832年　33歳**

ウクライナのオデッサから「異国の女」と署名のある手紙を受け取る.住所のないその手紙に対し,バルザックは新聞広告で返答,文通が始まる.カストリー夫人の歓心を得るためと言われるが,リベラル派から正統王朝派に転向.『私生活情景』第2版,『艶笑滑稽譚』第1集,『新哲学小説集』などを出版.

**1833年　34歳**

9月,スイスのヌシャテルで「異国の女」エヴェリーナ(エーヴ)・ハンスカ夫人と会う.12月,ジュネーヴで彼女と再会.『田舎医者』(C102)などを出版.「私生活情景」「地方生活情景」「パリ生活情景」からなる「19世紀風俗研究」12巻の出版契約を結ぶ.

**1834年　35歳**

ジュネーヴでのハンスカ夫人との「忘れ得ぬ日」を経て,恋愛関係と文通が始まる.「19世紀風俗研究」に『金色の眼の娘』(C52)の第1章を執筆.

**1835年　36歳**

債権者の追及をさけて,カッシーニ通りの他にシャイヨ(13, rue des Batailles[地図参照],現 avenue d'Iéna)に住ま

いを借りる．「人物再登場法」を適用した『ペール・ゴリオ』(C26)の成功は，同手法によって作品と作品を有機的につないで社会全体を描き出す壮大な構想へとふくらむ．フェリックス・ダヴァンの序文を付して，5月，「19世紀風俗研究」叢書を再刊，『金色の眼の娘』の第2章と第3章，〈十三人組物語〉第3話あとがきが含まれ，同書は現在のかたちとなる．

**1836年** 37歳

国民軍就役不履行のため1週間の禁固．6月，ベルニー夫人に捧げる『谷間の百合』を出版．7月27日，夫人死去．

**1837年** 38歳

イタリア，スイスに滞在．セーヴルの通称「レ・ジャルディ」に家付き地所を買うも，業者と紛糾し，1840年に差し押さえられ手放す．『幻滅』(C49)第1部を刊行．

**1838年** 39歳

イタリアのサルディニア島の銀山採掘事業に乗り出すが失敗．『しびれえい』(のちに『娼婦の栄光と悲惨』(C59)の第1部となる)などを刊行．文芸家協会会員となる．

**1839年** 40歳

文芸家協会の会長に選出される．『骨董室』(C47)など新聞連載小説を単行本として出版．旧知の公証人セバスチャン・ブノワ・ペイテルが妻殺害の罪で死刑を宣告され，画家ガヴァルニとともにペイテル冤罪の運動をするも，処刑される．

**1840年** 41歳

月刊誌『ルヴュ・パリジェンヌ(*Revue Parisienne*)』を創

刊するが3号で廃刊，最終号に「ベイル氏論」と題した長文のスタンダール論を掲載した．パッシー(19 rue Basse, 現 Rue Raynouard のバルザック記念館 Maison de Balzac［地図参照］)に転居．『ヴォートラン』初演，しかし，たびたび上演禁止にあう．

**1841年**　42歳

文芸家協会名誉会長に選ばれ，著作権の問題に尽力．フュルヌ，エッツェルら4人の出版業者と「人間喜劇」の出版契約を結ぶ．11月，ハンスカ夫人の夫ハンスキ伯爵が死去．新聞連載小説を多数かかえる．

**1842年**　43歳

6月，「人間喜劇」の刊行はじまる．7月，「総序」を完成し，購読予約者に配布．

**1843年**　44歳

ハンスカ夫人に求婚するためサンクト・ペテルスブルクへ長旅．慢性髄膜炎を発症．新聞連載つづく．

**1844年**　45歳

ハンスカ夫人との結婚生活のため新居購入を考える．骨董品蒐集．黄疸，神経痛に苦しむ．新聞連載小説，その出版，そして「人間喜劇」の刊行がつづく．

**1845年**　46歳

「人間喜劇」のカタログ(総目録)作成．ハンスカ夫人と長期旅行．

**1846年**　47歳

6月，ハンスカ夫人から妊娠したとの一報を受け，大感激する．フォルチュネ通り(14, rue Fortunée［地図参照］，現

rue Balzac)に家を購入．8月，「人間喜劇」全16巻(フュルヌ版)の完結．10月，『ラ・プレス』紙に「総序」を一部修正して掲載．12月，ハンスカ夫人がドレスデンで流産との報届き，落胆はなはだしく，しばらく筆を持てなくなる．

**1847年**　48歳

ハンスカ夫人をパリに伴い，名を秘して住まわせる．5月，夫人をフランクフルトまで送る．6月，彼女を全財産の相続人とする遺言状を作成．『従妹ベット』『従兄ポンス』を刊行．

**1848年**　49歳

二月革命勃発．チュイルリー宮略奪の現場に居合わせる．最初の心臓病発作．9月，ハンスカ夫人を訪ねてウクライナへ．11月，『従姉ベット』『従兄ポンス』を「人間喜劇」の補遺(第17巻)として刊行．アカデミー・フランセーズに立候補を考えるも，翌年の選挙で落選．

**1849年**　50歳

5月にハンスカ夫人とキエフに出かけたほかは，この年はずっとウクライナに滞在する．心臓発作，高熱，神経痛などに苦しみ，体調悪化．

**1850年**　51歳

3月，ウクライナでハンスカ夫人と結婚．5月，ともにパリへ帰るが，留守を預かる使用人が精神に異常をきたしていて，錠前屋に鍵を開けさせる騒ぎとなる．オノレ・ド・バルザックの病は重く，そのまま病床につき，8月18日夜11時半に死去．享年51．ペール＝ラシェーズ墓地の埋

葬にはユゴー，デュマ，サント＝ブーヴなどが付き添い，ユゴーが追悼演説を行なった．エーヴ・バルザック夫人は夫の死後，「人間喜劇」の出版ほかの事業をなし，1882年に81歳で亡くなった．

（バルザック研究会ホームページ掲載のバルザック年譜を参照して作成）

# 「人間喜劇」カタログ1845年

本カタログは，バルザックが1845年に作成した「人間喜劇」に入れるべき作品の一覧で，プレイアド版「人間喜劇」第1巻(Honoré de Balzac, *La Comédie humaine*, Gallimard, « Bibliothèque de la Pléiade », t. 1, 1979)所収のCatalogue de 1845(p. CXXIV)に基づき，タイトルの表記は現在の慣例に従った．1850年のバルザックの死にいたるまでに追加された作品は，カタログのしかるべき場所に＊を付けて記入した．また計画のみで執筆されなかった，あるいは完成されなかった作品には(　)を付した．所属の変更は→で示し，2作品ないし3作品が連作となった場合は連作題名を〈　〉内に記し，連作としてまとめられた個別作品の番号を[　]で示した．

日本語版バルザック全集ないし選集としては，『バルザック全集』全16巻(河出書房，1941–43？年)，『バルザック全集』全26巻(東京創元社，1973–76年)，『バルザック「人間喜劇」セレクション』全13巻，別巻2(藤原書店，1999–2002年)，『バルザック幻想・怪奇小説選集』全5巻(水声社，2007年)，『バルザック芸術／狂気小説選集』全4巻(水声社，2010年)などがあり，その他に単行本，文庫本での翻訳も幾つもある．邦題は現在通行するものを示し，底本の原題つまりフランス語題名を添えた．

**第Ⅰ部　風俗研究**　ÉTUDES DE MŒURS（6 情景）

［1］　私生活情景　　*Scènes de la vie privée*
（全 4 巻，第 1–4 巻）

［2］　地方生活情景　*Scènes de la vie de province*
（全 4 巻，第 5–8 巻）

［3］　パリ生活情景　*Scènes de la vie parisienne*
（全 4 巻，第 9–12 巻）

［4］　政治生活情景　*Scènes de la vie politique*
（全 3 巻，第 13–15 巻）

［5］　軍隊生活情景　*Scènes de la vie militaire*
（全 4 巻，第 16 –19 巻）

［6］　田園生活情景　*Scènes de la vie de campagne*
（全 2 巻，第 20 –21 巻）

**第Ⅱ部　哲学的研究**　ÉTUDES PHILOSOPHIQUES
（全 3 巻，第 22–24 巻）

**第Ⅲ部　分析的研究**　ÉTUDES ANALYTIQUES
（全 2 巻，第 25–26 巻）

## 第Ⅰ部　風俗研究

### ［1］　私生活情景

（1『子どもたち　*Les Enfants*』）
（2『女子寄宿学校　*Un pensionnat de demoiselles*』）
（3『寄宿学校内　*Intérieur de collège*』）
4『毬打つ猫の店　*La Maison du chat-qui-pelote*』
5『ソーの舞踏会　*La Bal de Sceaux*』

6『二人の若妻の手記　*Mémoires de deux jeunes mariées*』
7『財布　*La Bourse*』
8『モデスト・ミニョン　*Modeste Mignon*』
9『人生の門出　*Un début dans la vie*』
10『アルベール・サヴァリュス　*Albert Savarus*』
11『ラ・ヴァンデッタ　*La Vendetta*』
12『二重家庭　*Une double famille*』
13『家庭の平和　*La Paix du ménage*』
14『マダム・フィルミアニ　*Madame Firmiani*』
15『女性研究　*Étude de femme*』
16『偽りの愛人　*La Fausse Maîtresse*』
17『イヴの娘　*Une fille d'Ève*』
18『シャベール大佐　*Le Colonel Chabert*』
19『ことづて　*Le Message*』
20『ざくろ屋敷　*La Grenadière*』
21『捨てられた女　*La Femme abandonnée*』
22『オノリーヌ　*Honorine*』
23『ベアトリクス　*Béatrix ou les Amours forcées*』
24『ゴプセック　*Gobseck*』
25『三十女　*La Femme de trente ans*』
26『ペール・ゴリオ　*Le Père Goriot*』
27『ピエール・グラスー　*Pierre Grassou*』→ パリ生活情景
28『無神論者のミサ　*La Messe de l'athée*』
29『禁治産　*L'Interdiction*』
30『夫婦財産契約　*Le Contrat de mariage*』
(31『婿と姑　*Gendres et belles-mères*』)

32『続女性研究　*Autre étude de femme*』

**［2］　地方生活情景**

33『谷間の百合　*Le Lys dans la vallée*』→ 田園生活情景

34『ユルシュール・ミルエ　*Ursule Mirouët*』

35『ウジェニー・グランデ　*Eugénie Grandet*』

〈**独身者たち**　LES CÉLIBATAIRES〉[36–38]

36『ピエレット　*Pierrette*』

37『トゥールの司祭　*Le Curé de Tours*』

38『ラ・ラブイユーズ　*Un ménage de garçon en province* のちに *La Rabouilleuse*』

〈**地方でのパリ人**　LES PARISIENS EN PROVINCE〉[39–43]

39『名高きゴディサール　*L'Illustre Gaudissart*』

（40『皺の寄った人びと　*Les Gens ridés*』）

41『田舎のミューズ　*La Muse du département*』

（42『旅する女優　*Une actrice en voyage*』）

（43『上流の女　*La Femme supérieure*』）

（〈**宿敵たち**　LES RIVALITÉS〉[44–46]）

（44『変わり者　*L'Original*』）

（45『ボアルージュの相続人たち　*Les Héritiers Boirouge*』）

46『老嬢　*La Vieille Fille*』

〈**パリでの地方人**　LES PROVINCIAUX À PARIS〉[47–48]

47『骨董室　*Le Cabinet des Antiques*』

（48『ジャック・ド・メス　*Jacques de Metz*』）

49『幻滅　*ILLUSIONS PERDUES*』

第 1 部 二人の詩人　Les Deux Poètes
第 2 部 パリにおける田舎の偉人　Un grand homme de province à Paris
第 3 部 発明家の苦悩　Les Souffrances de L'inventeur

**［3］ パリ生活情景**

〈**十三人組物語**　HISTOIRE DES TREIZE〉［50–52］
50 第 1 話『フェラギュス　*Ferragus*』
51 第 2 話『ランジェ公爵夫人　*La Duchesse de Langeais*』
52 第 3 話『金色の眼の娘　*La Fille aux yeux d'or*』
53『平役人　*Les Employés*』
54『サラジーヌ　*Sarrasine*』
55『セザール・ビロトーの栄枯盛衰　*Grandeur et décadence de César Birotteau*』
56『ニュシンゲン商会　*La Maison Nucingen*』
57『ファチーノ・カーネ　*Facino Cane*』
58『カディニャン公妃の秘密　*Les Secrets de la princesse de Cadignan*』
59『娼婦の栄光と悲惨　*Splendeurs et misères des courtisanes*』
60『ヴォートラン 最後の化身　*Dernière incarnation de Vautrin*』（のちに『娼婦の栄光と悲惨』の第 4 部となる）
（61『病院と民衆　*Les Grands, l'hôpital et le peuple*』）
62『ボエームの王　*Un prince de la bohème*』
63『知らぬが仏の喜劇役者　*Les Comiques sérieux* のちに *Les Comédiens sans le savoir*』

(64『フランス的おしゃべり見本集　*Échantillons de causeries françaises*』)
(65『裁判所の光景　*Une vue du palais*』)
66『プチ・ブルジョワ　*Les Petits Bourgeois*』
(67『学者仲間　*Entre savants*』)
(68『役者稼業　*Le Théâtre comme il est*』)
(69『慰めの同志　*Les Frères de la Consolation*』)
*『ピエール・グラスー　*Pierre Grassou*』
***〈貧しき縁者たち　LES PARENTS PAUVRES〉**
*第 1 話『従妹ベット　*La Cousine Bette*』
*第 2 話『従兄ポンス　*Le Cousin Pons*』
*『実業家　*Un homme d'affaires*』
*『ゴディサールⅡ　*Gaudissart II*』
*『現代史の裏面　*L'Envers de l'histoire contemporaine*』

### ［4］　政治生活情景

70『恐怖時代の一挿話　*Un épisode sous la Terreur*』
(71『歴史と小説　*L'Histoire et le roman*』)
72『暗黒事件　*Une ténébreuse affaire*』
(73『二人の野心家　*Les Deux Ambitieux*』)
(74『大使館員　*L'Attaché d'ambassade*』)
(75『大臣になるには　*Comment on fait un ministère*』)
76『アルシの代議士　*Le Député d'Arcis*』(没後出版)
77『Z・マルカス　*Z. Marcas*』

### ［5］ 軍隊生活情景

（78『共和国の兵士　*Les Soldats de la République*（全3話）』）

（79『開戦　*L'Entrée en campagne*』）

（80『ヴァンデ党の人びと　*Les Vendéens*』）

81『ふくろう党　*Les Chouans*』

（〈エジプトでのフランス人　LES FRANÇAIS EN ÉGYPTE〉［82–84］）

（82　第1話『予言者　*Le Prophète*』）

（83　第2話『パシャ　*Le Pacha*』）

84　（第3話）『砂漠の情熱　*Une passion dans le désert*』

（85『移動軍隊　*L'Armée roulante*』）

（86『執政親衛隊　*La Garde consulaire*』）

（87〈ウィーン体制下　SOUS VIENNE〉第1部『戦闘　*Un combat*』，第2部『軍隊包囲さる　*L'Armée assiégée*』，第3部『ワグラム平原　*La Plaine de Wagram*』）

（88『宿の主人　*L'Aubergiste*』）

（89『スペインのイギリス人　*Les Anglais en Espagne*』）

（90『モスクワ　*Moscou*』）

（91『ドレスデンの戦い　*La Bataille de Dresde*』）

（92『落伍者　*Les Traînards*』）

（93『パルチザン　*Les Partisans*』）

（94『巡航艦隊　*Une croisière*』）

（95『廃船利用兵営　*Les Pontons*』）

（96『フランスの戦場　*La Campagne de France*』）

（97『最後の戦い　*Le Dernier Champ de bataille*』）

（98『エミール　*L'Émir*』）

(99『半島　*La Pénissière*』)
(100『アルジェリアの海賊　*Le Corsaire algérien*』)

### [6]　田園生活情景

101『農民　*Les Paysans*』(没後出版)
102『田舎医者　*Le Médecin de campagne*』
(103『治安判事　*Le Juge de paix*』)
104『村の司祭　*Le Curé de village*』
(105『パリ近郊　*Les Environs de Paris*』)
*『谷間の百合　*Le Lys dans la vallée*』

## 第Ⅱ部　哲学的研究

(106『現代のパイドン　*Le Phédon d'aujourd'hui*』)
107『あら皮　*La Peau de chagrin*』
108『フランドルのキリスト　*Jésus-Christ en Flandre*』
109『神と和解したメルモス　*Melmoth réconcilié*』
110『マシミルラ・ドニ　*Massimilla Doni*』
111『知られざる傑作　*Le Chef-d'œuvre inconnu*』
112『ガンバラ　*Gambara*』
113『絶対の探求　*Balthasar Claës ou la Recherche de l'Absolu*』
(114『裁判長フリト　*Le Président Fritot*』)
(115『博愛家　*Le Philanthrope*』)
116『呪われた子　*L'Enfant maudit*』
117『アデュー　*Adieu*』

118『マラナ　*Les Marana*』
119『徴募兵　*Le Réquisitionnaire*』
120『エル・ヴェルデュゴ　*El Verdugo*』
121『海辺の悲劇　*Un drame au bord de la mer*』
122『コルネリウス卿　*Maître Cornélius*』
123『赤い宿屋　*L'Auberge rouge*』
〈**カトリーヌ・メディシス**　Sur Catherine de Médicis〉[124-126]
124『カルヴァン教徒の殉教　*Le Martyr calviniste*』
125『リュッジエリの告白　*La Confession des Ruggieri*』
126『二つの夢　*Les Deux Rêves*』
(127『新アベラール　*Le Nouvel Abeilard*』)
128『不老長寿の薬　*L'Élixir de longue vie*』
(129『あるイデーの生と冒険　*La Vie et les aventures d'une idée*』)
130『追放者　*Les Proscrits*』
131『ルイ・ランベール　*Louis Lambert*』
132『セラフィタ　*Séraphîta*』

## 第Ⅲ部　分析的研究

(133『教育者団の解剖学　*Anatomie des corps enseignants*』)
134『結婚の生理学　*Physiologie du mariage*』
135『社会生活の病理学　*Pathologie de la vie sociale*』
(136『美徳のモノグラフィー　*Monographie de la vertu*』)
(137『十九世紀の美点に関する哲学的・政治的対話　*Dia-*

*logue philosophique et politique sur les perfections du XIX^e siècle*』)

*『結婚生活のささやかな不幸　*Petites misères de la vie conjugale*』

「人間喜劇」総序・金色の眼の娘
バルザック作

2024年6月14日　第1刷発行

訳　者　西川祐子

発行者　坂本政謙

発行所　株式会社 岩波書店
〒101-8002 東京都千代田区一ツ橋 2-5-5

案内 03-5210-4000　営業部 03-5210-4111
文庫編集部 03-5210-4051
https://www.iwanami.co.jp/

印刷・理想社　カバー・精興社　製本・中永製本

ISBN 978-4-00-375091-9　Printed in Japan

# 読書子に寄す

——岩波文庫発刊に際して——

岩波茂雄

真理は万人によって求められることを自ら欲し、芸術は万人によって愛されることを自ら望む。かつては民を愚昧ならしめるために学芸が最も狭き堂宇に閉鎖されたことがあった。今や知識と美とを特権階級の独占より奪い返すことはつねに進取的なる民衆の切実なる要求である。岩波文庫はこの要求に応じそれに励まされて生まれた。それは生命ある不朽の書を少数者の書斎と研究室とより解放して街頭にくまなく立たしめ民衆に伍せしめるであろう。近時大量生産予約出版の流行を見る。その広告宣伝の狂態はしばらくおくも、後代にのこすと誇称する全集がその編集に万全の用意をなしたるか。千古の典籍の翻訳企図に敬虔の態度を欠かざりしか。さらに分売を許さず読者を繋縛して数十冊を強うるがごとき、はたしてその揚言する学芸解放のゆえんなりや。吾人は天下の名士の声に和してこれを推挙するに躊躇するものである。このときにあたって、岩波書店は自己の責務のいよいよ重大なるを思い、従来の方針の徹底を期するため、すでに十数年以前より志して来た計画を慎重審議この際断然実行することにした。吾人は範をかのレクラム文庫にとり、古今東西にわたって文芸・哲学・社会科学・自然科学等種類のいかんを問わず、いやしくも万人の必読すべき真に古典的価値ある書をきわめて簡易なる形式において逐次刊行し、あらゆる人間に須要なる生活向上の資料、生活批判の原理を提供せんと欲する。この文庫は予約出版の方法を排したるがゆえに、読者は自己の欲する時に自己の欲する書物を各個に自由に選択することができる。携帯に便にして価格の低きを最主とするがゆえに、外観を顧みざるも内容に至っては厳選最も力を尽くし、従来の岩波出版物の特色をますます発揮せしめようとする。この計画たるや世間の一時の投機的なるものと異なり、永遠の事業として吾人は微力を傾倒し、あらゆる犠牲を忍んで今後永久に継続発展せしめ、もって文庫の使命を遺憾なく果たさしめることを期する。芸術を愛し知識を求むる士の自ら進んでこの挙に参加し、希望と忠言とを寄せられることは吾人の熱望するところである。その性質上経済的には最も困難多きこの事業にあえて当たらんとする吾人の志を諒として、その達成のため世の読書子とのうるわしき共同を期待する。

昭和二年七月

## 《ドイツ文学》〔赤〕

ニーベルンゲンの歌 全二冊 — 相良守峯訳
若きウェルテルの悩み — ゲーテ 竹山道雄訳
ヴィルヘルム・マイスターの修業時代 全三冊 — ゲーテ 山崎章甫訳
イタリア紀行 全三冊 — ゲーテ 相良守峯訳
ファウスト 全二冊 — ゲーテ 相良守峯訳
ゲーテとの対話 全三冊 — エッカーマン 山下肇訳
スペインの太子 ドン・カルロス — シルレル 佐藤通次訳
ヒュペーリオン —希臘の世捨人 — ヘルデルリーン 渡辺格司訳
青い花 — ノヴァーリス 青山隆夫訳
夜の讃歌・サイスの弟子たち 他一篇 — ノヴァーリス 今泉文子訳
完訳 グリム童話集 全五冊 — 金田鬼一訳
黄金の壺 — ホフマン 神品芳夫訳
ホフマン短篇集 — 池内紀編訳
影をなくした男 — シャミッソー 池内紀訳
流刑の神々・精霊物語 — ハイネ 小沢俊夫訳
ブリギッタ・森の泉 他一篇 — シュティフター 宇多五郎 高安国世訳

みずうみ 他四篇 — シュトルム 関泰祐訳
村のロメオとユリア — ケラー 草間平作訳
沈鐘 — ハウプトマン 阿部六郎訳
地霊・パンドラの箱 ルル二部作 — F・ヴェデキント 岩淵達治訳
春のめざめ — F・ヴェデキント 酒寄進一訳
花・死人に口なし 他七篇 — シュニッツラー 番匠谷英一 山本有三訳
ゲオルゲ詩集 — 手塚富雄訳
リルケ詩集 — 高安国世訳
ドゥイノの悲歌 — リルケ 手塚富雄訳
ブッデンブローク家の人びと 全三冊 — トーマス・マン 望月市恵訳
トオマス・マン短篇集 — 実吉捷郎訳
魔の山 全二冊 — トーマス・マン 関泰祐 望月市恵訳
トニオ・クレエゲル — トオマス・マン 実吉捷郎訳
ヴェニスに死す — トオマス・マン 実吉捷郎訳
講演集 ドイツとドイツ人 他五篇 — トーマス・マン 青木順三訳
講演集 リヒァルト・ヴァーグナーの苦悩と偉大 他一篇 — トーマス・マン 青木順三訳
車輪の下 — ヘルマン・ヘッセ 実吉捷郎訳

デミアン — ヘルマン・ヘッセ 実吉捷郎訳
シッダルタ — ヘッセ 手塚富雄訳
ルーマニア日記 — カロッサ 高橋健二訳
幼年時代 — カロッサ 斎藤栄治訳
ジョゼフ・フーシェ —ある政治的人間の肖像 — シュテファン・ツワイク 高橋禎二 秋山英夫訳
変身・断食芸人 — カフカ 山下肇 山下萬里訳
審判 — カフカ 辻瑆訳
カフカ短篇集 — 池内紀編訳
カフカ寓話集 — 池内紀編訳
ドイツ炉辺ばなし集 —カレンダーゲシヒテン — ヘーベル 木下康光編訳
ウィーン世紀末文学選 — 池内紀編訳
チャンドス卿の手紙 他十篇 — ホフマンスタール 檜山哲彦訳
ホフマンスタール詩集 — 川村二郎訳
ドイツ名詩選 — 生野幸吉 檜山哲彦編
聖なる酔っぱらいの伝説 他四篇 — ヨーゼフ・ロート 池内紀訳
暴力批判論 他十篇 —ベンヤミンの仕事1 — ベンヤミン 野村修編訳
ボードレール 他五篇 —ベンヤミンの仕事2 — ベンヤミン 野村修編訳

パサージュ論　全五冊　ヴァルター・ベンヤミン　今村仁司・三島憲一・大貫敦子・高橋順一・塚原史・細見和之・村岡晋一・山本尤・横張誠・與謝野文子・吉村和明訳
ジャクリーヌと日本人　ヤーコプ　相良守峯訳
ヴォイツェク ダントンの死 レンツ　ビューヒナー　岩淵達治訳
人生処方詩集　エーリヒ・ケストナー　小松太郎訳
終戦日記一九四五　エーリヒ・ケストナー　酒寄進一訳
第七の十字架　全二冊　アンナ・ゼーガース　山下肇・新村浩訳

## 《フランス文学》〔赤〕

ラブレー第一之書 ガルガンチュワ物語　渡辺一夫訳
ラブレー第二之書 パンタグリュエル物語　渡辺一夫訳
ラブレー第三之書 パンタグリュエル物語　渡辺一夫訳
ラブレー第四之書 パンタグリュエル物語　渡辺一夫訳
ラブレー第五之書 パンタグリュエル物語　渡辺一夫訳
ピエール・パトラン先生　渡辺一夫訳
エセー　全六冊　モンテーニュ　原二郎訳
ラ・ロシュフコー箴言集　二宮フサ訳
ブリタニキュス ベレニス　ラシーヌ　渡辺守章訳
ドン・ジュアン ―石像の宴　モリエール　鈴木力衛訳
いやいやながら医者にされ　モリエール　鈴木力衛訳
守銭奴　モリエール　鈴木力衛訳
完訳 ペロー童話集　新倉朗子訳
ラ・フォンテーヌ寓話　全二冊　ラ・フォンテーヌ　今野一雄訳
カンディード 他五篇　ヴォルテール　植田祐次訳
ルイ十四世の世紀　全四冊　ヴォルテール　丸山熊雄訳

美味礼讃　全二冊　ブリア＝サヴァラン　関根秀雄・戸部松実訳
近代人の自由と古代人の自由・征服の精神と簒奪 他一篇　コンスタン　堤林剣・堤林恵訳
恋愛論　全二冊　スタンダール　杉本圭子訳
赤と黒　全二冊　スタンダール　桑原武夫・生島遼一訳
ゴプセック・毬打つ猫の店　バルザック　芳川泰久訳
艶笑滑稽譚　全三冊　バルザック　石井晴一訳
レ・ミゼラブル　全四冊　ユーゴー　豊島与志雄訳
ライン河幻想紀行　ユーゴー　榊原晃三編訳
ノートル＝ダム・ド・パリ　全二冊　ユーゴー　辻昶・松下和則訳
モンテ・クリスト伯　全七冊　アレクサンドル・デュマ　山内義雄訳
三銃士　全二冊　デュマ　生島遼一訳
カルメン　メリメ　杉捷夫訳
愛の妖精（プチット・ファデット）　ジョルジュ・サンド　宮崎嶺雄訳
ボオドレール 悪の華　鈴木信太郎訳
感情教育　全二冊　フローベール　生島遼一訳
紋切型辞典　フローベール　小倉孝誠訳
サラムボー　全二冊　フローベール　中條屋進訳

未来のイヴ 全二冊　ヴィリエ・ド・リラダン　渡辺一夫訳
風車小屋だより　ドーデー　桜田佐訳
サ　フ　ォ ―パリ風俗　ドーデ　朝倉季雄訳
プチ・ショーズ ―ある少年の物語　ドーデ　原千代海訳
少年少女　アナトール・フランス　三好達治訳
テレーズ・ラカン 全二冊　エミール・ゾラ　小林正訳
ジェルミナール 全三冊　エミール・ゾラ　安士正夫訳
獣人 全二冊　エミール・ゾラ　川口篤訳
氷島の漁夫　ピエール・ロチ　吉氷清訳
マラルメ詩集　渡辺守章訳
脂肪のかたまり　モーパッサン　高山鉄男訳
メゾンテリエ 他三篇　モーパッサン　河盛好蔵訳
モーパッサン短篇選　高山鉄男編訳
わたしたちの心　モーパッサン　笠間直穂子訳
地獄の季節　ランボオ　小林秀雄訳
対訳 ランボー詩集 ―フランス詩人選(1)　中地義和編
にんじん　ルナアル　岸田国士訳

ジャン・クリストフ 全四冊　ロマン・ローラン　豊島与志雄訳
ベートーヴェンの生涯　ロマン・ロラン　片山敏彦訳
ミレー　ロマン・ロラン　蛯原徳夫訳
フランシス・ジャム詩集　手塚伸一訳
三人の乙女たち　フランシス・ジャム　手塚伸一訳
狭き門　アンドレ・ジイド　川口篤訳
法王庁の抜け穴　アンドレ・ジイド　石川淳訳
モンテーニュ論　アンドレ・ジイド　渡辺一夫訳
ムッシュー・テスト　ポール・ヴァレリー　清水徹訳
精神の危機 他十五篇　ポール・ヴァレリー　恒川邦夫訳
ドガ ダンス デッサン　ポール・ヴァレリー　塚本昌則訳
シラノ・ド・ベルジュラック　ロスタン　辰野隆・鈴木信太郎訳
地底旅行　ジュール・ヴェルヌ　朝比奈弘治訳
八十日間世界一周　ジュール・ヴェルヌ　鈴木啓二訳
海底二万里 全二冊　ジュール・ヴェルヌ　朝比奈美知子訳
死霊の恋・ポンペイ夜話 他三篇　ゴーチエ　田辺貞之助訳
火の娘たち　ネルヴァル　野崎歓訳

パリの夜 ―革命下の民衆　レチフ・ド・ラ・ブルトンヌ　植田祐次編訳
シェリ　コレット　工藤庸子訳
シェリの最後　コレット　工藤庸子訳
生きている過去　レニエ　窪田般彌訳
ノディエ幻想短篇集　ノディエ　篠田知和基編訳
フランス短篇傑作選　山田稔編訳
シュルレアリスム宣言・溶ける魚　アンドレ・ブルトン　巖谷國士訳
ナジャ　アンドレ・ブルトン　巖谷國士訳
ジュスチーヌまたは美徳の不幸　サド　植田祐次訳
とどめの一撃　ユルスナール　岩崎力訳
フランス名詩選　安藤元雄・入沢康夫・渋沢孝輔編
繻子の靴 全二冊　ポール・クローデル　渡辺守章訳
A・O・バルナブース全集 全二冊　ヴァレリー・ラルボー　岩崎力訳
心変わり　ミシェル・ビュトール　清水徹訳
悪魔祓い　ル・クレジオ　高山鉄男訳
失われた時を求めて 全十四冊　プルースト　吉川一義訳
シルトの岸辺　ジュリアン・グラック　安藤元雄訳

星の王子さま　サン＝テグジュペリ　内藤濯訳

プレヴェール詩集　小笠原豊樹訳

ペスト　カミュ　三野博司訳

サラゴサ手稿 全三冊　ヤン・ポトツキ　畑浩一郎訳

《別冊》

増補 フランス文学案内　渡辺一夫・鈴木力衛

増補 ドイツ文学案内　手塚富雄・神品芳夫

ことばの花束 ―岩波文庫の名句365　岩波文庫編集部編

ことばの贈物 ―岩波文庫の名句365　岩波文庫編集部編

愛のことば ―岩波文庫から―　岩波文庫編集部編

世界文学のすすめ　大岡信・奥本大三郎・川村二郎・小池滋・沼野充義編

近代日本文学のすすめ　大岡信・加賀乙彦・菅野昭正・曾根博義・十川信介編

近代日本思想案内　鹿野政直

近代日本文学案内　十川信介

ポケットアンソロジー この愛のゆくえ　中村邦生編

スペイン文学案内　佐竹謙一

---

一日一文 英知のことば　木田元編

声でたのしむ 美しい日本の詩　大岡信・谷川俊太郎編

## 岩波文庫の最新刊

### 過去と思索 (一)

ゲルツェン著／金子幸彦・長縄光男訳

人間の自由と尊厳の旗を掲げてロシアから西欧へと駆け抜けたゲルツェン(一八一二―一八七〇)。亡命者の壮烈な人生の幕が今開く。自伝文学の最高峰。(全七冊)

〔青N六一〇-二〕 定価一五〇七円

### 過去と思索 (二)

ゲルツェン著／金子幸彦・長縄光男訳

逮捕されたゲルツェンは、五年にわたる流刑生活を余儀なくされた。「シベリアは新しい国だ。独特なアメリカだ」。二十代の青年は何を経験したのか。(全七冊)

〔青N六一〇-三〕 定価一五〇七円

### 正岡子規スケッチ帖

復本一郎編

子規の絵は味わいある描きぶりの奥に気魄が宿る。最晩年に描かれた画帖『菓物帖』『草花帖』『玩具帖』をフルカラーで収録する。子規の画論を併載。

〔緑一三-一四〕 定価九二四円

### ウンラート教授
あるいは一暴君の末路

ハインリヒ・マン作／今井 敦訳

酒場の歌姫の虜となり転落してゆく「ウンラート(汚物)教授」を通して、帝国社会を諧謔的に描き出す。マレーネ・ディートリヒ出演の映画『嘆きの天使』原作。

〔赤四七四-一〕 定価一二二一円

……今月の重版再開……

### 頼山陽詩選

揖斐 高訳注

〔黄二三一-五〕 定価一一五五円

### 野草

魯迅作／竹内 好訳

〔赤二五-一〕 定価五五〇円

定価は消費税 10％ 込です　　2024. 5

## 岩波文庫の最新刊

太宰 治作
### 晩年

〈太宰治〉の誕生を告げる最初の小説集にして「唯一の遺著」、『晩年』。日本近代文学の一つの到達点を、丁寧な注と共に深く味わう。(注・解説＝安藤宏)
〔緑九〇-八〕 **定価一一三三円**

山根道公編
### 遠藤周作短篇集

遠藤文学の動機と核心は、短篇小説に描かれている。「イヤな奴」「その前日」「学生」「指」など、人間の弱さ、信仰をめぐる様々なテーマによる十五篇を精選。
〔緑二三四-二〕 **定価一〇〇一円**

バルザック作／西川祐子訳
### 「人間喜劇」総序・金色の眼の娘

「人間喜劇」の構想をバルザック自ら述べた「総序」。近代文学の重要なマニフェストであり方法論に、その詩的応用編としてのエキゾチックな恋物語を併収。
〔赤五三〇-一五〕 **定価一〇〇一円**

ヘルダー著／嶋田洋一郎訳
### 人類歴史哲学考（四）

第三部第十四巻―第四部第十七巻を収録。古代ローマ、ゲルマン諸民族の動き、キリスト教の誕生および伝播を概観。中世世界への展望を示す。
〔青N六〇八-四〕 **定価一三五三円**

……今月の重版再開……

ウィース作／宇多五郎訳
### スイスのロビンソン（上）

**定価一一五五円**
〔赤七六二-一〕

ウィース作／宇多五郎訳
### スイスのロビンソン（下）

**定価一一〇〇円**
〔赤七六二-二〕